Lorenas Geschichte

... und dann kamst du ...

und alles wurde anders ...

von

Jaliah J.

Impressum

Alle Rechte am Werk liegen beim Autor
J., Jaliah
Lorenas Geschichte
... und dann kamst du ... und alles wurde anders ...
Berlin, März 2018
Erstauflage
Lektorat: Günter Bast, Theresa Wahl, Sirin
Cover/Bildgestaltung: Wolkenart – Marie - Katharina Wölk

© 2018
Herstellung und Verlag: BoD – Books on Demand, Norderstedt.
ISBN 978-3-7460-6501-4

www.jaliahj.de

Die Geschichte von Lorena zu erzählen, hatte ich die ganze Zeit im Kopf, doch es war mir klar, dass es nicht einfach wird.

Die Geschichten von Lorena und Lia sind miteinander verflochten, gehören zusammen und es sind einfach viele Szenen da, die in beiden Büchern vorkommen müssen, weil sie so prägend sind und weil es ja immer sein kann, dass jemand nur Lorenas Buch liest oder nur das von Lia. Die Schwierigkeit bestand also darin, die Geschichte zu erzählen und trotz der gleichen Szenen eine eigene Geschichte zu kreieren, Sachen zu erzählen, die ihr noch nicht wusstet und euch tiefer in Lorenas Herz blicken zu lassen.

Ich hoffe, es ist mir gelungen ...

... und dann kamst du ...

und alles wurde anders ...

Folgt mir in die Welt von Lorena ...

Kapitel 1

»Lorena, dein Aufsatz war sehr gut, allerdings wünschte ich mir, du würdest probieren, etwas … realistischer zu bleiben.«

Die Lehrerin legt Lorena ihre Arbeit auf den Tisch und Mandela neben ihr reißt sie ihr förmlich aus der Hand, bevor Lorena überhaupt einen Blick darauf werfen konnte. »Eine Zwei, das ist ungerecht. Wieso bekommt Lorena eine Zwei und ich nur eine Drei, ich habe fast drei Seiten mehr geschrieben?« Mandela beschwert sich lautstark und die Lehrerin dreht sich noch einmal zu ihr um. »Es ist die Qualität des Inhaltes, Mandela und nicht die Anzahl der Worte, das solltest du so langsam mal verstehen.«

Lorena lacht und nimmt ihrer besten Freundin die Blätter aus der Hand. »Du weißt doch, dass ich für Qualität stehe.« Mandela neben ihr schmollt, während Lorena den Aufsatz nur flüchtig überfliegt und ihn zusammen mit dem Rest ihrer Schulsachen in ihre Tasche stopft, sich einen Apfel herausholt und aufsteht, nachdem es geklingelt hat.

Sie findet ihren Aufsatz sehr gut, sie sollten darüber schreiben, wo sie sich in zehn Jahren sehen und Lorena hat aufgeschrieben, was sie sich für ihre Zukunft vorstellt. Eine gut laufende Modelkarriere, einen reichen sexy Mann und ein paar Kinder, ihre Familie bei sich und endlich aus dem Dorf heraus, in dem sie leben. Sie wird in irgendeiner großen Hauptstadt leben, in einer tollen Gegend, in einem großen Haus, mit einem noch größeren Garten für die Kinder zum Spielen.

Lorena beißt von ihrem Apfel ab und wartet auf Mandela, die alles sorgsam einheftet und dann alles zusammenpackt. Natürlich kann Lorenas Lehrerin ihre Pläne nicht verstehen, sie hat es ja offensichtlich nicht geschafft, aus der Gegend hier herauszukommen, für Lorena ist es gar keine Frage, sie wird ein Model und sie wird ihr Dorf und diese Kleinstädte hier bald hinter sich lassen, es ist nur noch eine Frage der Zeit.

»Hallo meine Hübsche, hast du noch eine Stunde?« Emil baut sich mit seinen zwei Freunden vor ihr auf und lächelt sie an. »Wir haben Schluss.« Mandela antwortet für sie und hakt sich bei Lorena ein, bevor sie Antoni einen Kuss auf den Mund gibt. Die beiden sind nun schon seit drei Monaten zusammen. Lorena weiß, dass alle möchten, dass auch sie nun Emil endlich mal eine Chance gibt.

Emil und Antoni sind beste Freunde, genau wie Mandela und Lorena, es wäre perfekt, wie aus einem großen Highschool-Film, man könnte zu viert Sachen unternehmen, sich treffen, Lorena weiß all das und Emil ist auch ein wahnsinnig netter Kerl, doch sie hat kein Interesse, hier irgendetwas Festes anzufangen, wenn sie eh bald weg ist, doch egal wem sie das erklärt, jeder belächelt sie nur.

Sie gehen zusammen mit den anderen aus dem Klassenraum, es sind nur zehn Mitschüler in ihrer Klasse und insgesamt nur dreißig Leute aus den umliegenden Dörfern in der weiterführenden Schule. Eine Sache, die Lorena absolut begrüßt und hundertprozentig verstehen kann. Nur weil ihre Schwester darauf besteht, geht Lorena noch in die Schule, es ist reine Zeitverschwendung, kaum jemand aus den Dörfern schickt seine Kinder länger als nötig in die Schule, alle arbeiten früh.

Lorena braucht die Schule nicht, sie möchte modeln, was bringt es ihr, Aufsätze darüber zu schreiben, was sie gerne machen möchte, wenn sie es doch einfach tun kann? Allerdings hat sie auch keine Lust auf die ewigen Diskussionen mit ihrer Schwester, sie ist eh mehr in Seca unterwegs, der Stadt, in der die Schule steht, als dass sie im Unterricht sitzt.

Mandela hingegen nimmt das alles sehr ernst, ihr Vater führt ein kleines Anwaltsbüro und sie soll es eines Tages übernehmen. Sie bauen sich hier gerade ein kleines Haus und Mandela wird es dann aus ihrem Dorf herausgeschafft haben. Sie alle kommen aus demselben Dorf. Aus ihrer Clique ist Antoni der Einzige, der schon in Seca lebt. Sein Vater führt hier eine kleine Autowerkstatt, ganz am Anfang der weiterführenden Schule hatte Lorena etwas mit Antoni, für sie war alles, was nicht mit dem Dorf zu tun hatte, aufregend. Doch das ging nur kurz, Antoni und sein Gerede über Autos haben sie schnell gelangweilt und seitdem macht sie einen weiten Bogen um die Jungs in ihrem Alter und aus der Gegend, sie gehört hier einfach nicht hin, das ist nicht ihre Welt, sie hat das schon immer gespürt.

»Hier, möchtest du?« Emil hat ein paar Teigtaschen, die ihm seine Mutter jeden Tag mit zur Schule gibt und reicht sie Lorena. In dem Moment klingelt ihr Handy, ihre ältere Schwester Lia ruft sie an, von der Arbeit, es muss dringend sein, Lia würde es nie riskieren, ihre Arbeit zu verlieren und einfach telefonieren, also muss es wichtig sein, oder sie hat die Arbeit, die sie erst seit wenigen Tagen hat, wieder verloren.

Ihre ältere Schwester arbeitet als Vertretung für Dora, eine Frau aus dem Nachbardorf, die sich verletzt hat, und hilft reichen Familien im Haushalt. Lia ist nur kurz angebunden und bittet Lorena, nach der Schule direkt nach Hause zu gehen und für ihren Vater zu kochen, da sie es vergessen hat.

Als ob sie hier im Dorf und in ihrem Leben eine Alternative dazu hätte! Deswegen versichert sie ihr, dass sie sich darum kümmern wird und legt auf. »Sag nicht, Lia hat die Arbeit schon wieder verloren? Du hast doch gesagt, sie verhält sich komisch.«

Lorena steckt ihr Handy wieder weg und beißt von der Teigtasche ab, während sie den Saum ihren hellen Rockes hochnimmt, zusammendreht und sich seitlich in den Bund steckt. Eigentlich geht der Rock fast bis zum Boden, doch auf den staubigen Straßen zwischen Seca und den Dörfern binden sich fast alle ihre Röcke hoch, damit sie nicht zu sehr einstauben. Nun geht ihr Rock ihr nur noch bis zu den Knien und Lorena spürt die Blicke der Jungs auf sich, ignoriert sie aber und bleibt mit Mandela an der Kreuzung stehen, an der sie abbiegen muss und an der das einzige Fotostudio steht, das es hier in der Gegend gibt.

»Nein, sie arbeitet da. Lia ist es unangenehm, in einem so luxuriösen Haus für reiche Leute zu arbeiten, sie erzählt nicht viel davon, wahrscheinlich, weil sie weiß, dass ich jederzeit mit ihr tauschen würde.« Mandela lacht und umarmt Antoni. »Ich bitte dich, du würdest einfach nur den Pool benutzen und dir den ganzen Tag die teuren Sachen ansehen, mehr nicht.« Lorena lächelt, nickt und küsst ihre beste Freundin schnell auf die Wange, bevor sie in den Laden geht. »Ich kläre nur was, ihr könnt schon mal vorgehen.« Sie wartet keine Antwort ab.

Es klingelt, als die Tür wieder zugeht, Lorena sieht in einen der vielen Spiegel, die hier herumstehen. Sie ist ungeschminkt, ihre Haare sind gerade wieder etwas länger und sie hat sie sich zu einem Zopf gebunden, den sie nun öffnet. Ihre Haare fallen ihr etwas unter das Kinn, sie hat es nicht geschafft, sie zu glätten und einige Wellen finden sich darin wieder. Lorena sieht zufrieden auf ihre olivfarbene Haut, die hier in der Gegend sehr auffällig ist, in dem Moment kommt die Besitzerin nach vorn. Mist, Lorena hat damit gerechnet, dass ihr Mann da ist. »Hallo, ich habe letztens mit ihrem Mann über ...«

Im vorderen Bereich des Ladens gibt es nur eine Theke und viele Bilder, die hier entstanden sind, der Laden geht nach hinten weiter, wo die Fotos gemacht werden, diesen Bereich kann man aus dem vorderen Teil kaum einsehen. Der Besitzer muss ihre Stimme erkannt haben, denn er kommt nun nach vorn und schickt seine Frau mit einem strengen Blick nach hinten. Hier in der Gegend kennen sich alle und es ist kein Geheimnis, dass der Besitzer viel jünger als seine Frau ist und sie nur geheiratet hat, weil er so an Geld kommen und dieses Fotostudio eröffnen konnte. Er betrachtet Lorena von oben nach unten und lehnt sich an die Theke. »Du schon wieder!«

Lorena legt zwei Geldscheine auf den Tisch. »Das ist alles, was ich zusammenbekommen habe, ich brauche diese Bilder wirklich dringend, was kann ich dafür bekommen?« Sie hat nicht einmal die Hälfte des Geldes zusammenbekommen, das der Besitzer für ordentliche Fotos verlangt. Für das Geld hat sie zwei ihrer liebsten

Oberteile verkaufen müssen und das alles hinter dem Rücken ihrer Schwester.

Sie liebt ihre Schwester über alles, mehr als sonst einen Menschen auf dieser Welt und es gibt nichts, was sie mehr hasst, als etwas hinter ihrem Rücken zu machen, doch manchmal geht es einfach nicht anders.

Lia hat den Platz ihrer Mutter eingenommen, als diese vor sieben Jahren von einem Tag auf den anderen verschwunden ist. Genau wie eine Mutter macht sich Lia auch viel zu viele Sorgen. Sie möchte, dass Lorena weiter zur Schule geht und einen guten Job bekommt, doch Lorena kann mit dem Modeln in viel kürzerer Zeit viel mehr Geld verdienen als bei jedem anderen Job hier in der Gegend.

Wenn sie nur davon anfängt, verdreht Lia jedes Mal die Augen, deswegen sagt sie ihr gar nichts mehr über ihre Pläne und überzeugt sie einfach mit dem Erfolg, der bald einsetzen wird, dafür braucht sie aber diese Bilder.

Sie hat vor einiger Zeit einen Mann kennengelernt, Pascal, er arbeitet in der ganzen Welt, er ist Model-Scout und ist hauptsächlich für den südamerikanischen Markt zuständig. Er ist immer mal wieder auf den Dörfern unterwegs, weil es, wie er sagt, hier die hübschesten Frauen gibt. Er hat von Lia und ihr gehört, Lorena hat das nicht verwundert. Ihre Schwester und sie sind hier in den Dörfern ziemlich bekannt, wegen ihres Aussehens und wegen der Geschichte dahinter.

Genau wie auch ihr Vater denken die meisten, dass die Schönheit, die sie geerbt haben, einen Fluch mit sich trägt, einen Fluch, den auch ihr Vater zu spüren bekommen hat.

Ihr Vater ist ein puertoricanischer stolzer Mann, doch dann kam ihre Mutter, eine mexikanische Schönheit mit heller, olivfarbener Haut, grünen Augen und einem so feinen Gesicht, dass man noch heute sagt, kein Mann konnte jemals seine Augen von ihr nehmen. Lia und Lorena haben ihr Aussehen geerbt und wenn man den

Worten ihres Vaters glaubt, auch die Macht, das Leben der Männer zu zerstören, so wie ihre Mutter das Leben ihres Vaters zerstört hat und das ihrer Töchter gleich mit.

Lorena gibt nicht viel auf all das Gerede, doch dieses Mal hat es ihr geholfen. Pascal war ganz angetan von ihr und hat sie gebeten, ihm Bilder zu schicken, diese wird er seinen Partnern zeigen und dann meldet er sich wieder. Deswegen braucht Lorena die Bilder unbedingt, egal was es kostet.

»Das reicht nicht.« Der Besitzer des Fotogeschäftes sieht auf Lorenas Dekolleté und nach hinten, wo seine Frau ist. Lorena hat kein Problem damit, ihre Reize einzusetzen, wenn sie Model werden möchte, muss sie mit ihrem Körper spielen können und darf nicht schüchtern sein.

»Ich bin mir sicher, dass wir einen Weg finden, dass das trotzdem klappt. Ich brauche ja auch gar nicht das ganze Set, sechs verschiedene Aufnahmen reichen schon.« Lorena beugt sich über die Theke, der Mann beugt sich ihr entgegen und sie spürt seinen Atem auf ihrer Wange, als sie sich zu seinem Ohr hochstreckt. »Was denkst du?« Der Mann leckt sich über die Lippen und Lorena spürt, wie sein Blick in ihren Ausschnitt fährt, seine Hand berührt ihre Brust, fast, als wäre es nur ein Versehen, doch Lorena weiß, dass es nicht so ist. Er macht ein heiseres Geräusch, was einem Grunzen nahe kommt und Lorena lächelt an sein Ohr. »Okay, komm morgen früh, sehr früh, am besten gleich um neun, dann machen wir das schon irgendwie.«

Lorena bewegt sich schnell von der Theke weg und lächelt. »Wunderbar, bis morgen früh.« Bevor er es sich noch einmal anders überlegt, eilt Lorena schnell nach draußen, wo nur noch Antoni, Emil und ein weiterer Mann draußen warten. Mandela muss schon zum Geschäft ihres Vaters losgegangen sein. »Was willst du hier machen?« Emil sieht sie neugierig an und während Lorena mit den drei jungen Männern zurück in ihr Dorf läuft, erzählt sie ihnen von dem Model-Scout und dass sie vorhat, groß herauszukommen.

Keiner der Männer stellt es in Frage, dass Lorena dort eine Chance hat, wieso glaubt ihre Schwester nicht daran? Sobald sie den Eingang des Dorfes erreichen, lässt sich Lorena nach hinten fallen, sie sollte so wenig wie möglich mit den jungen Männern gesehen werden, ihr Vater hasst es und sie braucht nicht nochmal solch einen Ärger wie damals, als der beste Freund ihres Vaters sie mit einem Jungen dabei erwischt hat, wie sie sich näher gekommen sind. Sie war damals schon siebzehn und hat sich wochenlang etwas anhören müssen, jetzt ist sie neunzehn und noch immer meilenweit davon entfernt, nicht mehr auf ihren Vater hören zu müssen.

Es ist nicht so, als hätten Lia und sie nicht Freunde gehabt und ihre Erfahrungen gesammelt, doch all das immer nur mit großer Vorsicht und streng geheim. Die Männer im Dorf wissen das alle, auch wenn sie nicht immer darauf Rücksicht nehmen. Emil ist so sehr in ein Gespräch mit seinem Freund vertieft, dass er nicht einmal mitbekommt, dass Lorena langsamer läuft, nur Antoni, der nicht zur Werkstatt seiner Familie, sondern mit zu Emil geht, bleibt stehen und sieht Lorena unsicher in die Augen.

»Sag mal, weiß Mandela eigentlich, dass da etwas zwischen uns …?« Er hebt die Augenbrauen und Lorena sieht ihn fragend an. Was soll das jetzt? »Dass da was war? Antoni, wir haben ein wenig rumgemacht nach der Schulfeier und uns ein paar Mal getroffen, ich wusste nicht, dass du da schon die Hochzeitsglocken hast klingeln hören. Natürlich weiß sie nichts davon, weil da nichts war. Ihr beide seid fest zusammen, das ist etwas ganz anderes.«

Lorena will weitergehen, doch Antoni hält sie am Arm zurück. »Aber ich habe immer gehofft, dass da mehr zwischen uns sein könnte und auch jetzt … denke ich das, Lorena. Ich mag Mandela, doch die Gefühle, die ich für dich …« Lorena entreißt ihm unsanft ihren Arm und sie weiß, dass sie ihn fast mit ihrem Blick tötet. Sie spürt, wie eine Hitze in ihr aufsteigt, die sie jedes Mal unkontrolliert handeln und reden lässt und sie diese kleine Falte zwischen den Augenbrauen bekommen lässt..

»Ist das dein Ernst? Mandela ist meine Freundin, aber auch wenn nicht, ist genau so ein Scheiß der Grund dafür, dass ich niemals einen Mann lieben oder mich fest an ihn binden werde. Ich bin doch nicht verrückt, sieh doch, wie ihr Männer seid, du denkst doch nicht im Ernst, dass ich für so etwas meine Zeit verschwende?«

Ohne eine Antwort abzuwarten geht Lorena kopfschüttelnd in ihr Dorf hinein. Männer, sie hat noch nie besonders viel von ihnen gehalten, sie weiß, dass ihre Mutter sie im Stich gelassen hat, doch sie kann sich noch genau an die Vorträge erinnern, die sie ihnen immer gehalten hat. Sie wird nicht so dumm sein und sich fest an einen Mann binden, oder an etwas Verrücktes wie die Liebe glauben.

Yandiel steht am Eingang des Supermarktes, der seiner Familie gehört und winkt Lorena zu sich heran. »Wie geht es deiner Schwester? Als ich sie das letzte Mal gesehen habe, hat sie ganz verwirrt auf mich gewirkt.« Lorena mag Yandiel nicht, er ist viel zu nett zu ihr und das nur, weil er ganz verrückt nach Lia ist. Lorena weiß, dass er aber ansonsten kein wirklich netter Mensch ist, deswegen dreht sie sich wieder um und will endlich nach Hause. »Sie hat einen neuen Job und viel zu tun, mehr ist da nicht.« Yandiel geht schnell in den Laden und kommt ihr hinterher. »Warte, hier, das ist doch ihre Lieblingsschokolade, gib sie ihr und grüße sie von mir.«

Lorena nickt, nimmt die Tafel Schokolade und steckt sie in ihre Schultasche. Es hat doch auch immer etwas Gutes, so beliebt zu sein, so ist es immer im Leben, wo es Schatten gibt, gibt es auch die Sonne. Lorena hat schon früh gelernt, die Sonne zu nutzen und mit dem Schatten zu leben, auch wenn sie jünger als Lia ist, kann sie das bereits viel besser als ihre Schwester, die sich immer viel zu viele Gedanken um alles macht.

Als sie auf den Hof ihres Hauses kommt, steht ihr Vater wie jeden Tag auf der Veranda und sieht ihr entgegen. Lorena hat vergessen, den Rock wieder herunterzulassen und flucht leise, als sie es jetzt schnell nachholt und ihr Vater den Kopf schüttelt. »Ihr Mädchen wollt mich wohl verhungern lassen.« Lorena begrüßt Bayli, den Hund, den sie hier auf ihrem Hof haben und der immer über alles wacht.

»Du weißt, dass das nicht stimmt.« Lorena geht direkt in den Hühnerstall und holt ein paar frische Eier, dann gibt sie ihrem Vater einen Kuss auf die Wange, bevor sie ins Haus geht, ihre Tasche ablegt und gleich zu kochen beginnt.

»Natürlich, ihr werdet immer unzuverlässiger, deine Schwester hat ...« Lorena sieht in ihrer Gemüseschüssel und im Kühlschrank nach, sie haben kaum noch etwas da. Sie nimmt die letzten Tomaten und Paprika, etwas Reis und ein paar Kichererbsen, die noch da sind. Daraus wird sie etwas zaubern müssen, wenigstens ist noch Brot da.

Lorena holt die Töpfe heraus und spürt den Blick ihres Vaters auf sich. Das ist noch eine Sache, die sie von ihrer Schwester unterscheidet: Lia versucht immer, es allen recht zu machen, sie möchte keinen Ärger und widerspricht ihrem Vater nur sehr selten, Lorena hingegen lässt sich das alles nicht von ihm gefallen.

»Meine Schwester arbeitet, Papa, damit wir ein wenig mehr als das auf den Tisch bekommen und ich weiß nicht, wie du darauf kommst, dass wir dich vernachlässigen würden, ich habe noch nicht einmal meine Tasche in mein Zimmer gelegt und bin sofort dabei, dir Essen zu machen. Ich weiß nicht, was du hast.«

Ihr Vater grummelt nur leise, sie hört den Namen ihrer Mutter und wie er die Zeitung aufschlägt und darin zu lesen beginnt, sie ignoriert ihn einfach, manchmal ist das einfach besser so.

Es ist gar nicht so leicht, ein Essen aus alldem zu zaubern, Lorena hofft wirklich, dass Lia diesen Job behält, doch jedes Mal, wenn ihre Schwester in den letzten Tagen nach Hause kam, war sie immer weniger bereit, dort weiter zu arbeiten, deswegen ist Lorena auch sehr froh, als Lia am Nachmittag wiederkommt und zufrieden sagt, dass ihr die Arbeit doch ganz gut gefällt. Sie ist fast immer allein im Haus, erledigt den Haushalt und geht dann wieder. Es ist nicht zu vergleichen mit der schweren Arbeit auf den Feldern, die Lia sonst immer hatte.

Die Saison ist vorbei und ihre Schwester hat nur mit viel Glück diese Stelle angeboten bekommen. Lorena würde so gern mit ihr tauschen und auch endlich arbeiten, dann könnte sie die Bilder ganz normal bezahlen und müsste sich morgen nicht mit dem Inhaber der Geschäftes abgeben. Sie überlegt den ganzen Abend, wie sie am besten seinen Forderungen entkommen und trotzdem die Bilder haben kann.

Wie fast jeden Abend lassen ihre hübsche Schwester und sie den Abend auf dem Dach ausklingen. Sie sehen der Sonne dabei zu, wie sie sich zur Ruhe legt, während sie die Schokolade von Yandiel genießen und Lorena Lia erzählt, was Yandiel gesagt hat.

Für Lorena ist Lia einfach nur wunderschön, sie haben viel Ähnlichkeit, doch in Lorenas Augen wirkt Lia noch etwas feiner, etwas edler, sie musste schon sehr früh viel Verantwortung übernehmen und diese Reife sieht man ihr an. Sie hat die gleiche helle Haut wie Lorena und auch die gleiche Augenform.

Lias Augen sind ein wenig dunkler, sie wirken fast goldfarben, während Lorenas Augen eher ins grünliche gehen. Lia trägt ihre dicken Haare in weichen Wellen bis fast zu ihren Hüften und sie hat ein ebenso feines Gesicht wie Lorena. Auch wenn sie beide zierlich sind, haben sie die richtigen Kurven, und sie haben das gleiche Lächeln wie ihre Mutter. Mandela sagt ihr immer, dass sie das Lächeln von JLo haben.

Lorena ist eher die Wilde und Freche von ihnen beiden. Manchmal versucht Lorena, bei ihren Entscheidungen und Handlungen daran zu denken, was Lia jetzt wohl tun würde, doch sie konnte sich dann doch nie für das entscheiden, was ihre Schwester getan hätte, es ist viel zu vernünftig und passt einfach nicht zu ihr.

Sie liebt ihre Schwester über alles und könnte sich niemals vorstellen, auch nur einen Tag ohne sie zu sein, doch sie sind sehr verschieden.

Kapitel 2

So ist sie auch am nächsten Morgen statt in der Schule beim Fotografen, der sie schon erwartet hat. Er ist allein und lässt Lorena nicht eine Sekunde aus den Augen, während sie sich ihre Kleidung, die sie sich extra gestern Abend noch genäht hat, zurechtrückt.

Im hinteren Bereich ist alles etwas abgedunkelt, bis auf eine weiße Wand, die mit mehreren Leuchten angestrahlt ist. Lorena geht zu einem kleinen Spiegel und schminkt sich. Sie betont ihre hellen Augen, trägt roten Lippenstift auf und formt sich mit Kokosöl einige Locken in ihre Haare. Nicht eine Sekunde lässt der Fotograf sie dabei aus seinem Blick.

Er bittet sie, sich vor die Wand zu stellen und dann ist Lorena dran. Es ist nur eine Sekunde, die sie zögert, dann fühlt es sich ganz natürlich an, sich vor der Kamera zu drehen und sich fotografieren zu lassen. Der Fotograf muss ihr kaum Anweisungen geben. Lorena lacht in die Kamera, sieht ernst und traurig hinein. Sie bewegt sich viel und irgendwann zieht sie sich den Rock und das Top aus. Sie hat keinen Bikini zuhause, doch sie hat ganz schwarze Unterwäsche und das sieht gleich aus.

Sie weiß, dass sie auch Bilder im Bikini braucht, doch der Fotograf ist offenbar einen Moment überrascht, er fängt sich aber schnell und feuert sie mit heiserer Stimme an, sich zu bewegen, sich in Szene zu setzen. Lorena gibt wirklich alles, damit es gute Fotos werden. Als sie dann aufhört, bittet er sie, das Oberteil auszuziehen.

»Ich brauche solche Bilder nicht, ich denke, das reicht!« Ein leichtes Lächeln legt sich auf die Lippen des Mannes, als Lorena sich ihr Top wieder überziehen möchte. »Diese Bilder sind nur für mich bestimmt, du musst noch bezahlen, denk daran.« Lorena atmet schwer aus, doch sie weiß, dass sie diese Chance ergreifen muss. Sie ignoriert den Blick des Fotografen, öffnet ihren BH und sieht in die Kamera. »Sehr schön, du bist perfekt, weißt du das? So jung, so cremig und weich. Andere würden für solch einen Körper und so ein schönes Gesicht töten. Diese Lippen, wenn ich nur daran denke, was du alles damit machen könntest ... Sieh her, genau so.« Lorena bricht nach einigen Bildern ab und zieht sich ihren BH und ihr Top wieder über.

Der Fotograf räuspert sich, er geht an einen Bildschirm und verbindet einige Kabel, Lorena stellt sich zu ihm und sie sehen sich die Bilder an. Es sind viele wunderschöne dabei. Lorena zeigt ihm alle, die ihr gefallen und die sie dem Model-Scout schicken möchte und er markiert sie. Am Ende sind es zehn Stück, viel zu viele und es wird sehr teuer, das weiß Lorena, doch sie braucht die Bilder, wenn sie endlich hier wegkommen möchte.

»Dann musst du mich aber schon wirklich davon überzeugen, dass du diese Bilder auch verdient hast.« Der Fotograf lässt die Bilder ausdrucken und seine Hand geht an Lorenas Po. Fast schon aus Reflex will sie zurückschrecken, doch sie weiß, dass sie sich jetzt ein paar Minuten zusammenreißen muss. »Wie genau denkst du, soll ich das tun?« Lorena wendet sich zu ihm um, wenn, dann will sie das schnell hinter sich bringen. Sie schmiegt sich an ihn und seine Hand wandert ihren Rücken hoch, während ihre Hand in seine Mitte wandert, wo sie spürt, wie bereit er für all das ist, während Lorena alles nur schnell hinter sich bringen möchte.

Lorena seufzt gespielt auf und die Augen des Fotografen weiten sich. »Oh Scheiße, bist du heiß.« Ein lautes Grunzen entfährt dem Mann, und die Hose, die Lorena berührt, wird nass, sie sieht verwundert auf und ein entschuldigendes Lächeln setzt sich auf das Gesicht des Mannes. »'Tschuldige, ich war ungeduldig. Gib mir zwei Minuten und ...«

Lorena hat gespürt, dass heute ein guter Tag wird, sobald sie heute Morgen die Augen aufgemacht hat, denn in diesem Moment ertönt die schrille Stimme der Frau des Mannes, die in den Laden kommt und nach ihrem Mann ruft. Lorena zieht sich schnell wieder richtig an. Die Frau sieht misstrauisch zu ihnen, doch sie sagt nichts, achtet aber darauf, dass Lorena ihrem Mann nicht mehr zu nah kommt, während sie fragt, was genau sie hier gemacht hat.

Man sieht dem Fotografen an, wie genervt er von dem plötzlichen Auftauchen seiner Frau ist, doch für Lorena kam sie genau richtig. Die Frau hilft ihr, die ausgedruckten Bilder in eine Mappe zu packen und der Mann sieht stumm dabei zu. Als sie den Preis für alle Bilder nennt, lächelt Lorena und sieht zu dem Mann. »Ich habe schon bezahlt. Einen schönen Tag noch.«

Lorena wartet keine Reaktion ab, der Mann sagt auch nichts und die Frau wünscht ihr etwas verdutzt einen schönen Tag, doch all das ist Lorena egal, das muss der Mann jetzt seiner Frau selbst erklären, er wird sich schon herausreden können.

Sie geht in den Laden nebenan, kauft sich ein belegtes Brötchen von ihrem letzten Geld, läuft zum Fluss, der hier an den Dörfern entlangfließt und legt sich ans Ufer, an die schönste Stelle. Hier gibt es grünes Gras, ansonsten ist die Erde in dieser Gegend eher staubig und trocken von der Sonne. Lorena findet Schatten unter dem Kletterbaum, der immer von den Kindern aus den Dörfern zum Klettern genutzt wird. Sie sieht sich die schönen Bilder an, die sie morgen gleich dem Model-Scout an die Adresse schicken wird, die er ihr damals gegeben hat.

Vielleicht ist das der Anfang von etwas ganz Neuem, es fühlt sich zumindest so an. Während sie sich die Bilder ansieht, träumt sie sich an andere Orte, nach Paris, New York, auf Laufstege, und irgendwann wird sie ihre eigene Modekollektion erstellen. Sie wird so viel Geld verdienen, dass sie ihrer Schwester und ihrem Vater ein ganz neues Leben bieten kann.

Lorena bleibt eine ganze Weile da liegen und genießt das Gefühl, ihren Träumen wieder ein Stück nähergekommen zu sein.

Der Tag ist wirklich ganz besonders schön, auch wenn sie zuhause erst einmal ein Bild erwartet, was sie hasst, doch sie kocht etwas Leckeres und beachtet ihren Vater und seinen Freund kaum. Sie weiß allerdings, wenn er da ist, bedeutet es, dass ihr Vater wieder in die nächste Stadt gehen wird, um sich zu betrinken, wie er es immer wieder tut. Lia müsste heute ihren ersten Lohn bekommen und deswegen warten die Männer auf sie.

Lorenas Handy klingelt immer wieder, Mandela und Kata, ihre andere gute Freundin aus der Schule, die aber vor einem Monat aufgehört hat und nun arbeitet, versuchen sie zu erreichen, sicherlich um zu erfahren, wo sie heute war, doch bei dem bösen Blick, den ihr Vater ihr zuwirft, schaltet sie ihr Handy aus und macht sich daran, Nachtisch zuzubereiten.

Lorena hasst es, sie hasst es, wenn ihr Vater so ist, sie hasst es, wenn er betrunken ist und sie hasst seinen Freund, der immer wieder ganz unauffällig ihre Nähe sucht und sie irgendwo berührt. Lorena geht ihm aus dem Weg und sagt nichts dazu, sie ignoriert die Gespräche der beiden und versucht weiterhin krampfhaft, an die Städte zu denken, die sie alle sehen wird, doch hier in ihrem Zuhause fällt ihr das Träumen immer besonders schwer.

Als die beiden Männer gegessen haben, stellt sie ihnen zwei Gläser mit Bier hin und atmet genervt aus, als dabei ganz aus Versehen der Freund ihres Vaters mit seiner Hand über ihren Hintern streicht.

Normalerweise hätte sie schon lange etwas gesagt und ihn zurechtgewiesen, doch sie weiß, dass ihr Vater ihr dafür die Schuld geben würde, einfach nur, weil sie die Tochter ihrer Mutter ist und sie seiner Meinung nach gar nicht anders kann, als Männern den Kopf zu verdrehen und sie unfähig zu machen, klar denken zu können.

Lorena hasst all das, sie hat sich früher immer gewünscht, nicht so auszusehen wie ihre Mutter und ihre Schwester. Weil Lorena ihrer Mutter besonders ähnlich sieht, schneidet sie sich ihre Haare meistens bis zum Kinn ab, um wenigstens so einen deutlichen Unterschied zu haben, doch nicht einmal das hilft.

Nachdem ihre Mutter sie verlassen hat, hat ihr Vater ihnen all das immer zum Vorwurf gemacht und Lorena hat sich gewünscht, nicht so auffällig zu sein und nicht mehr diese ständige Wut ihres Vaters spüren zu müssen, doch jetzt weiß sie, dass genau dieses Aussehen sie aus alldem hier herausbringen kann.

Sie wird sich nicht die Laune verderben lassen und ist froh, als das Tor zufällt und Lia von der Arbeit kommt. Lorena und Lia haben wie alle Schwestern ein sehr enges Verhältnis, doch da ist ein unzertrennliches Band, das sie beide zusammenhält. Nachdem ihre Mutter gegangen war, hatten sie nur noch sich und das hat sie noch fester zusammengeschweißt.

Ein Blick in das Haus und Lia weiß, was los ist, statt einer richtigen Begrüßung fragt ihr Vater nach Lias Gehalt. Lorena sieht ihrer hübschen älteren Schwester ins Gesicht. Sie tut alles für ihren Vater und Lorena, sie verdient hier das Geld und sie hätte das Recht, etwas zu alldem zu sagen, doch genau wie Lorena sagt sie nichts.

Lia ist ein ganz besonderer Mensch. Sie könnte so viel tun, sie war so gut in der Schule, sie kann jeden Mann hier im Dorf haben, für Lorena ist Lia die schönste Frau, die sie jemals gesehen hat, nicht einmal ihre Mutter ist so schön wie ihre ältere Schwester, und doch senkt sie immer wieder den Blick und lässt sich von ihrem Vater zurechtweisen, auch wenn er dazu kein Recht hat.

Sie gibt ihrem Vater Geld, Lorena wendet sich ab und tut ihrer Schwester Essen auf, sie möchte gar nicht sehen, wie viel Geld es dieses Mal ist, was er ausgibt, während sie kaum den Kühlschrank füllen können.

Lorena hört, wie ihr Vater und sein Freund sagen, dass sie zuhause bleiben sollen und dass sie nach Seca fahren werden, dann sind sie weg. Die Schwestern wissen, was er tun wird, dass sie von dem Geld nichts mehr sehen werden und was ihnen heute Nacht noch bevorsteht, doch sie sagen dazu kein Wort, sie haben all das schon zu oft erlebt. Lorena stellt Lia einen Teller mit Essen und ihrem Lieblingsnachtisch hin. »Iss etwas!«

Sie lässt ihre Schwester in Ruhe das Essen genießen, während sie sich um den Rest des Haushaltes kümmert. Lorena versucht, immer mehr zu übernehmen, damit Lia nicht auch noch hier arbeiten muss. Erst als ihre Schwester ihre Teller in die Spüle legt, fasst sie sich an den Kopf und lächelt Lorena an. »Ich habe ganz vergessen, dass ich eine Überraschung für dich habe. Komm.« Lorena folgt ihrer Schwester in den Stall, Lia muss hier schnell alles versteckt haben, bevor sie ins Haus gekommen ist, sie zieht einige Tüten aus dem Stroh.

Lorena freut sich wahnsinnig, als sie die vielen Tüten ins Haus bringen und die Süßigkeiten, Stoffe und neuen Sachen für die Küche bestaunt, die Lia besorgt hat. Sie erzählt ihr, dass sie früher Feierabend hatte und mit Maria, einer Frau aus dem Nachbardorf, mit der Lia zusammen arbeitet, in San Juan war und ein paar Sachen von ihrem ersten Lohn eingekauft hat. Lorena kann es gar nicht fassen, dass ihre sonst so vernünftige Schwester sich das getraut hat.

Sie verlassen ihre Gegend eigentlich so gut wie nie. Lorena erinnert sich an ein paar Mal, wo sie in San Juan war, doch das ist schon lange her.

Genau das ist es, was Lorena in den Wahnsinn treibt, alle hier haben viel zu viel Angst, mal über den Tellerrand hinauszusehen, zu entdecken, was die Welt noch zu bieten hat, diese Dörfer hier können doch nicht alles gewesen sein, zumindest nicht für Lorena, sie will mehr und sie wird alles dafür tun, damit sie auch mehr erleben wird.

Wenn sie nun in die strahlenden Augen von Lia sieht, die ihr alles erzählt, was sie in San Juan gesehen hat, weiß sie, dass auch ihre Schwester tief in sich weiß, dass sie diesem Alltag hier entkommen müssen, doch Lia ist einfach nur viel zu vernünftig, das zu verwirklichen. Lorena hat sich dafür fest vorgenommen, es für sie beide zu tun und Lia so hier herauszuholen.

Lorena bringt die neuen Stoffe in ihre kleine Kammer, in der sie all ihre Sachen zum Nähen verstaut hat. Das ist ihre wirkliche Leidenschaft. Sie liebt es zu nähen, egal was, sie wagt sich an alles heran. Am meisten näht sie Kleidung für Lia und sich. Sie bekommen von ihrer Nachbarin viele schöne Stoffe für die Eier ihrer Hühner und Lorena fällt es nicht schwer, daraus die Mode zu zaubern, die sie in den Zeitschriften sieht, die Mandela immer heimlich im Unterricht durchblättert.

Manchmal bestellen andere aus dem Dorf etwas bei ihr, sie alle wissen, wie gut Lorena nähen kann, damit verdient sie auch hin und wieder etwas. Sie fängt an, schon einige Skizzen für die nächsten Sachen zu machen und legt alles zurecht, bevor sie sich mit Lia um den Rest im Haus kümmert, sie ihre Matratzen nach oben aufs Dach bringen und sich mit den Süßigkeiten die untergehende Sonne ansehen.

Wie fast immer lassen sie ihre Beine über das Dach hängen und sehen über das Dorf, ein paar Jungen spielen Fußball und sie können es von ihrem Dach aus beobachten. Dabei erzählt Lia, was für Geschäfte es in San Juan alles gibt und wie günstig viele Sachen dort sind. Sie erzählt ihr auch von den vielen Menschen und wie verschieden sie alle sind, wie bunt das Leben dort ist und Lorena weiß, dass auch Lia diese Sehnsucht nach Freiheit in sich trägt, auch wenn sie gelernt hat, es besser zu verstecken als Lorena es kann.

Sie schlafen eigentlich nur auf dem Dach, wenn ihr Vater mit diesem Freund unterwegs ist. Wenn ihr Vater Alkohol trinkt, wird er unberechenbar, aber auf dem Dach sind sie sicher vor ihm. Er schafft es in dem Zustand nicht auf das Dach hinauf. Trotzdem kann er sie verletzten, Lorena ist schon eingeschlafen, als sie einige Zeit später seine Stimme über den Hof donnern hört.

»Ichhh bin zurück in meinnnnem undankbaren Lebennnn, verflucht seist du, Adora, verflucht auf ewig. Alles habe ich für diese Kinder getan und was issssssst der Dank?«

Lorena öffnet müde die Augen, Lia liegt neben ihr und versteift sich, sie atmet tief ein. Wie sehr sie es hasst. »Da kommt ein Mann zu mir und erzählt mir, dass er meine Tochter, meine eigene Tochterrr gesehen hat und sie ist mittlerweile genauso hübsch wie diese Hure, aus der sie entstanden ist, es kann ja nichts anderes aus ihrrrr werden, verdammte Scheißßßße.«

Lorena muss sich zusammennehmen, Tränen steigen in ihr auf. Ihr Vater wirft Lia und ihr immer wieder die Ähnlichkeit zu ihrer Mutter vor, doch da Lorena ihr noch ähnlicher sieht, trägt er vor allem gegen sie diesen tiefen Hass in sich, den er so nicht zeigt, doch wenn er getrunken hat, spürt man ihn ganz deutlich. Lia greift nach Lorenas Hand und drückt sie.

Sie sind keine kleinen Kinder mehr, sie sind erwachsene Frauen und doch liegen sie beide völlig erstarrt nebeneinander und lauschen den Beschimpfungen ihres Vaters. Sie hören etwas umfallen und einen Aufprall, beide halten den Atem an. Ist er gefallen?

Lorena hört genau hin, doch es bewegt sich nichts mehr unten und Lia steht auf, sie sieht sie mahnend an. »Bleib hier, hörst du?« Lorena will sie an der Hand festhalten, doch ihre Schwester ist schon weg. »Nein Lia, nicht schon wieder ...«

Lorena flucht leise, als ihre Schwester das Dach verlässt, um nach ihrem Vater zu sehen, sie kann ihr nicht hinterhergehen. Egal wie betrunken er ist, ihr Vater hat diese tiefe Abneigung am meisten gegen Lorena, wenn er sie jetzt sehen würde, würde er sie schlagen, wie er es unzählige Male getan hat, wenn er zu viel getrunken hat. Lorena hat schon oft die Wut von ihrem Vater abbekommen, die für ihre Mutter gedacht hat.

Auch Lia macht er Vorwürfe und behandelt sie gröber, doch bei ihr ist noch eine Hemmschwelle, er geht bei ihr nicht so weit wie bei Lorena, deswegen stellt sich Lia immer vor sie und hat sie schon so einige Male vor den Schlägen des Vaters gerettet. Sie hört Lias Stimme und die ihres Vaters aus dem Haus, erst etwas leiser, dann schreit er wieder.

»Ihr seid verfluchtttt, deine Schwester und du. Ihr habt die Schönheit der Hure abbekommen, sodass auch ihr alle Männer um euch herum in den Waaaahnsinn treiben müsst, womit habe ich das verdient? Was habe ich soooo Schlimmes getan, dass ich so etwas verdient habe?« Lorena schließt die Augen, sie weiß nicht, ob der Mann, der ihren Vater angesprochen und seine Wut wieder so stark hat auflodern lassen, Lia oder sie gemeint hat, doch im Grunde ist es egal, sie beide müssen immer wieder mit den Konsequenzen leben, die ihre Mutter damals heraufbeschworen hat, als sie sie verlassen hat.

Lia kommt wieder aufs Dach und schließt schnell die Tür. Sie hält sich den Kopf und nimmt Lorena in den Arm, sie sind sicher vor ihrem Vater hier auf dem Dach, doch sie hören weiter seine Worte und Lorena bekommt in dieser Nacht kein Auge mehr zu.

Lia schläft irgendwann neben ihr ein und auch ihr Vater gibt Ruhe. Sie sieht in den Sternenhimmel und versucht sich vorzustellen, wie ihr Leben wohl aussehen würde, wenn ihre Mutter damals nicht gegangen wäre, oder wenn sie sie nachgeholt hätte, wie sie es Lorena damals versprochen hat.

Lia war nicht dabei, als ihre Mutter Lorena mitgenommen hat nach San Juan, während Lia in der Schule und ihr Vater arbeiten war.

Lorena weiß noch, wie aufgeregt ihre Mutter war, sie hat Lorena immer wieder beschworen, von diesem kleinen Ausflug niemals jemandem zu erzählen. Lorena erinnert sich, dass sie lange in einem weißen Gebäude warten mussten. Ihre Mutter hat Lorena Maiskolben gekauft und für sie war es einfach nur das Größte, in San Juan zu sein. Sie hat nicht sehr darauf geachtet, was sie da eigentlich gemacht haben, sie weiß aber noch, dass ihr eine Frau in einem Büro drei Papiere ausgestellt hat. Pässe, Lorena durfte sie sich auf dem Rückweg ansehen.

Ihre Mutter hat ihr erklärt, dass sie die brauchen, falls sie mal hier weg müssen. Lorena weiß noch, was für eine Angst ihr das damals gemacht hat. Sie saß im Bus neben ihrer Mutter und hat sie gefragt, ob sie sie verlassen wird. Als hätte sie damals schon eine Vorahnung gehabt.

Lorena wird niemals vergessen, wie ihre Mutter damals ihre Stirn geküsst und gesagt hat, dass Lia und sie alles für sie sind und sie sie niemals verlassen wird und wenn, dann holt sie sie später nach.

Lorena hat nie an den Worten ihrer Mutter gezweifelt, wieso hätte sie das tun sollen? Es ist doch ihre Mutter, sie war alles für Lorena, sie hat damals am allermeisten an ihr gehangen. Nachdem ihre Mutter dann wirklich gegangen ist, hat sie aufgehört, an die Worte der Menschen zu glauben.

Es fällt ihr sehr schwer, einem Menschen zu vertrauen oder an seine Worte zu glauben, selbst bei Lia kann sie das nicht immer, es scheint so, als hätte ihre Mutter damals etwas zerstört, was wahrscheinlich nie wieder hergestellt werden kann, diese Art Grundvertrauen in Menschen, das man eigentlich haben sollte.

Lorena und ihre Mutter haben die Pässe versteckt, hinter einem losen Stein im Stall. Lorena hat damals ihrer Mutter geschworen, niemandem davon zu erzählen und das hat sie auch nie, bis heute nicht, auch wenn ihre Mutter all ihre Versprechen gebrochen hat, Lorena hat ihres immer gehalten. Sie hat Lia nicht gesagt, dass dort noch immer ihre zwei Pässe sind, wozu? Sie haben sie nie gebraucht. Ihre Mutter war eines Tages weg, Lorena ist sofort in den Stall gerannt und hat nachgesehen, doch der Pass ihrer Mutter war weg, der von Lia und ihr war noch da, deswegen war sich Lorena sicher, dass sie sie holen wird.

Sie hat wochenlang jeden Tag nach der Schule vor dem Tor gewartet, irgendwann hat sie damit aufgehört, doch die Hoffnung, dass ihre Mutter kommen wird, hat sie noch jahrelang gehabt. Selbst jetzt, wo sie weiß, dass sie nicht mehr kommen wird, erwischt sie sich dabei, wie ihr Herz hoffnungsvoll zu schlagen beginnt, wenn sie eine Frau sieht, die ihre Haare so trägt wie ihre Mutter damals oder von Weitem Ähnlichkeiten mit ihr hat.

Lorena schafft es einfach nicht, es endgültig aus ihren Gedanken zu streichen, besonders wenn ihr Vater so ist, kommt all das wieder hoch.

Lorena betrachtet die Sonne dabei, wie sie aufgeht und fragt sich, was das Leben noch alles für sie bereithält, doch sie hat nicht viel Hoffnung, dass es in nächster Zeit eine Änderung geben wird, sie möchte es glauben, doch wenn sie ehrlich ist, hat sie nicht viel Hoffnung, selbst das mit Pascal wird wahrscheinlich nicht viel bringen, vielleicht bekommt er die Bilder nicht einmal.

Sie ahnt ja nicht, dass dieser Tag schon eine neue Zeit einleiten wird.

Kapitel 3

Lorena beginnt, ihre Sachen langsam wieder ins Haus zu bringen. Sie bewegt sich nicht besonders leise, ihr Vater schläft nach solchen Nächten immer den gesamten Tag. Seine Schlafzimmertür ist zu und wird sich heute sicherlich auch nicht mehr öffnen.

Die Sonne scheint schon früh am Morgen so stark, dass auch Lia langsam wach wird. Lorena bemerkt einen großen blauen Fleck am Ellenbogen ihrer Schwester, ihr Vater muss gestern so wütend gewesen sein, dass er selbst vor Lia, die er sonst meistens verschont, nicht haltgemacht hat.

»Das sieht böse aus.« Lorena hätte Lia gestern nicht alleine nach unten gehen lassen dürfen. »Das wird schon wieder verheilen … wie alles andere davor auch.« Ihre Schwester steht auf, man sieht ihr an, dass sie traurig und enttäuscht ist. Lorena würde sie gerne fragen, wie lange sie all das noch mitmachen sollen. Wie soll sich ihr Leben in irgendeine Richtung entwickeln, wenn sie nichts anderes zu tun haben, als zu arbeiten, zur Schule zu gehen, den Haushalt zu machen und aufzupassen, dass sie ihren Vater nicht wütend machen?

Sie versauern hier in diesem Dorf, während die ganze Welt für sie bereitsteht. Aber wie so oft schweigt Lorena, sie weiß, dass sie dann von ihrer Schwester nur ein Kopfschütteln und diesen Blick bekommt. Diesen Blick, der ihr sagt, dass sie genau wie ihre Mutter ist. Lia sagt es nicht, doch Lorena weiß, dass sie es manchmal denkt, weil sie nach Freiheit dürstet und sie es nicht so gut verstecken kann wie Lia.

Als sie alles erledigt haben, sieht Lorena in den Kühlschrank. Es ist erst kurz nach sieben und schon jetzt wünschte Lorena, dass dieser Tag einfach nur schnell wieder vorbei ist. Sie muss unbedingt die Bilder abschicken. »Was machen wir heute?« Es ist nicht viel da, sie holt Käse aus dem Kühlschrank und schneidet ein paar Scheiben ab. Gestern hat sie frisches Brot gebacken, und neben etwas Joghurt, den sie dazustellt, schneidet sie noch ein paar Gurken, während Lia ihnen Kaffee eingießt und sie plötzlich anstrahlt. »Schnell, füttere die Tiere, ich packe uns eine Tasche und schreibe Papa einen Zettel, dass ich heute arbeiten muss und du mich begleitest. Wir nehmen den Acht-Uhr-Bus und fahren nach San Juan an den Strand.«

Lorena reicht ihrer Schwester Brot und traut ihren Ohren nicht. Lia nimmt sie auf den Arm, sie ist viel zu vernünftig und vorsichtig für solch eine Aktion. Lia war gestern in San Juan und das wird sie sicher erst in einigen Jahren wiederholen, doch ihre Schwester sieht ihr fest in die Augen und Lorenas Herz schlägt schneller. »Du würdest mich mit so etwas doch nicht auf den Arm nehmen, oder? Ich meine, wir haben nicht einmal Bikinis.« Ihre Schwester trinkt schnell den Kaffee und beißt vom Brot ab, während sie alles wieder zurückstellt, was Lorena gerade auf den Tisch getan hat. »Ich war dort in einem Laden, wo es sehr günstige Bikinis gibt, wir kaufen uns welche, also komm jetzt, der Bus wartet nicht auf uns.«

Lorena wird nicht noch einmal auf so eine Chance warten oder es riskieren, dass Lia ihre Meinung ändert. Sie erledigt alles in ein paar Minuten, während sie dabei ihr Brot isst und Kaffee trinkt. Lia packt in der Zeit ihre Tasche, Lorena zieht sich ein gelbes Strandkleid mit tiefem Rückenausschnitt an, Lia wählt ein ähnliches in beige. Sie schminken sich nicht, sondern gehen schnell zur Bushaltestelle. Ihre Schwester erklärt ihr, dass sie in dem neuen Job viel mehr verdient und noch etwas Geld übrig hat, was sie ausgeben können, ohne dass ihr Vater das mitbekommt.

Sie steigen in den Bus ein und fahren eine ganze Weile. Obwohl Lorena kein Auge zugemacht hat, ist sie nicht müde. Sie sieht sich alles genau an und merkt erneut, wie dumm sie doch sind. Sie ist neunzehn, Lia zweiundzwanzig Jahre alt und sie trauen sich nicht, in den Bus zu steigen und ihr bescheuertes Dorf zu verlassen. Wieso sind sie so feige? Es ist so einfach. Es ist noch früh und nicht viel los, doch man sieht sofort die Unterschiede, auch wenn sie San Juan nicht einmal erreicht haben.

Es sind Autos unterwegs, die so neu und modern wirken, die Menschen sehen viel moderner aus. Auch wenn Lorena und Lia in ihrem Dorf immer die besten Sachen tragen, spürt Lorena, dass sie trotzdem nicht an die Frauen aus der Stadt herankommen, man sieht ihnen an, dass sie vom Dorf kommen, doch erst einmal ist ihr das egal.

Sie kommen San Juan immer näher und Lia zeigt ihr die Haltestelle, wo sie nun jeden Morgen aussteigen muss und arbeitet. Von hier aus sieht man die Häuser nicht, doch Lia sagt, dass die Leute wirklich viel Geld haben. Zusammen betrachten sie das bunte Treiben, die Straßen werden voller und sie fahren in San Juan ein.

Lorena liebt es, es ist so voll, laut, durcheinander, es sind so viele Menschen hier, dass niemand auf den anderen achtet und man nicht aufpassen muss, etwas Falsches zu sagen oder zu machen. Sie steigen an der Endhaltestelle aus und sind direkt am Strand. Sobald sie den Bus verlassen, schmeckt die Luft salzig, ein leichter Wind weht durch ihre Haare. Sie sehen aufs Meer und obwohl Lorena sonst die Mutigere ist, hält sie ein und lässt ihren Blick über das Meer schweifen. »Es ist so wild.« Lia sieht sich um und nimmt ihre Hand. »Komm schon, du Angsthase.«

Lorena erkennt ihre Schwester in den nächsten Stunden kaum wieder. Sie wirkt plötzlich so gelöst, so sorgenfrei, aber auch Lorena spürt, welche Last ihr von den Schultern fällt, weil sie aus ihrem Alltag entflohen sind. Sie kaufen sich Bikinis und bummeln ein wenig durch die Läden der Strandpromenade, die gerade öffnen, bevor sie sich ans Meer legen und die Sonne genießen. Die nächsten Stunden tun sie nichts und es ist einfach nur entspannend.

Sie lauschen dem Meer und der Musik, die von den Leuten auf der Decke neben ihnen zu ihnen dringt, sie kühlen sich im salzigen Wasser ab, aber nur bis zum Bauchnabel, da keine von ihnen schwimmen kann. Während Lia vor sich hinträumt, flirtet Lorena ein wenig mit ein paar jungen Männern, die sich zu ihnen setzen. Die Zeit verfliegt förmlich, Lorena könnte ewig hierbleiben, doch

Lia und sie haben bald solch einen Hunger, dass sie alles zusammenpacken und wieder zurück zur Strandpromenade gehen.

Lia hat schon eine Bäckerei entdeckt, in der sie sich leckere belegte Sandwiches kaufen, danach schlendern sie durch einige Geschäfte. Lorena verliebt sich in San Juan und schwört sich selbst, dass sie sich ab heute nicht mehr einsperren lässt, sie braucht diese Freiheit, sie möchte nicht in ihrem Dorf versauern. Besonders schön findet Lorena, wieviel Spaß sie mit Lia hat, sie lachen mehr als sonst, besonders über die Blicke der Männer, die sie immer wieder treffen. Lorena weiß nicht, wann sie beide das letzte Mal so viel Spaß hatten und dafür mussten sie nur eine Stunde mit dem Bus fahren.

Leider ist die Zeit viel zu schnell vorbei und sie müssen zum Bus, der sie in ihr normales Leben zurückfährt. Doch Lorena ist zufrieden, das kann ihr keiner mehr nehmen, die Wärme der Sonne, das Salz des Meeres auf der Haut und die Stunden der Freiheit, die ihr so gutgetan haben.

Sie kaufen sich noch ein Eis und gehen zur Bushaltestelle, als sie beinahe in eine Gruppe von Männern hineinlaufen, die gerade aus einem Café kommen. Lorena will weitergehen, als sie spürt, wie Lia sich neben ihr versteift und stehenbleibt, genau vor einem Mann, der sie verwundert ansieht. »Sieh an … Lia, richtig? Genießt du deinen freien Tag?«

Lorena blickt zu ihrer Schwester und wieder zu dem Mann, der vor drei anderen Männern steht. Woher kennt er ihre Schwester?

Der Mann und auch die anderen Männer sind sehr auffällig, sie wirken gefährlich, anders, es ist kaum zu beschreiben, sie strahlen etwas aus, was viele Menschen um sie herum die Straßenseite wechseln und Lorena genauer hinsehen lässt.

Der Mann lächelt, er hat ein hübsches Gesicht, er ist ein wenig dunkler als sie, doch auch nicht so dunkel wie die Männer in ihrem Dorf. Er ist groß und breit gebaut, er muss viel trainieren. Woher kennt ihre Schwester solche Männer? Jeder dieser Männer wirkt so groß und mächtig, doch vor allem der Mann vor Lorena hat eine besonders starke Ausstrahlung.

Er trägt einen Dreitagebart, hat eine feine Nase, er sieht sehr gepflegt aus, seine Haare sind leicht gelockt und er trägt sie kurz. Lorena hat noch nie solch einen hübschen Mann gesehen und als sein Blick auf sie fällt und er einen Moment einhält, kann sie nicht anders und lächelt, egal wie gefährlich er wirkt. Er hat wunderschöne dunkle Augen. »Ja, hallo … genau, wir waren am Strand.«

Lorena muss ihre Schwester nicht ansehen, um zu merken, wie nervös sie ist. »Schön, ist das deine Schwester?« Der Mann sieht Lorena weiter in die Augen und nun merkt das auch ihre Schwester und will sie weiterziehen, doch Lorena denkt nicht daran. Wer ist dieser Mann? »Ja, das bin ich, Lorena und du bist …?« Ihre Schwester möchte wohl nicht, dass sie das erfährt, doch Lorena ignoriert, dass Lia ihr in den Arm zwickt, sie sieht dem Mann weiter in die Augen und streckt ihm die Hand hin, die er sofort annimmt. Seine Hand ist fast doppelt so groß wie ihre. Ein eigenartiges Gefühl breitet sich in ihr aus, als sie sich berühren.

»Jomar, deine Schwester arbeitet bei meinem Bruder im Haus.« Lorena legt ihren Kopf leicht schräg und sieht Lia verwundert an. »Ahaaa, freut mich.« Das hat Lia niemals erwähnt, doch in dem Moment fährt ihr Bus vor und Lia zieht Lorena weiter. »Unser Bus, wir müssen zur Haltestelle. Einen schönen Tag noch, Jomar.«

Sie hören noch seine Verabschiedung, doch steigen schnell in den Bus. Lorena sieht, während sie die hinteren Sitzreihen ansteuern, dabei zu, wie die Männer in teure Autos steigen, die vor dem Café halten, in wahnsinnig teuer aussehende Autos. Sobald sie beide sitzen, sieht Lorena ihre Schwester an. »Wieso hast du mir nicht gesagt, wie heiß die Leute sind, für die du arbeitest? Sind das Models oder so etwas in der Art?«

Lia leg ihren Kopf zurück und schüttelt den Kopf.

»Das sind keine Models, Lorena, glaub mir …«

Ihre Schwester atmet tief aus und beginnt, Lorena zu erzählen, für wen sie wirklich arbeitet und man hört, wie befreiend es für sie ist, endlich mit ihr darüber sprechen zu können. Lia arbeitet jetzt für die Nechas. Sie springt für einige Wochen für Dora ein, die sich ein Bein gebrochen hat. Als sie erfahren hat, in welchen Häusern sie sich um alles kümmern, wollte Lia eigentlich gleich absagen, doch sie brauchen das Geld dringend und Lia verdient dort mehr Geld als bei ihrer sonstigen Arbeit auf dem Feld.

Lorena weiß nicht sehr viel über die Nechas, nur das, was sich alle erzählen, dass sie eine große, gefährliche Familia sind, dass sie die Macht in Puerto Rico haben und dass man ihnen aus dem Weg gehen sollte. Sie kann sich ein leises Lachen nicht verkneifen, als sie daran denkt, wie schockiert Lia an ihrem ersten Arbeitstag gewesen sein muss. Ihre vorsichtige Schwester im Gebiet der Nechas.

Lia erzählt, wie es in dem Gebiet ist und kurze Zeit später fahren sie wieder an der Haltestelle vorbei, die zu diesem abgesperrten Gebiet führt. Sie erzählt von den Wachposten, den luxuriösen Häusern, dem unglaublichen Reichtum, was sie in den Häusern zu tun hat und auch von den Anführern, Cruz, Jomar und ihrer Schwester Savana. Lorena hat sofort gespürt, dass dieser Jomar etwas ganz Besonderes an sich hat, dass er der Anführer der gefürchtetsten und größten Familia Puerto Ricos ist, hat sie allerdings nicht geahnt.

Ihre Schwester erklärt auch, dass sie Cruz und ihn hin und wieder sieht und dass Cruz sehr nett zu ihr ist, genau wie alle anderen dort. Sie sieht sie nicht oft, meist ist sie allein im Haus, aber wenn, dann sind alle nett und höflich, trotzdem hat Lia ein komisches Gefühl, dort zu arbeiten und ermahnt Lorena, dass sie das alles für sich behalten soll.

Sie verspricht es ihr und sagt ihr auch, dass Jomar auf sie sehr nett gewirkt hat und solange alle höflich zu Lia sind und sie nicht in Gefahr ist, soll sie einfach versuchen, es als eine Arbeit wie alle anderen zu sehen. Lorena hätte damit keine Probleme, aber sie spürt, wie verkrampft Lia selbst dann noch ist, als sie wieder aus dem Bus steigen und in ihr Dorf kommen.

Die Nechas scheinen doch einen sehr starken Eindruck bei ihr zu hinterlassen und nur, weil Lorena das nicht schlimm findet, hat das noch keine Bedeutung. Ihr Vater würde ausrasten und das komplette Dorf sich den Mund über Lia zerreißen, deswegen kann Lorena nur hoffen, dass es wirklich niemand weiter erfährt, außer denjenigen, die selbst für die Nechas arbeiten und die es alle, wie Lia es erklärt hat, aus Sorge vor Tratsch in den Dörfern geheim halten.

Sie laufen langsam zurück ins Dorf, Lorena spürt noch immer das Salz des Meeres auf ihrer Haut und hat den Duft der Freiheit in der Nase. Jetzt wieder ins Dorf zu kommen deprimiert sie und sie schwört sich innerlich, dass sie sich nicht mehr so einschränken lässt, sie allein ist für ihre Freiheit verantwortlich und kann etwas dafür tun. Sie kann nicht ihr Leben lang in diesem Dorf bleiben und aufpassen, sich nicht falsch zu verhalten.

Lorena geht schnell in den Supermarkt, um noch Brot zu besorgen. Dort trifft sie gleich auf Emil und Yandiel, die zusammen gelangweilt an den Kassen herumsitzen und aufstehen, sobald sie den Laden betritt. »Hallo Lorena, ist Lia auch da?« Yandiels Augen glänzen sofort, Lorena nickt nach draußen und schon ist Yandiel verschwunden, während Emil zu ihr kommt. »Wo warst du Freitag?« Lorena geht zum Brotregal und nimmt sich frisches heraus, sie kramt das Geld aus ihrem Portemonnaie hervor und holt noch eine Flasche Cola.

»Ich hatte zu tun, habe ich etwas Weltbewegendes verpasst?« Emil lacht und zieht für Lorena die Cola aus dem Regal. »Ja, wir haben Herrn Boloi und Frau Narges im Keller beim Rummachen erwischt.« Lorena sieht Emil in die Augen. Er ist ein lieber, sanftmütiger Kerl, viele Mädchen aus der Schule sind in ihn verliebt und auch Lorena findet, dass er nicht schlecht aussieht, er ist sehr dunkel und hat ein ganz besonders freches Grinsen und Grübchen, die ihn einfach nur süß aussehen lassen, doch sofort kommt

Lorena das hübsche Gesicht von Jomar vor Augen, diese besondere Ausstrahlung und diese schönen Augen, sie kann Emil nur mild anlächeln, für sie ist er wie ein Bruder. »Wow, das war dann wohl das Highlight des ganzen Jahres.« Emil lacht und begleitet Lorena zur Kasse, wo sie auf Mandela und ihre Mutter treffen.

»Sei nicht immer so negativ, Lorena, denk an deine Mathenote, ich wette, jetzt überlegt sich die Herr Boloi noch einmal.« Emil zwinkert ihr zu, während Lorena ihre beste Freundin und ihre Mutter mit einem Kuss begrüßt und dann Emil wieder in die Augen blickt. »Darauf kommen wir noch einmal zurück.«

Mandela und ihre Mutter erzählen, dass sie heute einiges am Haus in Seca fertigstellen und fragen Lorena, ob sie nicht morgen bei ihnen schlafen möchte. Sie können von da direkt zur Schule und Emil sagt, dass sie den Tag morgen mit ihm und Antoni am Fluss verbringen können. Lorena verspricht, ihren Vater zu fragen, so kommt sie vielleicht das ganze Wochenende drum herum, auf ihrem Grundstück zu versauern.

Als Lorena kurz danach aus dem Laden kommt, ist Yandiel wieder voll in seinem Element, er kann es nicht sein lassen, Lia davon überzeugen zu wollen, dass er der Richtige für sie ist.

»Was brauchst du noch, Lia?«

Ihre Schwester hebt genervt die Arme. »Vielleicht noch so eine Kleinigkeit wie … Liebe?« Nun lacht Yandiel los.

»Du hast doch selbst gesehen und gespürt, was so ein Denken verursacht, oder weswegen ist eure Mutter damals abgehauen? Willst du ihr jetzt nacheifern? Liebe bildet sich mit der Zeit. Denkst du, wenn du halbnackt am Strand liegst, findest du so etwas Dummes wie die Liebe?«

Lia steht auf und Lorena verdreht die Augen, ihre Schwester darf diesem Kerl nie eine Chance geben, oder sie wird hier auf dem Dorf für immer gefangen sein, gerade Lia hat etwas viel Besseres verdient und das scheint sie auch zu spüren. »Halt dich aus meinem Leben raus, Yandiel!«

Er will noch etwas sagen, doch Lorena läuft an ihm vorbei und lässt die Flasche Cola auf seinen Fuß fallen. Yandiel flucht laut auf. Lia bückt sich und hebt die Flasche wieder auf.

»Uppss, 'tschuldige, Yandiel, das tut mir jetzt wirklich, wirklich leid.« Lorena kann nicht anders, sie muss lachen, er hat es nicht anders verdient. Lia und sie drehen sich um und gehen in Richtung ihres Hauses.

»Kein Wunder, dass euer Vater sich besaufen muss, bei solchen Töchtern!« Lorena legt den Arm um Lia und zusammen laufen sie zum Haus. »Das ist nur der verletzte Stolz eines zu eingebildeten Mannes! Ich habe dieses Dorf und die Leute hier so satt.« Lorena spürt den besorgten Blick ihrer Schwester auf sich, doch sie steht dazu, sie wird dieses Leben nicht akzeptieren, nicht für ihre Schwester und nicht für sie. Es wird Zeit, dass sich einiges ändert.

Kapitel 4

Lorena ist wirklich froh, als sie am nächsten Tag zusammen mit Mandela in Richtung Stadt läuft. So kann sie das gesamte Wochenende außerhalb ihres Dorfes verbringen. Ihr Vater hat sich gestern nicht mehr blicken lassen, heute hat er nur etwas gefrühstückt und ist wieder auf sein Zimmer gegangen. Lorena hat Lia noch ein wenig bei der Hausarbeit geholfen und ist dann zu Mandela gelaufen, Lia wird es ihrem Vater sagen.

Sie hat ihre Schulsachen schon dabei und auch Kleidung zum Wechseln, sie hat Mandelas neues Haus in Seca das letzte Mal gesehen, als alles nur eine Baustelle war und ist wirklich gespannt, wie es nun aussieht. Sie betrachtet das alles mit einem lachenden und einem weinenden Auge.

Sie ist traurig, dass Mandelas Familie das Dorf verlässt, es war so einfach, zwei Straßen weiter zu laufen, bei ihr zu schlafen und so den strengen Blicken ihres Vaters zu entkommen, doch gleichzeitig freut sie sich auch für die ganze Familie, sie haben hart dafür gearbeitet und wenn Lorena könnte, würde sie sofort auch aus dem Dorf verschwinden.

Sie hat neben ihren Schulsachen auch den Umschlag mit den Bildern dabei. Die Briefmarke hat sie schon lange vorher gekauft, sie wollte schon die ganze Zeit diesen Schritt gehen, doch erst jetzt schafft sie es auch. Mandela kennt Lorenas Pläne als Einzige, ihre Schwester weiß, dass sie davon träumt, doch sie nimmt diese Träume nicht ernst. Lorena möchte ihr erst davon erzählen, wenn sie wirklich etwas erreicht hat und etwas Konkretes in der Hand hält. Sie hat es satt, immer als kleine Träumerin gesehen zu werden, während alle anderen anpacken und etwas tun.

Deswegen geben Mandela und sie auch einen Kuss auf den Umschlag, bevor sie ihn am Anfang der Stadt in den Briefkasten einwerfen. Jetzt kann Lorena nur noch abwarten, doch dass sie endlich einen Schritt in die richtige Richtung gegangen ist, fühlt sich schon wunderbar an.

Mandela schwärmt die ganze Zeit von Antoni, sie hat das Gefühl, dass das zwischen ihnen etwas ganz Besonderes ist und jetzt, wo beide in Seca leben werden, nur noch fester wird. Es fühlt sich falsch an, ihr nichts von den Annäherungsversuchen von Antoni zu erzählen, doch sie möchte ihr das nicht kaputt machen, nicht, wenn Mandelas Augen so strahlen. Und wer weiß, vielleicht wird das alles ja auch wirklich fester, wenn sie beide mehr Zeit miteinander verbringen. Lorena hat Antoni hoffentlich klar genug gemacht, dass er keine Chance bei ihr hat.

Sie laufen ein wenig in Seca herum, obwohl Sonntag ist, haben einige Geschäfte offen. Sie gehen an einem Marktplatz vorbei, auf dem frisches Obst und Brot verkauft wird. Mandela kauft frisches Brot und Lorena atmet entspannt aus. Die Stadt hier ist eine kleine Stadt, nicht zu vergleichen mit den Großstädten wie San Juan oder anderen Städten Puerto Ricos. Lorena geht hier zur Schule, es gibt einige Geschäfte, Lokale und eine Kirche, das war es auch schon und doch fühlt es sich so anders an als bei ihr im Dorf.

Lorena würde es vermutlich auch schon reichen, hier hinzuziehen, doch das wird nicht passieren. Ihr Vater wird niemals wieder sein Leben so in den Griff bekommen, dass er arbeiten kann, und selbst wenn Lorena und Lia zusammen arbeiten, könnten sie sich hier kein Haus leisten. Außerdem würde ihr Vater das Dorf nicht verlassen, niemals, keine Chance. Egal wie viel mehr Menschen hier leben, sie alle kennen sich relativ gut und auch die Leute vom Dorf und wenn Lorena und Lia hier irgendwo alleine hinziehen würden, gäbe es zu viel Getratsche, nein, wenn, dann müssen sie irgendwo anders komplett neu beginnen.

Lorena weiß, dass sie sich viel zu viele Gedanken um das alles macht, dass sie nicht aufhören kann, daran zu denken, wie sie hier wegkommt und dass das ihr derzeitiges Leben nur erschwert, doch auch wenn Lorena es immer wieder probiert hat, sie kann einfach nicht anders, als daran zu denken und heimlich in ihren Gedanken alles zu planen. Sie weiß sogar schon, wie sie ihre neue Wohnung oder vielleicht sogar ihr neues Haus einrichten würde. Es gibt für Lorena nichts Schöneres, als in den Himmel zu schauen und zu planen.

Es dauert nicht mehr lange und sie betreten das neue Grundstück der Familie von Mandela. Noch ist der Garten vollgestellt mit Bausachen und Schutt, doch das Haus steht schon und ihre Mutter winkt ihnen aus einem kleinen Fenster entgegen. Das Haus ist auch noch nicht ganz fertig, doch so langsam kann man darin leben. Es gibt nur eine Etage. Wenn man hereinkommt, ist hier gleich die Küche und gegenüber das Wohnzimmer, dann ein Raum, der das Büro des Vaters wird, der von hier aus als Anwalt arbeiten wird, gegenüber das Schlafzimmer, daneben ein Bad und ganz am Ende das Zimmer von Mandela, nebenan noch ein kleiner Wäscheraum. Perfekt, mehr braucht man nicht.

Die Mutter begrüßt sie und nimmt ihnen das Brot ab, während Mandela Lorena alles zeigt. Sie hören Stimmen aus dem Büro des Vaters und gehen in Mandelas Zimmer. Hier steht noch nicht viel, ein Bett, ein Schrank, ein Schreibtisch, und doch ist das mehr, als Lorena jemals hatte. Sie teilt sich mit Lia eine kleine Kammer, beide haben schmale Betten und nur ein Regal für ihre Kleidung und Schminksachen. Ein kleiner Tisch steht noch da drin, doch Schulaufgaben, falls sie mal welche gemacht hat, musste Lorena immer in der Küche machen.

Auf Mandelas Schreibtisch stehen schon Bilder, eines zeigt sie mit Lorena und ihrer Freundin Kata. Lorena steht in der Mitte, sie ist sehr auffällig zwischen Kata und Mandela, die beide sehr dunkel sind, wie die meisten Frauen hier.

Mandela hat lange Haare und sehr kleine schwarze Kringellocken, die man nicht bändigen kann. Lorena hat es schon tausendmal versucht, sie glattzubügeln, sie hatten sogar mal ein Glätteisen, das beim Versuch, die Locken von Mandela in den Griff zu bekommen, kaputt gegangen ist.

Lorena findet Mandela wunderschön, sie hat ein schönes Lächeln, große dunkle Augen und ein Herz aus Gold. Mandela ist eher etwas kräftiger, während Kata so schmal ist, dass sie immer auf die Kokosnusspalmen klettern und ihnen die Nüsse hinunterwerfen musste, aus dem Dorf hat sie das als einziges Kind immer geschafft und hatte schnell den Spitznamen Kletteräffchen.

Als sie an all diese Dinge aus ihrer Kindheit denkt, muss Lorena lächeln, da war noch alles in Ordnung, doch dann kam der Tag, als ihre Mutter verschwunden ist und für Lorena hat sich alles geändert.

Kata und Mandela sind damals jeden Tag zu ihr gekommen und haben mit ihr vor ihrem Tor darauf gewartet, dass ihre Mutter zurückkommt, doch sie kam nicht zurück. Es kam immer nur Lia aus dem Haus, hat ihnen etwas zu trinken gebracht, Lorena in den Arm genommen und zurück ins Haus gebracht.

Katas Mutter hat Lia und Lorena alles erklärt, was sie wissen mussten, als sie älter wurden, hat ihnen gezeigt, wie man kocht und wie sie welche Flecken am besten aus der Wäsche bekommen. Mandelas Mutter hat oft ihre Wunden versorgt, die sie erhalten haben, wenn ihr Vater wieder mit seinen Freunden um die Häuser gezogen ist. Sie alle kommen aus dem gleichen Dorf und wissen alles von den anderen, manchmal ist das ein Segen und machmal ein Fluch, doch Lorena kennt es nicht anders.

Es wird lauter im Flur, Mandela schreibt Emil, dass sie sich gleich am Fluss treffen wollen. Mandela hat ein neueres Handy bekommen, mit dem man auch ins Internet oder über Whatsapp schreiben kann. Lorena kann froh sein, dass sie ein Handy hat, mit dem man telefonieren und Nachrichten schicken kann.

Sie lässt sich von Mandela alles zeigen, es gibt jetzt sogar eine App, auf der man immer Bilder hochladen kann und alle, die es sehen, können angeben, dass es ihnen gefällt oder auch einen Kommentar dazu schreiben. Als Lorena sieht, wie viele aus ihrer Schule das alles nutzen, kommt sie sich vor wie ein Steinzeitmensch.

Nachdem sie sich geschminkt haben, machen sie ein Foto zusammen, dass sie gleich dort hochladen und das sofort viele Likes bekommt. Einige ihre Schulfreunde wollen wissen, ob Lorena nun auch endlich bei der App ist und Lorena beschließt, sich auch bald ein Profil anzulegen, selbst wenn sie es erst nur von Mandelas Handy benutzen kann. Fasziniert sieht sie sich alles an, was Mandela ihr zeigt, bis ihre Mutter sie zum Essen ruft.

Sie essen im Wohnzimmer an einem langen Tisch, der Vater sitzt auch schon am Tisch und begrüßt Lorena, dabei sieht er sie von oben bis unten genau an. Mandelas Vater hat immer viel gearbeitet und war selten zuhause, Lorena hat ihn wirklich schon lange nicht mehr gesehen, doch als er ihr jetzt in die Augen blickt und seinen Kopf ein wenig schief legt, spürt Lorena genau, dass er sie jetzt nicht mehr als kleine Schulfreundin seiner Tochter sieht.

»Du bist wirklich erwachsen geworden, Lorena, sehr hübsch. Wie geht es deinem Vater?« Lorena räuspert sich, der Blick von Mandelas Vater ist ihr unangenehm, doch sie kennt und ignoriert es. Sie erzählt ein wenig von ihrem Vater, während Mandelas Mutter ihnen gefüllte Teigblätter mit Suppe serviert. Lorena ist froh, als die Mutter sich setzt und Lorena über das Kleid ausfragt, das sie heute trägt. Es ist ein weißes gehäkeltes Sommerkleid, was sie vor einiger Zeit angefertigt hat. Lorena häkelt auch sehr gerne und ist besonders schnell dabei.

Mandela zeigt ihrer Mutter Bilder von den Sachen, die sie immer fotografiert, wenn Lorena sie trägt, weil Mandela sie auch haben möchte. Die Mutter ist begeistert und erlaubt Mandela, zwei Röcke und ein Kleid bei Lorena in Auftrag zu geben. Sie weiß, wie viel Arbeit das ist und zuckt nicht einmal mit der Wimper, als Lorena sagt, wie viel sie dafür bekommen würde. Im Gegenteil, sie möchte die Bilder zwei Freundinnen von ihr zeigen, die später vorbeikommen und es kann sein, dass Lorena noch mehr Aufträge bekommt.

Lorena isst glücklich das Essen auf und ignoriert weiterhin die Blicke des Vaters. Wenn sie es schafft, einige Aufträge zu bekommen, kann sie Geld zur Seite legen, dann kommt sie dem Traum von einer kleinen Wohnung in San Juan vielleicht auch näher, ohne dass sie auf den Model-Scout angewiesen ist, auch wenn sie trotzdem hofft, dass er sich melden wird, wenn er die Bilder erhalten hat.

Lorena sucht noch ein schönes Outfit für Mandela heraus. Lorena behält ihr Kleid an, deswegen brauchen sie nicht lange und machen sich kurz nach dem Essen auf den Weg zum Fluss. Mandelas Vater hält sie beim Verlassen des Hauses auf. »Wohin geht ihr zwei Hübschen?« Wieder gleitet sein Blick über Lorena.

Sie kann sich in einem Spiegel im Flur betrachten, sie weiß, dass das Kleid perfekt sitzt, ihre Kurven gut zur Geltung kommen, es ist nicht zu lang und nicht zu sexy, Lorena selbst hat auf jedes Detail geachtet. Sie weiß, dass ihre kurzen Haare ihr Gesicht verführerisch umspielen und ihre Augen fast grün glänzen, während ihre Haut wie Honig glänzt. Sie weiß, wie sexy der rote kussechte Lippenstift auf ihren Lippen wirkt, den Mandela und sie sich aufgetragen haben. Sie hat gelernt, die Schönheit, die sie so oft verflucht, auch zu ihrem Vorteil zu nutzen. Sie lächelt Mandelas Vater an, während ihre Freundin ihren Vater umarmt und auf die Wange küsst.

»Wir treffen ein paar Freunde, Papa, können wir etwas Geld haben und uns ein paar Getränke kaufen? Wir wollen zum Fluss ...« Der Vater zieht einen Schein aus seiner Tasche und zwinkert ihnen zu. »Kommt aber nicht zu spät, morgen ist Schule.« Sie versprechen es und verlassen das Grundstück. Lorena ist glücklich, sie erlebt wieder ein Stück Freiheit, die sie so niemals in ihrem Dorf erleben würde.

Sie gehen in einen Kiosk, der geöffnet hat. »Was wollen wir mitnehmen?« Lorena geht zu dem Regal mit den Wasserflaschen, doch Mandela geht zwei Regale weiter, sie holt Pappbecher, eine Flasche Cola, eine Flasche Wodka und einige Tüten Gummitiere. Lorena hat nicht gesehen, wie viel Geld Mandelas Vater ihr gegeben hat, doch als sie den Schein jetzt sieht, tut es ihr richtig weh. Sie würden davon eine Woche gut leben können. Mandela aber ist schon auf dem Weg zur Kasse, für sie hat der Geldbetrag eine andere Bedeutung als für Lorena.

Lorena hält sich ein wenig im Hintergrund, als Mandela alles bezahlt, sie beide haben schon Alkohol getrunken, hier und da mal ein Bier, doch so ein hartes Zeug wie Wodka hat Lorena noch nie probiert, sie hat aber vor, Spaß zu haben und wird es zumindest mal kosten, trotzdem möchte sie nicht, dass jemand sie damit sieht und sie Probleme mit ihrem Vater bekommt, deswegen nimmt sie Mandela erst etwas ab, als diese alles in einem geblümten Stoffbeutel verstaut hat.

Sie laufen danach direkt zum Fluss, es ist nicht weit. Als sie dort ankommen, ist noch niemand außer ihnen da. Eine Familie packt gerade alles zusammen und verlässt den See wieder und man sieht, dass am Mittag hier einiges los war, doch nachdem die Familie weggegangen ist, sind Mandela und Lorena alleine.

Sie legen alles unter den Kletterbaum in den Schatten und klettern auf den Felsen, von dem man seine Beine ins Wasser lassen kann. Es ist sehr stürmisch hier und sie müssen aufpassen, doch es tut gut, sich ein wenig abzukühlen, auch wenn es nur an den Beinen ist.

Lorena erzählt Mandela, wie sie an die Bilder gekommen ist und ihre beste Freundin fällt fast vom Felsen vor Lachen. »Du hast schon immer alle Männer um den Finger wickeln können, du solltest mal versuchen, mit dem Biolehrer über deine Noten zu verhandeln, so wie er dich ansieht, könntest du bei ihm eine Eins schaffen.« Auch Lorena muss lachen, doch Noten haben sie noch nie interessiert. Sie ist gut in der Schule, aber sie tut nichts dafür.

»Fallt nicht runter!« Lorenas Herz beginnt zu rasen, als plötzlich zwei Arme sie umfassen und nach hinten ziehen. Emil zieht sie lachend auf das Gras zurück und Lorena haut ihm auf die Schulter, nachdem sie wieder richtig steht. »Lass das, du hast mich zu Tode erschreckt.« Mandela klettert auch zurück und erst jetzt sieht Lorena, dass neben Emil und Antoni noch zwei weitere Jungen aus der Schule da sind. Sie kennt beide, aber mehr als Hallo sagen sie sich auch jetzt nicht. Die Jungen haben ein paar Bier mitgebracht, sind aber so begeistert von Mandelas Einkauf, dass sie für alle gleich einen Becher mit Cola und Wodka mischen.

Sie setzen sich unter den Kletterbaum. Die Jungen haben das Bild von Mandela und Lorena schon auf der App entdeckt und wollen unbedingt auch ein Bild von ihnen allen machen. Nach mehreren Versuchen gelingt es ihnen dann auch, allerdings nicht, ohne dass sich Emil völlig mit Cola durchnässt hat und sie alle laut loslachen mussten. Danach sitzen sie zusammen und reden ein wenig über die Schule. Lorena trinkt ihren Becher schnell aus, es schmeckt nach Cola und etwas Bitterem, doch es schmeckt.

Die Jungen trinken noch ein Bier, Lorena spürt allerdings schnell, dass der Wodka seine Wirkung zeigt, sie spürt die Leichtigkeit in sich aufkommen, die man manchmal durch Alkohol erreichen kann und sie hat das Gefühl, dass alles nicht so wichtig ist, wie sie es sonst immer empfindet. Sie lacht, als Emil den Arm um sie legt und ignoriert die Blicke von Antoni auf sich, obwohl er Mandela im Arm hält.

Irgendwann kommen noch zwei Freundinnen der anderen Jungen, die sie nicht kennen und bringen auch noch etwas zu trinken mit. Eine hat eine Box dabei, aus der Musik gespielt wird und Pizza und sie stürzen sich darauf. Es ist wirklich lustig und gemütlich, und als die Sonne langsam untergeht, beginnen die unsinnigen Spiele, die Lorena noch nie gemocht hat. Sie spielen Wahrheit oder Pflicht und Lorena hofft einfach nur, dass sie nicht ständig drankommt und wenn, dann lügt sie einfach, weil die Wahrheit meistens niemanden etwas angeht.

Mandela und die anderen Frauen finden die Spiele gut, aber als sie mit Flaschendrehen und den fünf Minuten hinter dem Baum beginnen, würde Lorena den Abend am liebsten beenden, doch Mandela setzt sich aufgeregt neben sie. »Falls du mit Antoni fünf Minuten bekommst, kannst du ihn dann über mich ausfragen? Bitte, ich will wirklich wissen, was er über mich denkt.«

Lorena nickt nur und hofft weiter, dass sie verschont bleibt. Erst geht eine der anderen Frauen und einer der anderen Männer weg. Als sie wiederkommen, sieht man, dass es bei ihnen nicht beim Reden geblieben ist und dann gehen Mandela und einer der anderen Männer weg. Als sie wiederkommen, ist sich Lorena nicht einmal sicher, ob es da nicht doch zu einem Kuss gekommen ist, es sieht fast so aus, doch beide schweigen und setzen sich wieder.

Als hätte Mandela sie verflucht oder Antoni der Flasche Geld geboten, hält sie anschließend nacheinander bei ihr und ihm. Lorena flucht innerlich auf, während Antoni es kaum erwarten kann. Mandela lächelt sie aufmunternd an und Lorena folgt Antoni in das Gebüsch, hinter einen Baum, wo niemand sie sehen kann.

Beim Laufen bemerkt Lorena, dass sie doch mehr Alkohol zu sich genommen hat, als sie hätte sollen, und sie hält sich am Baum fest, während Antoni sie gierig ansieht. »Endlich!« Er fällt quasi über sie her. Schneller als Lorena reagieren kann, drängt er sie an den Baumstamm, presst seine Lippen auf ihre und auch seinen Körper gegen ihren. Lorena keucht auf und will ihn wegdrängen, doch das stachelt ihn nur noch mehr an. »Du bist perfekt, Baby, ich kann es nicht erwarten, dich endlich wieder zu haben.«

Erst beim zweiten Versuch schafft Lorena es, ihn weit von sich zu schieben, beide atmen schneller und Lorena holt aus und knallt ihm so laut eine, dass, wenn die anderen nicht Musik hören würden, sie es garantiert mitbekommen hätten. »Was soll das, du Idiot?« Er hält sich die Wange. Lorena sieht, dass zum Glück der Lippenstift wirklich farbecht ist und man nichts weiter von Antonis Attacke auf sie sieht. »Ich will dich, Lorena, das weißt du doch.«

Lorena ist wirklich sauer, sie geht zu ihm und sticht ihm mit ihrem Finger auf die Brust. »Du kannst mich nicht haben und das hat nichts mit Mandela zu tun. Ich stehe auf Männer und nicht auf kleine Jungs, die sich schon bei einem Schluck Bier nicht mehr unter Kontrolle haben, hast du verstanden? Mandela ist meine beste Freundin und du hast sie gar nicht verdient. Ich will ihr nicht wehtun und werde ihr nichts deswegen sagen, doch solltest du mich noch einmal schief ansehen oder ihr wehtun, schwöre ich dir, dass ich dafür sorgen werde, dass du nie wieder eine Freundin hier finden wirst, hast du das kapiert?«

Lorena wartet keine Antwort ab, sie stampft wütend zurück zu den anderen und spürt, dass Antoni ihr folgt. Als Mandela sie fragend ansieht, lächelt Lorena und setzt sich zu ihr. »Er ist ganz verrückt nach dir.« Sie grinst bis über beide Ohren und kuschelt sich in seine Arme, sobald er sitzt. Lorena trinkt noch ein paar Schlucke von Emils Bier und als sie beide kurz danach eine Auszeit hinter dem Baum bekommen, gehen sie lachend über die Wiese. Sie beide haben aber so viel getrunken, dass sie es nicht ganz bis zum Baum schaffen und vorher lachend ins Gras fallen.

Emil beugt sich über Lorena. Als sie in den Sternenhimmel sieht und in sein Gesicht, lässt sie es zu, dass er sie langsam und vorsichtig küsst. Sie erwidert den Kuss und hört das Grölen von den anderen. Als Emil zufrieden den Kuss beendet, sieht er sie fragend an. »Sind wir jetzt ein Paar?« Lorena lacht und schüttelt den Kopf. »Nein.« Emil seufzt enttäuscht auf, auch wenn er die Antwort natürlich kennt, doch er streicht liebevoll Lorenas Haare zur Seite und sieht ihr in die Augen.

»Du bist etwas ganz Besonderes, Lorena. Eines Tages wirst du einen Mann treffen, den du auch zurücklieben kannst und dieser Mann wird der glücklichste Mann der Welt sein, ich beneide ihn jetzt schon.«

Kapitel 5

Lorena und Mandela sind sehr spät nach Hause gekommen, die Eltern ihrer besten Freundin haben bereits geschlafen. Lorena weiß, dass das niemals bei ihr der Fall sein könnte. Ihr Vater hätte auf sie gewartet, egal wie spät sie kommen würde. Sie will sich gar nicht vorstellen, was wäre, wenn er merken würde, dass sie getrunken hat oder mit Männern unterwegs war, all das ist für sie unmöglich. Was heißt unmöglich? Sie ist neunzehn, eigentlich ist für sie alles möglich, doch sie und ihre Schwester lassen sich in Schranken weisen, denen sie gar nicht folgen müssten.

Am Montagmorgen ist es die Hölle in der Schule. Lorena schläft zweimal ein und nicht nur ihr Kopf dröhnt, sie legt sich mittags bei Emil an die Schulter und schläft einige Minuten, bis sie wieder zum Unterricht müssen. Als Lorena dann endlich nach Hause gehen kann, beeilt sie sich, was selten vorkommt, doch Mandelas Mutter hat ihr am Morgen noch zwei weitere Aufträge von ihren Freundinnen gegeben, sie soll insgesamt sechs Kleidungsstücke nähen und häkeln und bekommt das Geld am Samstag, wenn sie alles zu Mandelas Mutter bringt. Es wird hart, doch Lorena hat auf solch eine Chance gewartet und wird sich alle Mühe geben.

Als sie auf den Hof kommt, sieht ihr Vater ihr entgegen und auf Lorenas Lippen bildet sich ein Lächeln, er wird es niemals sein lassen. »Hallo Papa, es ist heiß, wieso wartest du nicht drinnen? Hast du Hunger?« Lorena gibt ihrem Vater einen Kuss auf die Wange und statt seiner sonst etwas bissigen Bemerkungen hält er Lorena am Arm zurück.

»Weißt du, woran ich heute denken musste? Der alte Juan ist vorbeigekommen, er hat mir seine Wurst mitgebracht, er war lange nicht mehr da. Die Geschäfte laufen gut und er ist nur noch selten im Dorf. Weißt du noch früher? Da hatte er seine Pferde immer auf den Weiden vor dem Dorf, niemand durfte zu nah an die Pferde ran, doch einmal, als du so wütend warst, weil deine Mutter nur für Lia ein neues Kleid auf dem Markt gekauft hat ... Kannst du dich noch daran erinnern?«

Es ist sehr selten, dass ihr Vater noch so viel redet und noch seltener, dass er freiwillig in die Vergangenheit zurückkehrt. Sie muss lächeln und drückt seine Hand, die noch immer ihren Arm umfasst, um sie am Gehen zu hindern. »Ja Papa, natürlich weiß ich das noch. Du bist von der Arbeit gekommen und hast mich auf deine Schultern genommen. Zusammen sind wir zu den Pferden gelaufen und du hast Juan überredet, dass ich auf dem kleinen Pony reiten durfte. Es war einer der schönsten Tage für mich.«

Ihr Vater nickt. »Ich habe damals gesagt, dass ich nicht möchte, dass meine kleine Prinzessin weint und traurig ist. Deine schönen Augen sind nur dafür gemacht worden, zu strahlen.« Lorena legt den Kopf ein wenig schief, sie weiß, wie oft er genau ihre Augen verflucht hat, weil sie so hell sind und ihn an ihre Mutter erinnern. »Das gilt auch jetzt noch. In letzter Zeit bist du oft traurig, ich merke das.«

Lorena lacht leise und küsst ihren Vater auf die Wange, wahrscheinlich ist das der Grund, wieso Lia und sie ihrem Vater all seine Launen und den ganzen Ärger immer wieder verzeihen. Er hat zwei Seiten an sich. Als würden zwei Herzen in ihm schlagen.

Zum einen ist da der gebrochene, verbitterte Mann, der er die meiste Zeit über ist. Verlassen von seiner Frau, mit zwei heranwachsenden Töchtern völlig überfordert, das ganze Gerede im Dorf, der Unfall auf Arbeit und der Verlust der Arbeit, all das hat sie in diese Situation gebracht. Doch da gibt es auch noch den anderen Mann, ihren Vater, der Vater, der er so viele Jahre war. Stark, groß, Lorena hat es geliebt, auf seinen Schultern zu sitzen. Er war immer glücklich, ist strahlend von der Arbeit gekommen, hat sich auf seine drei Mädchen gefreut, wie er es immer gesagt hat. Er hat Lia und Lorena in die Luft geworfen und ohne Probleme wieder aufgefangen, er hat alles dafür getan, um sie glücklich zu machen, auch wenn heute nicht mehr sehr viel an diesen Mann erinnert. Er ist noch da, tief in diesem gebrochenen Mann ist er noch da, der Mann, den sie über alles liebt und Lorena ist dankbar für diese winzigen Augenblicke, wo er wieder da ist.

»Keine Sorge, Papa, es ist alles in Ordnung. Soll ich die Wurst nehmen und dir etwas damit kochen? Ich kann sie mit Kartoffeln und Gemüse anbraten, so magst du sie doch am liebsten?« Ihr Vater nickt und sieht wieder zum Eingang. »Mach nur. Ich warte auf deine Schwester.« Lorena lächelt mild und geht ins Haus. »Sie kommt schon, Papa, du kannst auch im Schatten im Haus warten.« Sie weiß eh, dass er das nicht tun wird, er wartet immer auf sie.

Lorena beeilt sich, sie bereitet das Essen zu und während es auf dem Herd vor sich hin dünstet, hängt sie die Wäsche ab und fegt das Haus durch. Dann sucht sie alle Stoffe zusammen, die sie braucht und stellt fest, dass es zwar noch reicht, sie aber bald wieder Nachschub braucht, besonders, wenn sie noch weitere Aufträge bekommt, was sie hofft.

Lia kommt, ihre Schwester ist ganz verträumt, sie essen und am liebsten würde Lorena Lia ausfragen, was genau sie so nachdenklich macht, doch sie beeilt sich und setzt sich gleich an die Maschine. Lorena arbeitet die ganze Zeit und schafft es, ein Oberteil komplett fertigzustellen und eines zur Hälfte. Als sie ins Bett geht, schlafen Lia und ihr Vater schon. Lorena ist müde, sie hat bereits die letzte Nacht zu wenig Schlaf bekommen, doch sie zwingt sich, auch noch im Bett ein wenig zu häkeln und ein weiteres Oberteil anzufangen.

Irgendwann schläft Lorena allerdings dabei ein. Als Lia sie am nächsten Morgen wecken möchte, schafft sie es gerade mal zu sagen, dass sie erst später zur Schule muss, was nicht der Fall ist, doch sie schafft es absolut nicht, aufzustehen, deswegen schläft sie sofort wieder ein und wird erst am Mittag wach. Ihr Vater sitzt im Haus und sieht ihr fragend entgegen. Lorena deutet nur auf ihren Bauch und geht ins Badezimmer, sie weiß, dass er nicht weiter nachfragt, wenn er denkt, sie haben Menstruationsbeschwerden.

Lorena frühstückt etwas, geht schnell zur Wäscherei, lässt zwei Maschinen laufen und geht in der Zeit ein wenig Mehl einkaufen.

Statt die anderen Sachen im überteuerten Markt zu kaufen, fragt sie beim Bauern nach, der ihr zwei Kannen mit frischer Milch mitgibt. Für den Preis hätten sie im Markt gerade mal eine Packung bekommen, sie bekommt noch Zucchinis und Tomaten dort und legt alles zu ihrer Wäsche in den Wäschekorb.

Als ihre Nachbarin sie zu sich ruft und ihr Äpfel, Erdbeeren und Weintrauben gibt, die sie gerade frisch geerntet hat, ist Lorena mehr als zufrieden mit ihrer Ausbeute und verstaut alles im Haus.

Sie bereitet Teig für Brot zu und lässt ihn auf dem warmen Ofen gehen, bevor sie sich direkt wieder an die Nähmaschine setzt und weiterarbeitet. Sie unterbricht nur, um das Essen zu kochen und zusammen mit ihrer Schwester und ihrem Vater zu essen. Lia wundert sich ein wenig, dass Lorena bereits alles geschafft hat, doch sie sagt nichts weiter dazu.

Als Lorena weiterarbeitet, setzt sich Lia zu ihr, sie erzählt, dass bei ihr auf der Arbeit gerade wenig zu tun ist und Cruz und Jomar, die Anführer der Nechas, verreist sind. Maria ist krank und sie übernimmt auch ihren Haushalt, aber trotzdem ist wenig zu tun. Lorena fragt genauer nach. »Was ist eigentlich mit Cruz` Bruder, Jomar? Hat er eine Freundin? Wie ist er so?« Lorena hat noch nie solch einen hübschen Mann gesehen. So hübsch, mächtig und irgendwie so geheimnisvoll. Man kann ihn mit keinem Mann vergleichen, den Lorena jemals getroffen hat.

»Ich weiß nicht viel über ihn, er wirkt sehr nett. Manchmal erzählt Maria, dass er wieder Frauenbesuch hatte und dass diese Frauen sich meistens für etwas ganz Besonders halten. Die Brüder sind aber nicht so, sie sind sehr nett zu den Haushälterinnen. Ich schätze eher nicht, dass er eine feste Freundin hat, er hat seinen Spaß. Cruz hatte auch erst am Montag eine Frau bei sich. Ich meine, du hast sie ja nun selbst gesehen, sie sehen gut aus, haben viel Macht, viel Geld, kein Wunder, dass die Frauen sich um sie bemühen.«

Lorena lächelt beim Gedanken an Jomar, würde sie in der Stadt leben und keinen Vater haben, der jeden Mann umbringt der in ihre Nähe kommt, würde sie bestimmt auch etwas mit ihm anfangen. Nichts Ernstes, er ist ein Nechas, aber alleine beim Gedanken daran, ihm näherzukommen, kribbelt es in Lorenas Bauch.

Lia bemerkt das Lächeln ihrer Schwester und ermahnt sie, nicht zu vergessen wer sie sind. Lorena lächelt trotzdem weiter vor sich hin. Cruz wird Lia schon längst bemerkt haben, egal wie viele Frauen bei ihm ein und aus gehen. Lia ist wunderschön, doch sie selbst hat keine Ahnung, wie schön sie ist und was für eine Wirkung sie auf Männer hat.

Ihre Schwester erwähnt in letzter Zeit immer öfter, wie sehr man den Unterschied zwischen ihnen und den Frauen aus der Stadt bemerkt, aber Lorena ist sich trotzdem absolut sicher, dass Lia auf die Brüder Eindruck gemacht hat, das macht sie überall, wo sie hinkommt, auch wenn sie selbst das nicht einmal bemerkt.

Lias Freundin kommt vorbei und beide gehen aufs Dach, Lorena aber näht weiter und hört erst auf, als sie ein weiteres Oberteil fertig und das andere beendet hat, somit hat sie drei Oberteile angefertigt, die Lorena sehr gut gelungen sind. Während sie am Abend mit Lia ihre Lieblingsserie sieht, häkelt sie am anderen Oberteil weiter, doch dann geht sie zusammen mit Lia früher schlafen.

Trotzdem geht sie am nächsten Tag nur die ersten drei Stunden zur Schule. Sie hat einfach keine Lust mehr, dieses Mal kommen auch Kata, die heute frei hat und bei ihr in der Schule zu Besuch war und Emil mit ihr mit. Zusammen gehen sie zum Fluss, essen Eis und legen sich in den Schatten. Kata versteht Lorenas Pläne als Einzige richtig.

Kata möchte unbedingt reich heiraten und hier wegkommen, sie denkt nicht, dass sie es als Model schaffen wird, deswegen hat sie sich einen anderen Plan gemacht und ist durch das Internet und diese App, die jeder nutzt, seit einigen Tagen mit einem Mann in Kontakt, der aus San Juan kommt. Er hat dort ein Schmuckgeschäft, Kata zeigt ihr Bilder.

Der Mann ist dunkel, sehr dunkel, er wirkt etwas älter. Wirklich viel erkennt man nicht, aber er scheint sehr angetan von Kata zu sein, sie kommt die ganze Zeit nicht vom Handy weg, die beiden schreiben ununterbrochen.

Lorena braucht auch unbedingt ein neues Handy, doch sie weiß, dass diese Wünsche unrealistisch sind, nicht machbar in ihrer jetzigen Situation. Doch man kann ja bekanntlich alle Situationen ändern, deswegen geht Lorena, sobald sie zuhause ist, auch direkt wieder an die Nähmaschine.

An diesem Nachmittag fertigt sie einen komplizierten Rock an, an dessen Muster sie auch am nächsten Tag nach der Schule noch sitzt. Sie hat den Schultag durchgezogen, jedoch nur, weil es eh ein kurzer Tag war. Lorena häkelt noch das Oberteil zu Ende, dann bereitet sie das Essen vor und hängt die Wäsche auf, die sie im Waschbecken mit der Hand gewaschen hat, weil sie es nicht geschafft hat, zum Waschsalon zu kommen.

Ihr Vater ist unruhig und murmelt etwas davon, dass Lia zu spät ist. Lorena sagt ihm, dass er sich beruhigen soll, sie wird bestimmt jeden Moment kommen und einige Minuten später kommt ihre Schwester wirklich auf ihren Hof mit einem Zettel in der Hand.

»Hatte dein Bus Verspätung?« Ihr Vater sieht ihrer hübschen Schwester wie immer von der Terrasse entgegen, während Lorena weiter die Wäsche aufhängt. »Nein, ich musste ins Nachbardorf, es gibt ein Problem auf der Arbeit.« Ihr Vater dreht sich weg, Lorena sieht zu ihrer Schwester und erkennt, dass sie etwas angespannt aussieht.

»Die Leute, deren Haushalt ich jetzt erledige, geben morgen eine Feier.« Lia hält die Liste hoch. »Ich muss die ganzen Vorbereitungen machen und auch während des Festes am Buffet stehen, also werde ich erst gegen Mitternacht zurück sein.«

Ihr Vater wendet sich wieder ihrer Schwester zu und sieht sie von oben bis unten an, als hätte er schon ein Verbot auf der Zunge, allerdings weiß er genau, dass sie alle auf diese Arbeit angewiesen sind. »Was soll man heutzutage schon noch feiern.« Er will sich wieder abwenden.

»Maria, die mit mir dort arbeitet, hat eine Magen-Darm-Grippe und gefragt, ob Lorena morgen aushelfen kann.« Lorena glaubt im ersten Moment, sich verhört zu haben und beginnt zu strahlen. »Was bekommt sie dafür?« Lia sieht zu Lorena. »25 Dollar für den ganzen Tag.«

Lorena weiß genau, dass es mehr sein wird und dass Lia Geld vor ihrem Vater versteckt, damit er es nicht immer in der Bar vertrinken kann. Lorena sieht zu ihrem Vater, nun ist auch sie angespannt, doch dann zuckt ihr Vater nur die Schultern.

»Macht doch, was ihr wollt, ihr seid eh zu nichts zu gebrauchen.« Ihr Vater kehrt zurück ins Haus, mehr werden sie von ihm sicherlich nicht hören. Lorena ist fertig mit der Wäsche und geht Lia entgegen. »Das wird super, ich werde mir die größte Mühe geben und wer weiß, vielleicht behalten sie mich und wir beide können zusammen ...« Lia stoppt die Hoffnungen ihrer Schwester.

»Das ist einmalig, du gehst weiter zur Schule, es reicht, wenn eine von uns ein beschissenes Leben führt.« Lorena würde ihrer Schwester gerne sagen, wie sehr sie ihr Leben langweilt und wie sehr sie sich Veränderungen wünscht, doch sie weiß, dass Lias Leben noch schwerer als ihres ist und verkneift es sich, sie gibt ihrer Schwester nur einen Kuss auf die Wange. »Was ziehen wir morgen an?«

Lia geht erst einmal duschen, doch Lorena legt für sie beide zwei Jeansshorts und ein weißes und ein graues Shirt mit V-Ausschnitt heraus, dazu die feinen Ballerinas und Schmuck. Lorena ist sich sicher, dass sie sich nicht sehr viel von den Frauen aus der Stadt unterscheiden werden. Danach setzt sie sich wieder an die Nähmaschine und fertigt das letzte Kleidungsstück an. Sie legt spät in der Nacht alles zusammen und geht erst dann zufrieden ins Bett.

Ein kleiner Wind der Veränderung weht durch ihr aller Leben, und während Lia das alles ganz nervös und unruhig macht, liebt

Lorena es, steckt ihre Nase in den Wind der Veränderung und schläft zufrieden ein.

Am nächsten Morgen zieht Lorena die Shorts und das weiße Shirt an, sie tuscht ihre Wimpern, zieht sich einen Lidstrich und trägt Lipgloss auf, auch Lia hat sich ein wenig zurechtgemacht, Lorena hilft ihr, die langen Haare zu flechten und dann gehen sie schnell zur Bushaltestelle, wo sie einige Leute aus den beiden Dörfern treffen. Lorena liebt es, sie kann sich vorstellen, schon morgen die Schule zu schmeißen und wie Lia zu arbeiten, doch ihre Schwester wird das nicht so einfach zulassen. Sie unterhalten sich alle über die bevorstehende Hochzeit von Lias Freundin Tabea mit Yandiels Bruder. Es gab längere Zeit keine Hochzeit mehr und da Yandiels Familie eine der reichsten aus der Gegend ist, freuen sich alle auf das Fest, es wird größer als die meisten Feste hier.

Als der Bus endlich an der Bushaltestelle hält, von der sie zum Nechas-Gebiet kommen, wird Lorena doch ein wenig mulmig zumute. Sie spürt, dass auch ihre Schwester noch angespannt ist, obwohl sie nun schon eine Weile hier arbeitet. Sie laufen mit einigen anderen Frauen und Männern einen Weg entlang, der nach und nach zu einer richtigen Straße wird, dann kommen sie an einigen Wachhäusern vorbei und im letzten sitzen mehrere Männer.

Nun ist es das erste Mal, dass Lorena wirklich begreift, was es bedeutet, dass Lia bei den Nechas arbeitet. Sie hat Jomar schon getroffen und er hat sehr respekteinflößend und mächtig gewirkt, doch nicht gefährlich. Er war sehr nett zu ihnen. Die Männer im Wachhaus wirken gefährlich, sie haben mehrere Waffen vor sich liegen und sie alle sehen unberechenbar aus. Zwar reden sie freundlich mit ihnen, einer der Männer zwinkert Lorena auch zu, trotzdem ist sie froh, als sie weitergehen.

Sie biegen in eine Straße ein, ihre Schwester erklärt ihr, dass sie in diesem Teil des Gebietes selbst noch nie war. Lia fragt die anderen Frauen, die schon länger für die Familia arbeiten, wie viele Männer der Nechas hier eigentlich wohnen.

Lorena staunt auch, wie groß das Gebiet ist. Alle Häuser sind groß und sehen sehr teuer aus. Man sieht Frauen und kleine Kinder, gepflegte Gärten, teure Autos und überall diese Männer mit Waffen. Würde man das außer Acht lassen, könnte man meinen, hier wäre eine eigene Stadt entstanden, die Nechas-Stadt. Und so wie die Frauen erklären, dass hier nur die engsten Mitglieder wohnen, was ungefähr 60 Männer umfasst, ist es wohl auch so, sie haben hier ihre eigene Stadt entstehen lassen.

Die Nechas Familia ist riesig, sie sollen über 1000 Mitglieder in der ganzen Welt haben und sie haben viel Geld, das sieht man hier überall. Sie gehen zu einem Haus, welches als Gemeinschaftshaus dient, für Besprechungen und Feiern. Lorena muss sich zusammennehmen, um nicht zu starren und mit offenem Mund alles zu betrachten. Das Haus ist groß, alles ist in Marmor gehalten, es stehen Billardtische, Spielkonsolen, Tische, Couchen und Stühle herum, als würde all das nicht ein Vermögen kosten.

Lorena sieht in den Garten, dort wird alles für die Feier aufgebaut, sie müssen noch auf Zutaten warten und sich dann beeilen, um alles zuzubereiten. Lorena sieht auf den riesigen Pool und die großen Boxen und Grills, die aufgestellt werden, bevor sie in einen anderen Raum gehen, wo sie vor einigen Bildern stehen bleibt. »Sieh dir das an.«

Ein Bild zeigt Jomar, neben einem Mann, der ihm sehr ähnlich sieht und genau wie er ein sehr schönes Lächeln hat. In ihrer Mitte steht eine bildhübsche Frau und auf den Bild danebben sind noch einige Männer mehr mit auf dem Bild. Auch Lia bleibt vor den Bildern stehen und eine der anderen Frauen tritt zu ihnen. »Das sind die Anführer der Nechas.«

Nun sehen sie alle auf das Bild, das Jomar mit mehreren Männern zeigt. Ihre Schwester scheint auch noch nicht alle zu kennen, und die Frau, die hier schon mit allem vertrauter ist, zeigt auf jede Person auf dem Bild. »Das sind die beiden Anführerbrüder, Cruz und Jomar, die Frau ist ihre Schwester Savana, da ihre Cousins Dariel, Ian und Caleb und zwei weitere Anführer, wenn auch nicht angeboren, Luis und Hector, sie sind enge Berater und Vertraute der beiden Brüder.« Sie alle sehen sich die Männer und die Frau an, die ganz Puerto Rico unter ihrer Kontrolle haben und deren Macht sogar noch viel weiter reicht, bis es etwas lauter wird.

»Die Ware ist da, lasst uns anfangen, sie alle werden heute kommen und sicher viel Hunger mitbringen.«

Das lässt sich Lorena nicht zweimal sagen, sie möchte ihrer Schwester zeigen, dass ihr diese Arbeit liegt und Spaß macht und sie auch hier arbeiten möchte, deswegen packt Lorena gleich mit an, doch ihre Gedanken wandern trotzdem immer wieder zu dem Bild und zu dem Mann, der ihr von allen am besten gefällt. Jomar, einer der Anführer der Nechas. Noch nie hat ihr ein Mann wirklich gefallen, sie so beeindruckt und dann ist es gleich ein Mann, von dem man lieber die Finger lassen sollte.

Kapitel 6

Sie arbeiten zu fünft und haben keine Minute Pause, Lorena backt Kuchen und bereitet Desserts zu, während die anderen sich um die warmen Speisen kümmern. Irgendwann spürt sie, wie ihre Schwester immer wieder in einen anderen Raum sieht, und als Lorena ihren Blick verfolgt, erkennt sie den anderen Anführer der Nechas in diesem Raum. Er lächelt ihrer Schwester zu und hebt die Hand und Lias Wangen färben sich rot.

Lorena muss leise lachen, sie beobachtet, wie Lia immer wieder hochblickt und betrachtet selbst einen Augenblick Jomars Bruder, in dessen Haushalt ihre Schwester arbeitet. Die beiden Brüder haben wirklich viel Ähnlichkeiten. Auch Cruz ist ein wunderschöner Mann, er hat etwas kürzere Haare als Jomar und man sieht, dass er der Ältere ist, ansonsten sehen sie sich wirklich sehr ähnlich. Lorena geht zu ihrer Schwester und stößt sie leicht von der Seite an.

»Dir gefällt wohl, was du siehst.« Lia wird sofort rot und knetet den Teig, den sie gerade zubereitet, noch stärker. »Was redest du da? Du hast doch gehört, wer diese Männer sind.« Lorena lacht leise. »Ich habe gehört, dass Frauen nicht auf weiche Männer stehen, sie müssen gefährlich und unberechenbar sein.« Lorena sieht wieder hoch in Lias Augen und dann zu Cruz, auch ihre ältere Schwester sieht noch einmal zu Jomars Bruder, doch dort steht keiner mehr, er ist weg.

»Ich stehe auf niemanden, ist der Apfelkuchen schon fertig?« Lorena lacht leise und bringt ihrer Schwester den Kuchen, ihre anständige, vernünftige Schwester flirtet mit dem gefährlichsten Mann Puerto Ricos, wer hätte das gedacht?

Sie arbeiten bis zum Abend am Buffet und als alles fertig ist, stellen sie sich hinter die Tische und bedienen die Leute, die nach und nach den Garten füllen. Sie haben alle viel zu tun und langsam spürt Lorena auch, dass das alles ziemlich anstrengend ist, trotzdem hat sie noch Spaß daran. Sie versucht, zu jeden nett und höflich zu sein, auch wenn sie hin und wieder beim Anblick der Männer zusammenzuckt oder manchmal einfach nur auf eine Waffe starrt, die die Männer bei sich tragen. Es ist ungewohnt, doch Lorena versucht das auszublenden, sie arbeiten hier, all das geht sie nichts an.

Irgendwann spürt sie, wie Lia sich ein wenig anspannt und sieht selbst, dass Cruz mit einem anderen Mann in den Garten kommt, doch bevor sie etwas zu ihrer Schwester sagen kann, steht der Mann vom Strand vor ihr, Jomar, und lächelt sie an. »Dich kenne ich doch.« Lorena hat einige Male an ihn gedacht und auch auf den Bildern im Haus gleich erkannt, doch als er jetzt wieder vor ihr steht, begreift sie wieder, was sie sofort so beeindruckt hat.

Er sieht einfach nur gut aus. Er trägt ein weißes Shirt und eine blaue Jeans. Seine goldfarbene Haut schimmert, obwohl es bereits dunkel ist und seine dunklen Augen sehen forschend in ihre, dabei bildet sich ein wunderschönes Lächeln in seinem Gesicht. Er hat die Haare geschnitten, sie sind kürzer als vor einigen Tagen am Strand, doch noch immer raubt Lorena seine starke Präsenz den Atem und sein frischer männlicher Duft umhüllt sie, selbst über den Tisch mit all den Köstlichkeiten darauf.

»Ja, wir haben uns am Samstag in San Juan gesehen, ich bin Lias Schwester. Sie arbeitet für Cruz.« Jomar nimmt sich ein Stück Brot und nickt. »Stimmt, und arbeitest du jetzt auch hier?« Lorena schüttelt den Kopf. »Nein, ich bin nur für Maria eingesprungen und helfe aus.« Jomar hört nicht auf, ihr in die Augen zu sehen und einen Moment fühlt sich sein Blick so intensiv an, dass Lorena ihren Blick senkt, das hat sie noch nie gestört, doch dieser Mann macht sie wirklich ein wenig nervös. »Das ist schade, was tust du? Wo arbeitest du?« Ein Mann kommt und klopft Jomar auf die Schultern, er begrüßt ihn und sieht dann wieder zu ihr, sie sucht krampfhaft nach einer Antwort, sie kann ihm doch nicht sagen, dass sie noch zur Schule geht. Nicht einem Mann wie Jomar.

Er lächelt sie an und Lorena ist nur froh, dass ihre Schwester gerade alle Hände voll zu tun hat. »Ich bin gerade dabei, mir eine Modelkarriere aufzubauen … solange gehe ich noch ein wenig auf eine weiterführende Schule.« Jomar lächelt wieder und Lorena könnte ihm ewig dabei zusehen. Sie kommt sich vor wie eine der naiven, verliebten Frauen in den Telenovelas, die sie immer sehen und über die sie normalerweise lacht.

»Das mit deiner Modelkarriere wird garantiert gut laufen. Ich habe noch nie so eine hübsche Frau wie dich gesehen. Was hast du zubereitet? Ich möchte das alles probieren.« Jomar hat Lorena mit seiner Aussage völlig überrumpelt, doch sie reißt sich zusammen und zeigt ihm alles, was sie gebacken hat und er nimmt sich wirklich von allem ein Teil, dann kommt ein weiterer Mann und begrüßt ihn, und genauso schnell wie Jomar gekommen ist, ist er auch wieder weg, ohne dass Lorena ihn fragen konnte, ob er seine Worte gerade ernst gemeint hat.

Lorena sucht immer wieder den Garten nach ihm ab, doch sie findet ihn nicht mehr und kurz danach machen sie sich alle auf den Weg zu den letzten Nachtbussen, die sie zurück in ihre Dörfer bringen. Sie müssen sich richtig beeilen. Als sie gehen, beginnt die Feier erst so richtig und Lorena bemerkt, wie Cruz ihre Schwester aufhält und kurz mit ihr spricht.

Lorena stockt, als sie die beiden sieht, auch von hier erkennt man, wie Cruz Lia in die Augen sieht, sie sehen schön zusammen aus, wie ein Traumpaar, auch wenn sie aus völlig verschiedenen Welten kommen. Lia bildet sich ein, sie würde hier zwischen all den Frauen vor allem deswegen hervorstechen, weil sie eine Frau aus dem Dorf ist, doch das stimmt nicht. Lorena sieht es, sie übertrifft alle Frauen hier, egal was sie anhaben oder wie sie sich geben und das wird auch Cruz längst bemerkt haben.

Wahrscheinlich bedankt er sich nur kurz und verabschiedet sich, doch es ist die Art, wie er Lia ansieht. Ihre ältere Schwester ist den ganzen Rückweg über verträumt, auch Lorena lässt ihr Gespräch mit Jomar immer wieder in ihrem Kopf abspielen, bis sie den

Kopf schüttelt und all das von sich schiebt. Diese Männer haben eine unglaubliche Wirkung auf Frauen.

Lorena ist müde, es war anstrengend, doch auch so schön, die vielen Menschen, die Musik, die Freiheit. Als sie aus dem Bus steigen und ihren Hof betreten, atmet Lorena tief aus, gibt ihrem Vater, der wie immer auf der Veranda auf sie wartet, einen Kuss und geht sich im Bad fertig für die Nacht machen. Mit jedem Atemzug, den sie von der Freiheit erhascht, fällt ihr die Rückkehr in ihr richtiges Leben immer schwerer.

Doch sie hat nun schon angefangen, Freiheit zu schnuppern und einiges in Gang zu setzen, das spürt sie die nächsten Tage auch. Am folgenden Tag bringt Lorena die angefertigten Kleidungsstücke zu Mandelas Mutter, wo auch ihre Freundinnen warten, für die die anderen Aufträge waren. Sie sind begeistert, die Frauen sitzen im noch nicht fertigen Garten von Mandelas neuem Haus, trinken Kaffee und begutachten Lorenas Werke. Eine andere Frau, die dort ist, gibt einen weiteren Auftrag für zwei Mädchenkleider an Lorena weiter und nachdem sie zufrieden ihr Geld eingesteckt hat, geht sie zu Mandela, die in ihrem Zimmer sitzt und lernt.

Sie schreiben in der nächsten Woche Klausuren, doch Lorena hat dafür keine Zeit. Ihr reicht es, im Unterricht dabei zu sein, um eine gute Note zu schreiben, auch wenn sie in letzter Zeit öfter gefehlt hat, wird das schon reichen und auch wenn nicht, sie verfolgt gerade einfach andere Ziele.

Mandela unterbricht ihr Lernen, sie essen zusammen ein Eis und sie erzählt Lorena, dass sie vorhat, Antoni ihren Eltern vorzustellen, so richtig offiziell. Hier, bei ihnen in Puerto Rico, besonders bei ihnen in den kleinen Städten und Dörfen, bedeutet das schon einiges und Lorena ist ein wenig überrumpelt, so schnell? Sie versucht, ihre Freundin davon zu überzeugen, noch etwas zu warten, doch Mandela hat schon alles geplant und ist nicht mehr davon abzubringen.

Lorena bringt es einfach nicht übers Herz, ihrer Freundin zu sagen, was für ein Mistkerl Antoni ist und dass er jede Chance genutzt hat, um sich an Lorena heranzumachen. Sie kann es einfach nicht. Sie hätte ihren Mund viel früher aufmachen müssen, der Versuch, ihrer Freundin nicht wehzutun, hat dazu geführt, dass sie nicht sieht, wen sie da ihren Eltern vorstellt.

Als Lorena das Grundstück wieder verlässt, hat sie solch ein schlechtes Gewissen, dass sie statt zum Laden, in dem sie Stoffe bekommt, zur Autowerkstatt von Antonis Familie geht, die ein wenig außerhalb von Seca liegt. Sein Vater hebelt gerade mit einem anderen Mann eine Tür aus einem alten Transporter und Antoni kommt von hinten in den vorderen Teil der Werkstatt, als Lorena eintritt.

Sie grüßt die Männer und deutet Antoni, dass sie mit ihm sprechen muss. Sie weiß, dass das Gerede geben kann, doch sie hat keine Wahl, sie muss mit Antoni darüber sprechen, wenn sie es schon nicht übers Herz bringt, Mandela die Augen zu öffnen. Antoni folgt ihr auch ohne Worte nach draußen vor die Werkstatttür.

»Hast du es dir doch noch überlegt? Emil ist wohl doch nicht so ein ...« Lorena unterbricht ihn und wirbelt zu ihm um. »Kapierst du das nicht? Weder Emil, noch du, noch sonst einer der Männer von hier interessieren mich. Weißt du, dass Mandela dich ihren Eltern vorstellen will?« Er nickt. »Natürlich weiß ich das.« Lorena verschränkt die Arme vor der Brust. »Und wann hast du vor, ihr zu sagen, dass du das nicht kannst? Dass du das nicht möchtest, weil du ein kleines Arschloch bist, der ihrer besten Freundin hinterherhechelt wie ein kleiner Hund?«

Lorena ist sauer über Antonis selbstgefälligen Gesichtsausdruck und kann sich nicht zurückhalten, doch das lässt Antoni nur noch mehr grinsen. »Weißt du, Lorena, Mandela ist eine Frau zum Heiraten und ich bin nicht dumm und lasse mir diese Chance entgehen. Ihr Vater wird immer bekannter. Eine Hochzeit mit Mandela stärkt die Stellung meiner Familie hier in der Gegend und es ist das Beste, was ich tun kann.«

Er sieht Lorena in die Augen. »Du bist eine Frau, die man liebt, du bist wunderschön, deine Augen, dein Gesicht, du bist perfekt wie ein Engel, doch dein Temperament und dein Durst nach Freiheit, deine komischen Träume von der großen weiten Welt ... sieh dir doch deinen Vater an, was aus ihm geworden ist, als er deine Mutter zur Frau genommen hat. Denkst du, ich werde denselben Fehler machen? Dich liebt man, meine Hübsche, Frauen wie Mandela heiratet man, das bedeutet aber nicht, dass wir beide nicht trotzdem ...«

Lorena geht von der Tür weg, die sie mit ihrem Körper aufgehalten hat und die nun mit voller Wucht gegen Antoni schlägt. »Dann muss ich ihr eben sagen, was für einer du bist.« Lorena dreht sich um und geht, doch sie hört noch sein selbstsicheres Lachen. »Wozu willst du ihr wehtun? Ich werde ihr ein guter Mann sein, willst du deiner Freundin ihr Glück nehmen?« Lorena sagt gar nichts mehr dazu, sie geht in den Laden, in dem es Stoffe zu kaufen gibt. Es ist eine kleine Auswahl, doch sie findet etwas Passendes für die neuen Aufträge und kauft die Stoffe, dabei muss sie an die vielen Läden in San Juan denken, die so viele schöne Stoffe haben und das so viel günstiger als hier.

Lorena beschließt, noch einmal nach San Juan zu fahren, sie wird dann auch die Kleider für die Hochzeit von Lias bester Freundin Tabea kaufen, die nächste Woche hier stattfindet. Es ist nur eine Busfahrt, sie ist jetzt zweimal in diesen Bus gestiegen und diesen Weg gefahren, sie muss nicht nur von der Freiheit träumen, sondern auch etwas dafür tun.

Den ganzen Weg zurück in ihr Dorf überlegt Lorena, was sie wegen Mandela tun soll, soll sie ihr sagen, dass Antoni hinter ihrem Rücken ständig sie anbaggert? Soll sie ihr bewusst wehtun oder schweigen und riskieren, dass ihrer besten Freundin das Herz gebrochen wird? Sie kennt die Antwort, doch so mutig Lorena sonst immer ist, diesmal sträubt sich alles gegen den einzigen Weg, den sie gehen kann.

Lia ruft sie an und bittet sie, zum Hauptplatz des Dorfes zu kommen, wo Yandiels Eltern und die Eltern von Lias bester Freundin letzte Vorbereitungen für die Hochzeit treffen. Alle helfen mit und da Yandiels Familie mehr Geld hat als die meisten bei ihnen im Dorf, wird das Fest viel pompöser als die Hochzeiten sonst. Yandiels Mutter hat mehrere weiße Stoffe und Rüschen dabei. Eigentlich wollten sie alles zu einer Schneiderin bringen, doch die ersten Entwürfe haben ihr nicht gefallen.

Sie erklärt Lorena alles und wenn ihr der erste Entwurf gefällt, darf Lorena mehrere Hussen und Schleifen nähen und kann sich so das Geld für die Kleider für die Hochzeit und noch einiges mehr dazuverdienen. Lia weiß ja nichts von dem Geld, was sie schon verdient hat und ihre Schwester muss das auch nicht wissen. Sobald sie zuhause ist, setzt sich Lorena an den ersten Versuch und versteckt ihr Geld in der Dose für die Nähnadeln, da guckt nie jemand außer ihr nach.

Am Sonntag kann Lorena Yandiels Mutter ihren Entwurf zeigen und bekommt den Auftrag, jetzt hat sie aber wirklich viel zu tun. Sie muss die beiden Kleider und die Sachen für die Hochzeit fertig bekommen. Den ganzen Sonntag sitzt sie an der Nähmaschine. Sie erzählt ihrem Vater, dass sie Montag wegen einer Konferenz keine Schule haben und arbeitet den ganzen Montag durch, so entkommt sie auch der Aussprache mit Mandela, was ihr nur recht sein kann.

Als am späten Nachmittag Lia nach Hause kommt, bereitet Lorena gerade das Essen vor und stockt. Ihre Schwester ist überall voller Blut. Getrocknetes Blut ist auf ihrem Shirt und auch in ihrem Gesicht, sie hat nicht alles weggewaschen. Lia steht völlig neben sich. Nicht nur Lorena ist schockiert, auch ihrem Vater hört man die Sorgen an. »Was ist dir denn passiert?« Lorena hört es sofort, wenn Lia lügt. »Eine Kollegin von mir hat sich verletzt und ich habe ihr geholfen.« Ihre Schwester geht an ihrem Vater vorbei und sieht Lorena in die Augen, während ihr Vater ihr verwundert hinterhersieht. »Du kannst doch kein Blut sehen.« Lia betritt das Haus. »Das war auch der reinste Horror heute.«

Lorena weiß, dass sie sich noch ein wenig gedulden muss, bis sie die ganze Wahrheit erfährt, sie ahnt, dass etwas Schlimmes passiert sein muss, als sich ihre Schwester blass zu ihnen an den Tisch setzt und kaum etwas isst, nachdem sie geduscht hat. Sobald sie fertig sind und ihr Vater sich vor den Fernseher setzt, räumen sie beide die Küche auf und ziehen sich dann aufs Dach zurück.

Lia erzählt Lorena, dass heute, während sie das Haus geputzt hat, Cruz von Jomar und weiteren Männern hereingebracht wurde. All das Blut, das an ihr war, stammt von Cruz. Er wurde angeschossen und Lia hat geholfen, die Blutungen zu stillen.

Ihre Schwester kann kein Blut sehen, sie ist mehr als einmal ohnmächtig geworden, als jemand geblutet hat. Noch immer zittern Lias Hände ein wenig, doch während sie Lorena alles erzählt, beruhigt sie sich auch wieder.

Lia ist schockiert, dass ausgerechnet sie in solch eine Situation geraten konnte, sie, genau sie im Haus des Anführers der Nechas und seine Schusswunden pflegend. Sie gibt zu, dass sie sich Sorgen um Cruz macht, auch wenn er, als sie gegangen ist, schon verarztet war.

Es ist nur ein Streifschuss gewesen und seine Familie ist bei ihm, doch Lia nimmt das alles sehr mit und je länger Lorena ihre Schwester an diesem Abend noch beobachtet, umso mehr wird ihr klar, dass es nicht die Tatsache ist, dass sie all das miterlebt hat, sondern vielmehr die Sorge um Cruz.

Lorena kennt Lia besser als sonst einen Menschen und sie ahnt in diesem Moment, dass da etwas zwischen Lia und Cruz entsteht, womit niemals jemand gerechnet hätte.

Auch das lässt sie nicht los, am nächsten Tag geht sie nur kurz in die Schule und arbeitet weiter an den Aufträgen, dabei denkt sie die ganze Zeit über Mandela und ihre Schwester nach. Sie arbeitet bis tief in die Nacht. Als sie am Mittag Lia kurz sieht, sagt sie ihr, dass es Cruz etwas besser geht und gleich sieht auch ihre Schwester wieder besser aus, was Lorena immer verwunderter werden lässt.

Am nächsten Tag hat Lorena wirklich nur kurz Schule und geht Mandela bewusst aus dem Weg. Sie hat sie in den letzten Tagen am Handy immer vertröstet und gesagt, sie hätte viel zu tun, doch sie weiß, dass sie ihr alles sagen muss, die Frage ist nur noch, wie lange sie es noch hinauszögern wird.

Lorena beendet alle Arbeiten und beeilt sich, der Mutter von Yandiel und auch der Freundin von Mandelas Mutter alles vorbei-zubringen. Beide sind sehr zufrieden und Lorena hat nun wirklich schon gut Geld verdient. Sie legt alles in ihre Dose, ruft Kata an und geht früher schlafen.

Am nächsten Morgen zieht sie sich einen knielangen schwarzen Rock an, ein weißes Top und schwarze Flipflops. Sie bindet sich ihre kurzen Haare zu einem Zopf, schminkt sich leicht und nimmt sich ihr gesamtes Geld mit. Zusammen mit Emil läuft sie zur Schule und lässt sich von ihm mit Komplimenten überschütten, wie gut sie aussieht.

Nach der zweiten Stunde und vor der ersten Pause, wo sie auf Mandela treffen würde, erklärt Lorena ihren Freunden, dass sie Bauchschmerzen hat und eilt zur Bushaltestelle, wo sie Kata trifft, die sich ebenfalls krank gemeldet hat, um mit ihr nach San Juan zu fahren und den Mann zu treffen, den sie über die App kennenge-lernt hat.

Als der Bus kommt, der sie nach San Juan bringt, kribbelt es in Lorenas Bauch wieder so wunderbar, während der gesamten Bus-fahrt sieht sie aus dem Fenster und erzählt Kata von San Juan. Ihre Freundin fährt hin und wieder mit ihrem Vater, der Häuser baut, nach San Juan, doch immer nur zu bestimmten Baumärkten.

Sie fahren da vorbei, wo ihre Schwester eine Stunde vorher aus-gestiegen sein muss, um zur Arbeit zur kommen, kurz meldet sich ein leichtes schlechtes Gewissen, doch sie fahren weiter, erst als sie das Meer sehen, steigen sie aus.

Lorena schließt die Augen, atmet tief ein und nimmt diese Wär-me, den Geruch und dieses Gefühl der Freiheit tief in sich auf.

Kapitel 7

Lorena kann nicht anders.

Sie sind gleich mit Katas Date verabredet. Natürlich hat ihre Freundin nicht lange gezögert, als Lorena ihr gesagt hat, dass sie nach San Juan fahren wird. Sie hat sich die ganze Zeit nicht getraut, den letzten Schritt zu machen und Wilmer, wie der Mann heißt, wirklich zu treffen, doch als Lorena ihr gesagt hat, was sie vorhat, hat sie einfach die Chance genutzt und sich mit ihm verabredet.

Lorena ist froh, dass sie dabei ist. Sollte Wilmer ein verrückter Psychopath sein, ist sie da, um ihre Freundin zu retten. Doch zuerst setzen sich die beiden ans Meer, Lorena muss einfach einige Minuten ihre Füße im Sand vergraben und auf die unendlichen Weiten des Meeres hinaussehen. Sie ermahnt sich selbst, nein, das Meer ist nicht unendlich, man stößt am Ende auf neues Land und auch ihr Dorf ist nicht die ganze Welt, man setzt sich in den Bus und entdeckt Neues, sie muss aufhören, sich so einschränken zu lassen, nicht einmal mehr in ihren Gedanken wird sie das zulassen.

Kata ist aufgeregt, ihre Freundin trägt eine enge Jeans und ein weißes Top dazu, sie hat sich leicht geschminkt und ihre Haare zu einem hohen Dutt zusammengeknotet. Lorena liebt Kata und findet sie wunderschön, doch sie weiß, dass Kata das nicht so sieht, sie findet sich zu dunkel und zu dünn, deswegen ermutigt Lorena sie auf dem ganzen Weg zu dem Strandcafé, in dem sie auf Wilmer treffen sollen.

Eigentlich wollte er sie in seinem Schmuckladen treffen, doch da sie sich in San Juan noch kaum auskennen, war das die einfachere Variante. Es ist noch relativ früh am Morgen und das Café dementsprechend leer. Es dauert nicht lange, da entdecken sie Wilmer, der an einem Tisch sitzt und die Hand zu ihnen hebt.

Lorena stockt, doch Kata lächelt zufrieden und geht auf den Mann zu. Man hat auf den Bildern bereits erkannt, dass er älter ist, doch jetzt sieht Lorena, dass er wirklich älter ist. Er muss fast so alt wie ihr Vater sein, Ende dreißig bestimmt. Sie weiß, dass Kata ein gewisser Altersunterschied bekannt ist, doch nicht, ob sie wusste, wie viel älter er ist, allerdings scheint ihre Freundin nicht sehr geschockt zu sein, deswegen gibt sich Lorena einen Ruck und begleitet Kata zum Tisch, wo beide dem Mann die Hand geben und sich ihm gegenüber hinsetzen.

Kata stellt Lorena vor und Wilmer fragt, ob sie leicht hergefunden haben. Kata und Lorena bestellen sich etwas Kaltes zu trinken, Wilmer trinkt Kaffee und Kata erzählt, dass sie eine direkte Busverbindung bis zum Strand haben. Lorena beobachtet Wilmer ganz genau, während Kata und er schüchtern ein Gespräch aufleben lassen.

Er ist älter, aber trotzdem ein attraktiver Mann, gepflegt, dunkler als die Männer aus dem Dorf, er hat ein hübsches Gesicht und ein schönes Lächeln und vor allem würdigt er Lorena kaum eines Blickes, sondern sieht Kata die ganze Zeit schüchtern in die Augen und auch ihre Freundin erkennt sie kaum wieder. Kata ist ruhig, sie versucht älter zu wirken und ist richtig schüchtern. So kennt Lorena ihr Klammeräffchen gar nicht.

Sie trinkt noch ihr Getränk zu Ende und sagt dann, dass sie Einkäufe erledigen muss, so wie es abgemacht war. Kata zwinkert ihr zu und Wilmer lächelt, als Lorena sich für eine Weile verabschiedet und die beiden alleine lässt.

Sie versucht sich ein wenig an ihrem letzten Besuch, als sie mit Lia hier war, zu orientieren und es dauert auch nicht lange und Lorena ist wieder auf der größeren Einkaufsstraße hinter der Strandpromenade. Sie geht an den Läden vorbei, in denen sie schon waren, bis hin zu dem Geschäft, in dem Lia und sie die schönen Kleider gesehen haben. Sie hat sich in ein hellblaues Kleid mit wunderschön besticktem Dekolleté und einer silbernen Borte verliebt und Lia in ein ähnliches in rot. Beide haben die Kleider lange angesehen, sind dann aber weitergegangen, aber nun kann Lorena gar nicht anders, sie zieht beide Kleider an, Lia und sie haben fast die gleiche Figur, beide Kleider passen perfekt und als die Verkäuferin merkt, dass Lorena echtes Interesse hat, bringt sie ihr auch gleich passende Schuhe.

Es ist perfekt, die Kleider sind perfekt und eigentlich würden weder Lia noch Lorena jemals daran denken, sich solch schöne Kleider für einen Abend zu kaufen, niemals. Lorena würde etwas zusammennähen und das wäre sicherlich auch schön, doch diese Kleider hier sind wie für sie gemacht und deswegen handelt Lorena auch einen guten Preis mit der Verkäuferin aus und kauft die Kleider und die Schuhe.

Dann geht sie ein paar Läden weiter in ein Stoffgeschäft und kauft von dem restlichen Geld einige schöne neue Stoffe. Lorena könnte ewig durch die kleinen Läden schlendern, doch sie muss zurück zu Kata. Ihre Freundin muss früher ins Dorf zurück, da ihre Arbeit, wo sie eigentlich sein sollte, nicht so lange dauert.

Katas Eltern sind ähnlich streng wie ihr Vater, wenn auch nicht aus den gleichen Motiven, so haben sie zumindest das gemeinsam. Deswegen unterstützen Kata und sie sich immer bei allem, was die andere plant oder versucht, um dieser Kontrolle zu entkommen.

Schon vor dem Café trifft Lorena auf Kata und Wilmer, die vor einem Auto stehen und sich unterhalten, plötzlich scheint der Knoten geplatzt zu sein, die beiden bemerken Lorena kaum, doch als Kata ihr dann in die Augen sieht, strahlt sie und Lorena freut sich für sie mit. Vielleicht ist Wilmer nicht perfekt, doch das muss er ja auch gar nicht, solange Kata so glücklich ist.

Das Auto gehört Wilmer, er möchte ihnen noch schnell seinen Laden zeigen und sie dann in die Nähe des Dorfes zurückfahren. Eigentlich würde Lorena lieber mit dem Bus fahren, sie hat eh noch länger Zeit, doch sie will Kata das nicht verderben und setzt sich auf den Rücksitz des Wagens. Der Wagen sieht teuer aus, es scheint so, als hätte Kata wirklich einen guten Fang gemacht.

Wilmer zeigt ihnen ein paar Sachen, an denen sie vorbeifahren, unter anderem auch das Haus, in dem er eine Wohnung hat. Es steht vor einem schönen Brunnen mit Pferden und Reitern. Lorena sieht sich das laute Treiben in den engen Straßen an und inhaliert alles, wer weiß, vielleicht wird sie selbst eines Tages hier leben.

Das Geschäft liegt auf einer noch größeren Einkaufsstraße als die beim Strand. Lorena möchte unbedingt auch hier einmal einkaufen und auch Kata sagt gleich, dass sie in den nächsten Tagen wieder herkommen wollen. Sie halten vor dem Geschäft. Als sie eintreten, begrüßt sie eine ältere, fülligere Dame, die leicht schockiert zu ihnen sieht. Wahrscheinlich wusste sie vom Date. Natürlich wird auch sie sehen, dass Kata viel zu jung für Wilmer ist, doch solange sich beide verstehen, geht es niemanden etwas an.

Wilmer zeigt ihnen stolz den Laden und Lorena betrachtet fasziniert den ganzen Silber- und Goldschmuck und die hohen Preise. Während sie sich eine goldene Kette mit Kreuz ansieht, die sehr fein und doch sehr teuer aussieht, legt Wilmer Kata ein goldenes Armband um, was er ihr schenkt. Er scheint seine Entscheidung schon getroffen zu haben. Lorena sieht noch einmal auf den hohen Preis für die Kette, ihre Mutter hatte eine ähnliche und sie möchte die Kette unbedingt haben, aber um sich die leisten zu können, muss sie noch viel nähen.

Dann fahren sie in Richtung Dorf, Kata kommt aus dem Strahlen nicht mehr heraus, während sich Lorena immer beklemmter fühlt, sobald sie in Richtung ihres Dorfes fahren und San Juan hinter sich lassen. Sie hat noch Zeit und spürt, dass sich Wilmer und Kata durch sie ein wenig zurückhalten, deswegen fragt sie nach, ob Wilmer sie an der Bushaltestelle herauslassen kann, an der ihre Schwester jeden Tag zur Arbeit geht.

Sie geht einfach zu Lia, zeigt ihr die Kleider und überprüft gleich einmal, was oder wer ihre Schwester in letzter Zeit so durcheinanderbringt. Lorena sieht Kata fragend an, doch sie deutet ihr mit den Augen, dass das in Ordnung ist und auch Wilmer verabschiedet sich einfach nur höflich, als Lorena mit ihren Taschen an der Bushaltestelle aussteigt.

Sie läuft in die Richtung, in die sie beim letzten Mal gegangen sind. Sie ist froh, dass sie heute einen schwarzen Rock anhat, es dauert eine ganze Weile, bis die Straße fest wird und der Weg ist ziemlich staubig, doch dann erkennt sie schon die Wachhäuschen und geht darauf zu. Eigentlich würde Lorena es am liebsten vor Lia verheimlichen, dass sie einfach noch einmal nach San Juan gefahren ist, doch da sie die Kleider gekauft hat, wird das eh nicht möglich sein und ob sie jetzt oder später einen bösen Blick von Lia erntet, ist auch schon egal.

Der Einfall, sich hier absetzen zu lassen, kam sehr spontan, sie hat gar nicht darüber nachgedacht, wie sie jetzt zu Lia kommt. Eigentlich hatte sie nicht vor, mit den gruseligen Männern aus dem Wachhaus zu reden, doch sie hat wohl keine Wahl, denn die Männer pfeifen und winken sie zu sich. »Wohin, meine Schöne?«

Lorena sieht sich die Männer genau an. Einer trägt einen längeren Bart und einer hat eine Narbe über der Nase, sie wirken gefährlich, doch sie sehen sie freundlich an, also versucht auch sie zu lächeln und nicht zu zeigen, wie ungewohnt es für sie ist, mit solchen Männern zu tun zu haben.

»Ich möchte zu meiner Schwester Lia, sie arbeitet hier im Haushalt von … Jomar … ich meine Cruz, glaube ich.« Der Mann mit den Bart lacht leise und nimmt sein Handy heraus. »Na das überprüfen wir mal schnell.« Er redet mit jemandem und nickt ihr dann zu. »Komm, ich bringe dich zu deiner Schwester.«

Das ging doch ganz einfach. Er hält ihr die Tür zu einem Auto auf, das neben den Wachhaus steht und als Lorena sich in das weiche Leder setzt und der Mann den Motor startet, weiß Lorena, auch wenn sie wirklich nicht viel von Autos versteht, dass das Auto von Wilmer nichts gegen dieses Auto ist, in dem sie nun sitzt. Der Mann bringt Lorena zu mehreren Häusern am Ende des Gebietes.

Lorena erinnert sich noch an das Haus, wo sie die Feier vorbereitet haben, doch die Häuser hier sind doppelt so groß und luxuriös und bisher hat sie nur das Äußere gesehen. Der Mann hält und steigt aus, er bringt sie zu einer Haustür und hält ihr wieder die Haustür auf. Lorena kommt gar nicht mehr aus dem Staunen heraus.

Sie betreten das Haus, und wenn Lorena das andere Haus schon luxuriös fand, weiß sie nicht, was sie hierzu sagen soll. Sie tritt auf teuren Marmor, alles ist hell eingerichtet, sie hat noch nie solch ein schönes Haus gesehen. Der Mann, der sie hergebracht hat, verabschiedet sich und Lorena sieht auf Lia, die gerade eine Marmortreppe herunterkommt und sie wütend anfunkelt.

»Das ist nett, dankeschön, was für ein Service, ich bin sogar hergefahren worden, Lia, stell dir vor, so würde ich immer in die Schule ge ...« Lorena ist begeistert und kann das nur schwer verbergen. Sie tritt in einen großen Wohnbereich und legt die Tüten auf einem Marmortisch ab. Lorena streicht verzückt darüber, hier drauf würde sie sogar schlafen, doch Lia unterbricht sie.

»WAS tust du hier? Wieso bist du nicht in der Schule?« Lorena bemerkt erst jetzt, dass im Garten Cruz und Jomar sitzen und räuspert sich, während sie die Hand hebt und die beiden grüßt, die sie lächelnd zurückgrüßen. Lorenas Herz schlägt ein wenig schneller, als sie in Jomars dunkle Augen blickt, die sofort wieder auf ihr liegen. Er trägt eine Shorts, die ihm bis zu den Knien geht und ein schwarzes Shirt, er sieht einfach zu gut aus und Lorena ist froh, dass sie sich heute zurechtgemacht hat.

Doch nicht das hat sie sich räuspern und jetzt leicht überrumpelt zu Lia blicken lassen. Cruz sitzt neben ihm und trägt nur eine Jogginghose. Er hat einen Verband an seiner Brust.

Man sieht beiden Brüdern an, dass sie viel trainieren, doch nun erkennt Lorena, wie viel sie wirklich an ihrem Körper arbeiten und sie verwundert es gar nicht mehr, dass ihre Schwester so durcheinander ist, wenn Cruz hier den ganzen Tag so herumläuft, das zeigt sie Lia auch in ihrem Blick, Lorena zieht die Augenbrauen hoch, doch Lias wütender Blick erinnert sie daran, zu sagen, was los ist.

»Ich war heute nicht in der Schule. Ich bin nach San Juan gefahren und habe unsere Kleider besorgt.« Damit hat ihre Schwester wohl doch nicht gerechnet. »Du hast was? Wie bist du nach San Juan gekommen?« Lorena stützt ihre Hand ebenfalls in ihre Hüfte, sie wird sich diese Freiheit nicht mehr nehmen lassen. »Lia, nur weil wir bisher zu feige waren, uns in den Bus zu setzen und die Welt außerhalb des Dorfes zu erkunden, heißt das nicht, dass wir das nicht ändern können. Ich habe den späteren Bus genommen und habe alles besorgt, wie du siehst, habe ich es überlebt.«

Lia verschränkt die Arme und schüttelt den Kopf. »Bis Papa davon erfährt!« Lorena legt den Kopf schief. »Komm schon, Lia, sieh doch, was ich besorgt habe.« Sie zeigt auf die Tüten, doch Lia sieht auf die Uhr, Lorena folgt ihrem Blick und sieht, dass ihre Schwester bald Feierabend hat. »Wir haben keine Zeit mehr, ich arbeite hier, falls du es vergessen hast.«

Lorena lächelt und küsst ihre Schwester schnell auf die Wange, sie weiß, dass ihr im Grunde klar ist, wieso Lorena das getan hat und ihr nicht richtig böse sein kann. »Ich helfe dir und dann zeige ich dir alles. Cruz hat bestimmt nichts dagegen, wenn ich dir helfe.« Sie sieht kurz in die Richtung der Brüder, beide beobachten sie weiter aus dem Garten. Cruz hat gerade etwas zu Jomar gesagt. »Oh übrigens, gute Besserung … also, was soll ich tun?« Lorena weiß genau, wie sie Lia wieder gnädig stimmt. Cruz hat eine ähnlich raue Stimme wie Jomar, er sieht zu Lia und dann zu Lorena und lächelt. »Danke, ich habe gar nichts dagegen und Jomar erst recht nicht.«

Lia kneift ihrer Schwester kurz in den Arm und sagt ihr aber, dass sie das Essen ansetzen soll und welches Brot sie backen soll, währenddessen hängt sie die Wäsche ab.

Lorena setzt das Essen an und bereitet das Brot zu, sie spürt immer wieder einen Blick auf sich, doch sie konzentriert sich. Wie zur Hölle schafft es Lia, in solch einem Haus zu arbeiten, für so einen Mann und sich dabei auf die Arbeit zu konzentrieren? Kein Wunder, dass sie in letzter Zeit so durch den Wind ist.

»Du warst letztens plötzlich weg.« Lorena schreckt ein wenig auf, als plötzlich Jomar bei ihr in der Küche steht und sich etwas zu trinken aus dem Kühlschrank holt. »Ja, wir mussten alle gehen, der letzte Nachtbus kam.« Jomar hält eine Dose Cola hoch. »Möchtest du auch?« Lorena nickt, sie hat wirklich Durst bekommen. Sie bereitet den Teig zu und schiebt ihn in den Ofen, dann nimmt sie die Dose, die Jomar ihr hinhält und bedankt sich.

Nun steht er wieder so nah wie am Strand bei ihr und wieder kribbelt es in Lorenas Bauch, als sie in seine schönen dunklen Augen sieht. Dieser Mann ist einfach nur hübsch. »Schade, ich hätte gerne noch etwas mehr über dich erfahren, über deine Modelkarriere und alles andere.«

Lorena lächelt und deutet zu ihrer Schwester, die im Garten die Wäsche aufhängt. Cruz steht auch auf und kommt zu ihnen. »Lia arbeitet hier und da wäre es falsch, auf eurer Party zu sein. Aber sie arbeitet hier ja nur als Vertretung, wer weiß, vielleicht ergibt sich dann noch einmal die Gelegenheit.« Jomar lächelt und auch Lorena kann nicht anders. »Ich hoffe es.« Noch einmal sieht er ihr in die Augen und unter diesem Blick könnte Lorena dahinschmelzen.

Herrgott, was ist bloß los mit ihr? Sie ist doch sonst nie so … emotional, wenn es um einen Mann geht, aber gut. Sie sieht zu, wie Cruz und Jomar die Treppen nach oben gehen. Das ist auch kein normaler Mann, das ist Jomar Nechas.

»Starr nicht so!« Lia ist wieder bei ihr, zusammen räumen sie den Tisch im Garten ab. »Es ist traumhaft hier, Lia, stell dir vor, wir würden hier wohnen.«

Lia lacht, Lorena kann sich nicht sattsehen an dem Grundstück, der Garten ist sehr groß, es gibt einen langen Pool, viele Liegen, einen Grill, es ist perfekt. Als sie fertig sind, haben sie noch ein paar Minuten. Lorena holt die zwei Kleider aus der Tüte, die sie beide in San Juan bestaunt haben und Lia fasst vorsichtig die schönen Kleider an.

»Du bist verrückt, sie sind viel zu teuer und das für nur einen Abend.« Lorena zeigt ihr die Schuhe. »Ich habe gehandelt.«

»Für was macht ihr euch so schick?« Jomar steht plötzlich hinter ihnen und auch Cruz kommt die Treppe herunter, er hat sich ein weißes Shirt übergezogen, trotzdem wirken beide Brüder einfach nur anziehend. Wie kann Lia hier einen klaren Kopf behalten?

»Am Wochenende heiratet jemand und es gibt ein riesiges Fest in unserem Dorf. Das passiert selten.« Cruz sieht auf die Kleider und zwischen Lorena und Lia hin und her. »Da werdet ihr sicherlich die Hübschesten sein.«

Lorena lacht leise. »Wir brauchen nicht noch mehr Ärger, der Bruder des Bräutigams ist jetzt schon sehr in seinem Stolz verletzt, weil meine hübsche Schwester ihn nicht beachtet, ich hoffe, das gibt keinen Ärger.« Lorena erwähnt das extra, sie sieht, wie verschämt Lia in Cruz' Nähe wirkt, auch sie mag die Nähe von Jomar, der neben ihr steht, doch das ist noch einmal etwas anderes. Lorena kennt Lia, aber das hat sie bei ihr noch nie gesehen, und im selben Moment, als sie die Worte ausspricht, sieht sie etwas in Cruz' Augen aufblitzen, was ihr beweist, dass das hier mehr ist. Cruz sieht zu Lia, die sich weiter stur die Kleider ansieht. »Das kann ich mir gut vorstellen.«

Lia blickt hoch, genau in Cruz' Augen und Lorena legt den Kopf ein wenig schief. Was passiert hier gerade? Sie sieht zwischen Lia und Cruz hin und her, keiner sagt mehr etwas, auf Jomars Gesicht liegt ein wissendes Lächeln und in diesem Moment klopft es und Maria, die Frau, die bei Jomar im Haushalt hilft, unterbricht all das.

»Wer weiß, vielleicht sehen wir uns schneller wieder als du denkst.« Lia legt alles zurück in die Tüten, als Jomar sich zu Lorenas Ohr beugt und ihr die Worte mit seiner rauen Stimme zuflüstert. Einen winzigen Augenblick schließt Lorena die Augen, genießt den Duft, die Präsenz, die raue Stimme, und als sie sie wieder öffnet, sieht sie in die schönsten braunen Augen, die sie jemals gesehen hat und lächelt.

Sie winkt beiden Brüdern noch einmal zu, während Lia nur eine leise Verabschiedung murmelt. Als sie die Tür schließen, hört sie noch einmal Cruz' Stimme. »Passt auf euch auf!« Lia und Lorena atmen tief aus, als sie die Haustür schließen, wie hält Lia das bloß aus? Maria sieht sie beide an und schüttelt den Kopf. »Was geht bloß bei euch jungen Frauen im Kopf vor sich?« Sie lacht und Lia und Lorena sehen sich in die Augen, und das erste Mal, seitdem Lia diese Arbeit begonnen hat, versteht Lorena wirklich, was es bedeutet, hier zu arbeiten.

Kapitel 8

Es ist wirklich selten etwas im Dorf los, sehr selten, doch wenn, dann ist Lorena immer mittendrin. Deswegen steht sie am Tag der Hochzeit von Yandiels Bruder und Tabea auch besonders früh auf, kümmert sich um alles im Haus, bereitet Frühstück vor und beginnt sich zu schminken, während Lia langsam aufsteht.

Ihre Schwester hat ihr gestanden, dass sie Cruz mag, sehr mag, und dass sie das ganz durcheinander bringt, was Lorena verstehen kann. Sie hat ja nun selbst die Brüder gesehen und erlebt und das auch nur ganz kurz. Schon jetzt muss sie immer wieder an Jomar denken, an seine schönen Augen und sein Lächeln. Sie hat Cruz gesehen und auch die Wirkung, die er auf Lia hat. Allerdings hat sie auch seinen Blick auf ihr bemerkt und das macht Lorena wirklich Sorgen. Wenn Lia für Cruz schwärmt, ist es nicht so ein Problem, wenn Cruz allerdings auch an Lia Interesse hat und sich wirklich etwas zwischen ihnen entwickeln sollte … würde das einer kleinen Katastrophe nahekommen.

Lorena ist immer offen für Neues, sie hofft, dass Lia sich aus den Fesseln befreit, die ihr hier im Dorf umgelegt sind und sie wird Lia immer bei allem unterstützen, daran besteht kein Zweifel, doch mit dem Anführer der Nechas auszugehen wäre so, als wenn man sagt, sieh dir doch mal langsam die Welt außerhalb des Dorfes an und Lia per Express zum Nordpol fliegen würde.

Es wäre zu viel, zu gewagt, mal ganz abgesehen davon, was ihr Vater dazu sagen würde, kennen sie Cruz und Jomar nicht wirklich und wer weiß, wie sie sind, wenn es um eine Beziehung geht. Vielleicht gerät Lia in etwas hinein, aus dem sie nie wieder herauskommt. Vielleicht würde Cruz sie nie mehr gehen lassen und dann stehen hier irgendwann viele Männer der Nechas bei ihnen auf dem Hof. Da kann Bayli bellen soviel er will, das sind Mächte, denen man lieber aus dem Weg gehen sollte, selbst sie, die die Abenteuerlustigste von allen ist, weiß das.

Lorena legt die Schminksachen weg und seufzt auf. Lia kommt zu ihr und ohne etwas zu erklären, küsst Lorena die Wange ihrer hübschen Schwester und nimmt sie in den Arm. Sie macht sich viele Gedanken darüber, wie es Lia geht, sie ist so nachdenklich. Man hat das Gefühl, sie ist innerlich zerrissen und Lorena ist sich sicher, dass es ihr so gehen wird, deswegen ist sie froh, dass Lia ihre Umarmung erwidert und sie beide einen Moment einhalten. Diese Feier heute wird ihnen allen guttun.

Lorena frühstückt, während Lia sich anzieht. Ihre Schwester geht danach direkt zu Tabea, wo sie bei den letzten Vorbereitungen hilft und geschminkt wird. Lorena bleibt mit ihrem Vater zurück, der die ganze Zeit zu ihrem Kleid sieht und leise vor sich hinmurmelt. Lorena hat ihn mit allergrößter Mühe neu ausgemessen und einen alten Anzug, den er noch hatte, umgenäht, auch wenn ihr Vater immer wieder gesagt hat, dass er nicht zu der Hochzeit kommen wird. Er will nicht feiern und er ist immer noch der Meinung, die Leute aus dem Dorf lachen über ihn, weil er von seiner Frau verlassen wurde.

Lorena hat lange auf ihn eingeredet, auch Lia hat ihr Glück versucht, nun liegt es an ihm. Als er sich in sein Zimmer zurückzieht, befürchtet Lorena schon, dass er sich wieder schlafen legt. Sie sieht noch einmal in den Spiegel, das Kleid sitzt wie eine zweite Haut an ihr. Sie hat sich heute mehr geschminkt, ihre Augen strahlen. Lorena hat sich die Haare zu einem strengen Dutt nach oben gebunden, nun kommen ihr Gesicht und die großen Augen besonders gut zur Geltung.

Sie will gerade losgehen zur Kirche, als sich die Tür ihres Vaters öffnet und Lorena Tränen in die Augen steigen. Aus dem Zimmer kommt nicht der Vater, den sie haben, seitdem ihre Mutter weg ist, nein, vor ihr steht, in einem schicken Anzug und mit seinem alten Lächeln, ihr alter Vater, der, der sie so oft in die Luft geworfen und wieder aufgefangen hat.

Lorena schluckt schwer und ihr Vater lächelt noch mehr. »Ich muss doch bei meinen schönen Töchtern bleiben.« Sie kann nicht anders, freudig umarmt sie ihn und küsst seine weichen Wangen, er hat sich sogar frisch rasiert. Danach gehen sie zusammen über den Festplatz zur Kirche, die zwischen den beiden Dörfern steht. Das dauert etwas länger, da ihr Vater nicht so schnell laufen kann, doch das ist Lorena völlig egal. Sie ist so stolz wie schon lange nicht mehr, jeder grüßt sie, bleibt stehen, spricht mit ihrem Vater. Vielleicht ist das auch ein Punkt, der sich ändern wird. Wenn ihr Vater wieder mehr unter Leute geht und nicht nur nachts das Haus verlässt, um ihr Geld zu vertrinken, wird vielleicht immer mehr der Mann wieder zum Vorschein kommen, der Lorena so sehr fehlt.

Als sie endlich die Kirche betreten, ist diese schon sehr voll. Lia sitzt weiter vorn und Lorena erkennt auch in ihren Augen Tränen, als sie ihren Vater sieht. Sie macht Platz für Lorena und ihn und zusammen sehen sie sich die Zeremonie an. Lorena bemerkt dabei aber, dass ihr Vater gar nicht so unrecht hat.

Immer wieder fallen Blicke auf sie. Sei es Yandiel, der Lia anstarrt, Antoni und Emil, die immer wieder zu Lorena sehen, Nachbarn, die zu ihrem Vater blicken und grüßen. Vielleicht liegt doch ein wenig Wahrheit in den Worten ihres Vaters und sie werden immer in diesem Dorf herausstechen, doch am Ende ist es das Problem der Leute und nicht ihres.

Und das denkt sie sich auch für den Rest des Tages. Nach der Kirche gehen alle zum geschmückten Festplatz. Die Grills werden angemacht und Essen verteilt, die beiden Dörfer sind versammelt und alle feiern zusammen. Ihr Vater setzt sich mit alten Freunden an einen Tisch und Lia, die bei der Braut bleibt, strahlt sie an. Kata zieht Lorena zur Seite und erzählt ihr, was noch alles mit Wilmer passiert ist. Sie haben danach nur kurz telefoniert und es noch nicht geschafft, richtig miteinander zu sprechen.

Nun erzählt sie ihr ausführlich, wie gut sich die beiden verstehen. Wilmer ist etwas unsicher wegen dem Alter, doch Kata ist das völlig egal. Er ist für sie das Ticket, mit dem sie aus dem Dorf herauskommt und das verheimlicht sie auch gar nicht vor Lorena. Er hat sie bis kurz vor das Dorf gefahren und dann haben sie sich im

Auto geküsst. Jetzt schreiben sie die ganze Zeit und Kata möchte nächste Woche wieder nach San Juan. Wilmer will sie unbedingt wiedersehen. Stolz trägt sie sein Armband, dabei muss Lorena wieder an die Kette denken.

Sie suchen sich einen Tisch gleich in der Nähe der Tanzfläche, wo die ersten Frauen schon zu tanzen beginnen und wo auch Emil mit einigen anderen aus der Schule sitzt. Lorena kann nur hoffen, dass ihr Vater später keinen Ärger macht, dass sie sich zu Männern gesetzt hat, doch der trinkt und isst mit einigen Nachbarn und sieht sich nicht einmal um.

»Wo warst du?« Plötzlich steht Mandela mit Antoni vor ihrem Tisch und sieht Lorena enttäuscht an. Sie ist ihr in den letzten Tagen aus dem Weg gegangen und das hat Mandela auch gespürt. Sie muss mit ihr reden, doch nicht jetzt und hier, deswegen steht Lorena nur auf, küsst ihre Freundin auf die Wange und lächelt. »Ich hatte viel zu tun. Ich hatte doch die Aufträge deiner Mutter und von der Hochzeit und ...« Kata zieht Mandela neben sie beide.

»Wir waren in San Juan, wusstest du das nicht?« Lorena ist froh, dass Kata die nächste Stunde damit verbringt, Mandela alles über San Juan und Wilmer zu erzählen. Antoni hat sich zu Emil gesetzt und Lorena ignoriert ihn, was nicht schwer ist, denn das Programm startet. Der Kuchen wird aufgeschnitten und verteilt, es werden Reden gehalten und Geschenke geöffnet, es werden Spiele gespielt. Die Zeit vergeht wie im Flug. Lorena liebt das alles, sie möchte einmal eine riesige Hochzeit haben, auf der sie Tauben fliegen lassen würde. Es ist das Symbol der Freiheit und der Liebe und nichts würde besser zu Lorena passen als das.

Die Sonne ist schon lange untergegangen, als sie wieder essen, das Bier wird immer großzügiger ausgeschenkt und Kata, Mandela und Lorena sind nur noch auf der Tanzfläche. Auch Lia und ihre Freundinnen tanzen viel. Sie haben einfach nur Spaß, genießen das Leben, die Menschen und die Musik.

Der Abend ist perfekt, doch mittlerweile sollte Lorena genug vom Leben gelernt haben, um zu wissen, dass es nicht perfekt bleibt, nicht lange, nichts tut das in ihrem Leben. Lorena versucht alles auszublenden, sie tanzt und hat Spaß, doch als sie auf eine der aufgestellten Toiletten geht, um sich etwas frisch zu machen, fängt sie Antoni auf halbem Weg ab. »Du siehst sehr gut aus, was habe ich gehört? Du treibst dich jetzt in San Juan herum? Weiß das dein Vater? Ist das der Grund, wieso du allen Männern hier einen Korb gibst? Hast du die Hoffnung …?«

Lorena geht einfach weiter. »Es reicht, Antoni!« Sie versucht, auch das zu ignorieren, doch sie sieht, dass Mandela es von Weitem gesehen hat und stellt sich schon innerlich darauf ein, ihr Antworten auf ihre Fragen zu geben. Kata bringt ihnen gerade Cola und Lorena weiß, dass sie Alkohol hineingemischt hat, sie spürt, dass sie schon einiges davon getrunken hat, doch noch kann sie klar denken. Auch Mandela hat schon einiges getrunken, doch statt sie zu fragen, was Antoni von ihr wollte, sieht sie Lorena bittend an, sobald sie bei ihr ist.

»Antoni mag dich, tanz doch mal eine Runde mit ihm und versuche, ihn ein wenig über mich auszuquetschen, Lorena, was er denkt und was er für Absichten hat. Kannst du das für mich machen?« Lorena sieht ihrer besten Freundin in die bittenden Augen. Auch wenn sie weiß, dass es ihr wehtun wird, kann sie in dem Moment gar nicht anders, sie seufzt leise aus und deutet zu Antoni, der sich wieder zu Emil an den Tisch gesetzt hat und wütend zu ihr blickt.

»Nein, das kann ich nicht, Mandela, es tut mir leid. Ich will dich nicht verletzen, deswegen sage ich dir das auch erst jetzt, doch du musst es wissen, bevor das zwischen Antoni und dir fester wird und du weitere Schritte gehst, ohne die ganze Wahrheit zu kennen.«

Mandela sieht sie fragend an, wenigstens ist sie noch so klar im Kopf, zu verstehen, dass Lorena es ernst meint und zum Glück steht sonst nur Kata bei ihnen, die jetzt auch interessiert zuhört. »Antoni mag mich nicht einfach nur. Lange bevor du mit ihm zusammengekommen bist, hatten wir kurz etwas miteinander, ein paar Tage, es war nichts Großes, ich hätte es nicht einmal erwähnt, doch offenbar ist er darüber immer noch nicht hinweg.«

Lorena sieht Mandela fest in die Augen und erkennt den Moment, als sie begreift, was Lorena ihr da zu sagen versucht. »Er meint es ernst mit dir, Mandela, er möchte eine Frau wie dich an seiner Seite haben, aber das hält ihn nicht davon ab, mich ständig anzumachen. Gerade eben wieder. Ich habe es erst versucht zu ignorieren und gedacht, es wäre eine Ausnahme, doch er macht es immer wieder und es ist nicht fair, dir das zu verschweigen.«

Lorena atmet auf, es ist heraus. Mandela sieht ihr schockiert weiter in die Augen und man spürt, dass es in ihrem Kopf zu arbeiten beginnt. Lorena sieht zu Kata, die laut ausatmet, als müsste auch sie diese Neuigkeiten erst einmal verdauen, doch wichtiger ist Lorena Mandelas Reaktion.

Mandela wendet sich zu Antoni um, der sie alle genau im Auge behält, wahrscheinlich ahnt er, dass Lorena die Bombe hat platzen lassen, doch er zeigt keinerlei Reaktion, als sie alle drei nun zu ihm sehen, keine, nichts. Als wäre nie etwas passiert. Nun atmet auch Mandela laut aus und wendet sich wieder zu Lorena.

»Weißt du, was das Traurige an alldem ist? Dass ich das geahnt habe, doch irgendwie wollte ich es nicht wahrhaben, ich habe immer noch an das Gute geglaubt und ...«

Lorena sieht sie entschuldigend an und würde sie am liebsten in den Arm nehmen. Sie sieht, wie verletzt Mandela ist. »Er ist ein Mann und Männer ...« Mandela hebt die Hand. »Ich rede nicht von ihm, Lorena. Ich rede von dir!«

Nun versteht sie gar nichts mehr, doch Mandela kommt richtig in Fahrt. »Weißt du, das war schon immer so bei dir. Alles, wirklich alles hat sich immer um die hübsche Lorena gedreht. Alle Jungs haben sich in dich verliebt, jeder hat alles für dich getan, alle wollten mit dir befreundet sein, selbst mein Vater sabbert hinter dir her. Du kannst immer alles haben, ist es nicht so, Lorena? Das muss sich so tief in dir verankert haben, dass du das Glück anderer gar nicht mehr ertragen kannst, oder? Jetzt, wo es mal ausnahmsweise nicht um dich geht, wo es bei dir nicht so läuft wie du es willst, versuchst du, mein Glück kaputt zu machen?«

Kata unterbricht Mandela, Lorena ist so überrumpelt von Mandelas Wutanfall, dass sie gar nicht reagieren kann, sie hat mit allem gerechnet, aber nicht damit. »Mandela, das was du jetzt da redest, ist ungerecht. Lorena hat damit doch gar nichts zu tun, ich habe doch selbst oft genug gesehen, wie Antoni ...«

Mandela will nichts mehr hören. »Hör doch auf, Kata, du weißt doch selbst, dass Lorena mit ihrem Aussehen immer alles an sich reißt. Doch jetzt läuft es nicht mehr so, du hast Glück in der Liebe, ich gehe meinen Weg und Lorena wartet vergeblich auf irgendwelche Antworten irgendwelcher Model-Scouts, die sie nie erhalten wird.

Vielleicht kannst du es nicht sehen, dass wir gar nicht unglücklich damit sind, hier zu bleiben und hier unser Glück zu finden und nun willst du uns das mit aller Macht zerstören, aber vergiss es. Ich lasse mir das nicht von dir kaputt machen!«

Mit diesen Worten dreht Mandela sich weg und geht zu Antoni, der gleich aufspringt, Mandela in den Arm nimmt und wegbringt, dabei sieht er sich noch einmal zu Lorena um und ein gehässiges Grinsen liegt auf seinem Gesicht. »Arschloch!« Kata legt den Arm um Lorena und erst jetzt kann Lorena wieder richtig atmen. Mandelas Worte haben sie getroffen, mehr als sie es jemals gedacht hätte.

»Vergiss das, was sie gesagt hat. Ich wette, morgen tut es ihr schon wieder leid. Komm, lass uns abhauen, wir gehen zum Fluss und nehmen uns was zu trinken mit. Emil und die anderen kommen bestimmt auch ...«

Noch immer kann Lorena nicht reagieren, doch das muss sie auch gar nicht, denn in diesem Augenblick beginnt ein fürchterlicher Tumult und alle laufen zu zwei Männern, die auseinandergehalten werden. Als Lorena genauer hinsieht, erkennt sie Yandiel, dem Blut aus der Nase läuft und ihren Vater, der ihn anschreit, nie wieder seine Tochter anzufassen. Lia steht neben den beiden und sieht geschockt zu ihrem Vater, dann hoch und Lorena in die Augen. In diesem Moment weiß Lorena, dass sie beide, Lia und sie, hier niemals ihr Glück finden werden.

In dieser Nacht schlafen sie beide nicht viel, es dauert lange, bis sie ihren betrunkenen Vater zurück in ihr Haus gebracht haben, zwei seiner Freunde haben dabei geholfen. Lorena und Lia haben nicht mehr darauf geachtet, was weiter mit Yandiel passiert ist, der ein paar Mal von ihrem Vater getroffen wurde und auch ganz schön geblutet hat. Lorena hat auch nicht mehr auf Kata, Mandela oder einen der anderen geachtet.

Als ihr Vater endlich im Bett liegt, erzählt Lia ihr in Ruhe, dass Yandiel sie abgefangen und einfach versucht hat, sie zu küssen. Er wollte ihr ständiges Nein offenbar nicht mehr länger akzeptieren, doch Lia hatte es unter Kontrolle. Offenbar muss ihr Vater sie allerdings dabei beobachtet haben, denn plötzlich war er da und hat zugeschlagen. Wenn man mal beiseite lässt, dass nun das ganze Dorf wieder ihretwegen in Aufruhr ist und das alles auf der Hochzeitsfeier von Lias bester Freundin passiert ist, wäre es vielleicht sogar ein wenig niedlich, dass sich ihr Vater so für Lia einsetzt. So wie die Dinge aber liegen, ist es eine mittlere Katastrophe. Das spüren Lia und Lorena genau und auch Mandelas Worte hallen noch in Lorenas Kopf nach.

Jetzt fangen auch schon die Menschen, die sie mag, an, ihr ihr Aussehen vorzuwerfen. Sie hat sich nie als etwas Besseres gesehen als Mandela oder Kata, wie kann Mandela ihr all das vorwerfen, wofür Lorena doch gar nichts kann? Sie hat sich niemals an Antoni herangemacht, im Gegenteil, sie hat sich ihn mit aller Kraft vom Hals gehalten, wer weiß, wie das Ganze sonst geendet hätte. Man sagt, dass man in der Wut oft die Wahrheit sagt und es verletzt Lorena, nun zu wissen, was Mandela in Wahrheit von ihr denkt.

Den ganzen Sonntag gehen Lia und sie nicht hinaus. Sie bleiben im Haus, ihr Vater schläft den ganzen Tag und die Schwestern wissen, dass er gar nicht ahnt, was er da wieder angerichtet hat.

Auch am Montagmorgen will Lorena nicht aus dem Bett, Lia geht zur Arbeit, doch noch nicht einmal sie ermahnt sie und besteht darauf, dass sie zur Schule geht. Lorena will niemanden sehen und auch nicht hören, was nun alle wieder von ihrer Familie denken. Sie hat Lia noch nicht einmal erzählt, was mit Mandela vorgefallen ist, sie will all das, was ihr ihre beste Freundin an den Kopf geworfen hat, nicht noch einmal wiederholen.

Außerdem weiß sie, dass auch Lia sich Sorgen macht, eine Freundin verloren zu haben, weil die Auseinandersetzung zwischen Yandiel und ihrem Vater ihre Hochzeit frühzeitig beendet hat.

Irgendwann quält sich Lorena doch aus dem Bett und findet ihren Vater fluchend im Bad vor. Er hält sich die Hand, mit der er Yandiel geschlagen hat und die ziemlich angeschwollen ist. Lorena sieht sie sich an. »Wir müssen damit zum Arzt, Papa.« Ihr Vater winkt ab und sucht im Schrank nach Schmerztabletten. »Ach was, ich bereue es nur, diesem Kerl nicht noch mehr mitgegeben zu haben. Wie kann er es wagen, meine Prinzessin so zu behandeln?« Lorena lacht leise und nickt.

»Du hast recht, aber das muss sich trotzdem ein Arzt ansehen, komm!«

Kapitel 9

Sie sollten wütend auf ihren Vater sein, doch das können sie nicht. Auch Lia ruft an und fragt, ob alles in Ordnung ist. Lorena läuft den langen Weg in die nächste Stadt mit ihrem Vater, was besonders für ihn sehr mühevoll ist. Lorena musste an ihre Ersparnisse gehen, um Geld für den Arzt zu haben und nachdem sie zwei Stunden gewartet haben, bekommt ihr Vater eine Salbe und einen Verband. Der Arzt fragt nicht mal, wie es passiert ist, er war selbst auf der Feier und rät ihrem Vater, die Hand einige Tage zu schonen.

Als sie endlich wieder zuhause sind, ist Lorena froh, dass sie niemandem weiter begegnet sind. Sie kocht etwas zu essen und ihr Vater wartet auf Lia, die auch kurz danach von der Arbeit kommt und sich die Hand ihres Vaters ansieht. Lorena will ihnen gerade das Essen auftun, da geht die Tür zum Hof erneut auf und der einzige Polizist, der für mehrere Dörfer gleichzeitig zuständig ist, tritt ein und hebt seinen Hut. Ihr Vater begrüßt seinen alten Freund. »Hallo Edmundo, was führt dich hierher?«

Mit Bayli, der an ihm hochspringt, kommt er zu ihnen. »Hallo, wie geht es euch?« Er gibt Lia und Lorena einen Kuss auf die Wange und ihrem Vater die Hand, dabei betrachtet auch er seinen Verband. »Da hast du ja ganz schön was abbekommen. Ich kann es ja sogar verstehen, wäre es um meine Tochter gegangen, hätte ich sicherlich genauso gehandelt … aber ihr kennt ja die Familie.« Er hält ein Schreiben hoch.

»Es tut mir leid, ich habe das heute zugeschickt bekommen. Yandiel war in der Nacht noch im Krankenhaus in San Juan, er hat eine Gehirnerschütterung und mehrere Prellungen. Nun ist er krankgeschrieben und hat dich angezeigt. Du musst 3000 Dollar zahlen, für den entstandenen Schaden und Schmerzensgeld.«

Lorena traut ihren Ohren nicht und tritt vor, um sich das Schreiben anzusehen, was Lia Edmundo aus der Hand nimmt. »Was?«

Lia und Lorena lesen sich das Schreiben durch und Edmundo entschuldigt sich, ihm tut das alles furchtbar leid.

In dem Schreiben steht, dass Yandiel ihren Vater angezeigt hat und sie haben jetzt zwei Wochen Zeit, um das Geld zu zahlen oder er muss für ein halbes Jahr ins Gefängnis.

»Wie kann das sein? Wir wurden nicht einmal angehört? Mein Vater hat sich noch nie etwas zuschulden kommen lassen … zumindest hat er noch niemals jemanden verletzt und das … gibt es doch gar nicht.« Lia kann es nicht glauben, Lorena schon. Sie nimmt ihrer Schwester das Schreiben weg und sieht zu den anderen. »Du weißt, wie einflussreich seine Familie ist, Lia, es ist doch klar, dass nur zählt, was sie sagen, das war schon immer so.«

Lorena wird wütend, doch auch Lia wird immer lauter. »An wen kann ich mich da wenden? Das akzeptiere ich nicht! 3000 Dollar? Wir haben nicht mal mehr dreihundert, das ist doch ein schlechter Scherz.« Lorena liest eine Adresse in San Juan vor. »Da müssen wir hin, dort ist die Anzeige aufgegeben worden und die werden etwas dazu sagen können, du kannst morgen ab zwölf Uhr hin.«

Lia nickt und nimmt den Zettel wieder. »Ich fahre da direkt von meiner Arbeit aus hin, einen Tag werde ich sicher früher Schluss machen können, ich werde das verhindern, sie müssen sich doch beide Seiten anhören!« Ihr Vater war die ganze Zeit still und hat sie alle angesehen, nun hebt er stur das Kinn. »Ich habe kein Problem damit, dafür ins Gefängnis zu gehen. Wenn einer die Hand an meine Töchter legt, darf ich sie verteidigen.«

Lia schüttelt den Kopf, aber auch Lorena wird es niemals so weit kommen lassen. Ihre Schwester flucht ein leises »Na warte …« und geht vom Hof, Lorena folgt ihr schnell und ignoriert die Worte des Polizisten, genau wie Lia es tut. »Lia, mach es nicht noch schlimmer!«

Doch Lia ist nicht mehr aufzuhalten und Lorena folgt ihr, sie wird immer hinter Lia stehen, egal was kommt. Sie geht auf direktem Wege in den Supermarkt, vorbei an Yandiels Cousine, die an der Kasse sitzt. »Eure Familie hat hier Hausverbot!«

Ihre Schwester hält nicht an. »Als würden wir etwas aus diesem Drecksladen kaufen wollen!« Lorena ist genau hinter ihr, als Lia wütend gegen die Bürotür am Ende des Ganges klopft. Yandiel öffnet und Lia ist nicht mehr zu bremsen.

»Du verdammter Lügner, wie kann man nur so tief sinken und eine Anzeige machen, obwohl mein Vater recht hatte. Immerhin hast du mich geküsst und ich wollte das nicht. In deiner Welt kennst du wohl kein Nein, doch in meiner musst du das akzeptieren. Wie erbärmlich bist du, wegen so ein paar Kratzern zur Polizei zu rennen. Und was für einen Schaden hat mein Vater angerichtet? Du bist doch hier auf Arbeit!«

Yandiel hört nur ganz entspannt zu, dabei setzt sich ein fieses Grinsen auf sein Gesicht. Man sieht die Verletzungen in seinem Gesicht, doch er kann noch grinsen, also kann es ja nicht so schlimm sein.

»Ich habe dir die Möglichkeit gegeben, zu mir aufs Schiff zu springen, du wolltest nicht, alles was jetzt nicht auf meinem Schiff ist, wird untergehen!« Mit diesen Worten schlägt er ihr die Tür vor der Nase zu. »Dieser verfluchte ...«

Lorena nimmt Lia an die Hand und zieht sie aus dem Laden. Es reicht! Als sie den Laden verlassen haben, hält ihre Schwester ein. Lia atmet tief ein und legt den Kopf in den Nacken. Lorena sieht sich Lias hübsches Profil an und erkennt die Verzweiflung in ihren Augen.

Sie weiß, dass sie hier so schnell wie möglich weg müssen, es tut ihr weh zu sehen, dass selbst ihre Schwester, die sonst für alles immer eine Lösung hat, nicht mehr weiß, wie es nun weitergehen soll.

Lorena will Lia am nächsten Tag begleiten, doch da Lia nicht einmal weiß, ob sie überhaupt von der Arbeit wegkommt, geht das nicht. Lorena sucht ihrer Schwester dafür aber ein Outfit heraus,

dass sie aussehen lässt, als wäre sie eine Sekretärin aus einen exklu-
siven Büro in San Juan und nicht eine Haushaltshilfe aus einem
kleinen Dorf irgendwo im Nirgendwo.

Eine der wichtigsten Sachen, die Lorena von Lia beigebracht
wurde, ist es, immer wieder aufzustehen und deswegen geht auch
sie am nächsten Morgen wieder in die Schule. Sie trifft die ersten
Stunden zum Glück nicht auf Mandela, dafür sitzt Emil in ihrem
Kurs und fragt sie über die Hochzeit und das Highlight, die
unschlagbare Rechte ihres Vaters, aus. Die Jüngeren sind eher
belustigt darüber, dass Yandiel endlich mal jemand Einhalt geboten hat. Von dem Streit vorher zwischen Mandela und Lorena
weiß Emil gar nichts. Er hat es nicht mitbekommen und Antoni
hat ihm auch nichts gesagt.

Also steuert er in der Pause ganz automatisch den Tisch an, an
dem Mandela und Antoni mit einigen anderen sitzen und an dem
sie normalerweise auch sitzen, doch heute hält Lorena auf dem
Weg dahin ein. »Lass mal, ich gehe lieber in den Schatten.« Mandela hat hochgesehen und sofort genervt wieder weggeschaut und
Lorena hat darauf keine Lust. Soll sie doch glücklich mit Antoni
werden, sie wird schon sehen, was dabei herauskommt. Emil sagt,
er komme gleich nach und geht zu den anderen, während Lorena
sich einen schattigen Platz unter einer Palme sucht und ihr Brot,
das sie sich am Morgen noch geschmiert hat, isst.

Kata ruft sie von der Arbeit aus an und fragt, ob alles in Ordnung
ist, sie hat vom erneuten Streit mit Yandiel und der Anzeige
gehört, natürlich, wie auch nicht in diesem Dorf. Sie verabreden
sich für Donnerstag, um ihren Tag in San Juan zu verbringen. Kata
fragt auch, ob Mandela sich wieder eingekriegt hat und Lorena sagt
ihr, dass sie kein Wort miteinander reden. Kata versichert ihr, dass
sich das schon wieder einrenken wird, doch Lorena ist das ehrlich
gesagt egal. Sie hat einfach nur die Wahrheit gesagt, okay, vielleicht
nicht sofort, aber sie hat es getan. Mandela hingegen hat gezeigt,
dass sie doch anders von Lorena denkt, als sie es immer angenommen hat.

»Willst du heute etwa auf das leckere Essen meiner Mutter verzichten?« Emil setzt sich zu ihr und Lorena ist froh, dass sich wenigstens einige Dinge nicht ändern. »Denkst du eigentlich auch, dass ich ein hübsches blutsaugendes Monster bin, dass sein Aussehen nur zu seinem eigenen Vorteil nutzt?« Emil lacht und legt den Arm um Lorena. »Du? Also du bist unumstritten die schönste Frau hier weit und breit und ja, du bist sehr selbstbewusst und kämpfst für das, was du willst und du versuchst, unbedingt aus diesem Leben hier zu entfliehen … aber du bist kein Monster. Wir alle mögen dich, du setzt dich immer für deine Freunde ein, du lässt dich nicht verbiegen und auch, wenn du die zarteste Haut von allen hast, bist du das einzige Mädchen gewesen, das immer mit uns Rugby gespielt hat.«

Lorena beißt von einer den Teigtaschen, die Emils Mutter gemacht hat ab und muss lachen. »Ich habe dir damals fast den Zeh gebrochen.« Emil küsst ihren Scheitel und lehnt sich zurück. »Fast Baby, fast. Aber zu deiner Frage, du nutzt dein Aussehen nicht aus, nicht genug. Du könntest uns alle nach deiner Pfeife tanzen lassen, es gibt hier keinen Mann, der dir nicht verfallen ist, mich quälst du hin und wieder, aber allen anderen gehst du aus dem Weg. Wenn ich mir vorstelle, ich wäre du … mein Zeugnis bestände nur aus Einsen. Ich würde mit alle Lehrern hier flirten, bis ich bekomme, was ich will …. und ich würde mit der neuen Biolehrerin schlafen, hast du die schon gesehen?«

Es klingelt und Lorena lacht laut los und schubst Emil von sich. »Hör auf so zu denken, als ob du ich wärst.« Emil lacht auch und hilft ihr aufzustehen. »Da haben zwei ja richtig Spaß zusammen.« In dem Moment kommen Mandela und Antoni an ihnen vorbei, Antoni sieht zu Emil und ihr und kann sich seinen Kommentar nicht verkneifen.

Lorena zuckt die Schultern. Emil hat recht, sie hat nichts falsch gemacht und sie hat sich Mandela gegenüber nie schlecht verhalten. Wenn sie so eine Meinung von Lorena hat, ist das ihr Problem, sie wird sich deswegen nicht fertigmachen. »Ja, Emil spielt mir halt nicht nur vor, mich zu mögen, vielleicht deshalb.« Lorena lächelt Mandela und Antoni zuckersüß an und geht in den nächsten Unterricht.

Lorena muss länger bleiben und eine Arbeit nachschreiben. Dafür, dass sie nicht einmal dafür gelernt hat, lief es ganz gut und sie besorgt auf dem Rückweg noch etwas Nähzeug für das Geburtstagsgeschenk von Lia, mit dem sie am Sonntag schon begonnen hat und was sie heute fertigstellen wird, sobald sie mit ihrem Vater und Lia gegessen hat.

Lorena wartet ganz gespannt auf ihre Schwester, die ihr glücklich erzählt, dass sie es geschafft hat. Die Polizei zieht die Anzeige zurück und sie müssen keinen Cent zahlen. Auch ihr Vater wirkt erleichtert, er würde nie zugeben, dass er sich deswegen Sorgen gemacht hat, doch man sieht ihm die Erleichterung an.

Als Lia und sie nach dem Essen abwaschen, erzählt ihre Schwester ihr leise, dass sie es nur geschafft hat, weil Cruz mit ihr gekommen ist, nachdem sie ihm alles erzählt und ihn gebeten hat, früher gehen zu können. Er hat sie aus allem herausgeholt, die Polizisten haben ihn nur angesehen und alles getan, was Lia wollte.

Danach hat er sie noch zum Essen eingeladen und Lia hat ihm vieles von sich erzählt und auch einiges über Jomar und ihn erfahren. So ganz weiß Lorena nicht, was sie davon halten soll, es ist gut, dass sie die Anzeige vom Tisch haben, doch Lia und Cruz kommen sich immer näher, aber auch wenn Lia gerade ein Lächeln auf ihren Lippen trägt, dass Lorena noch nie an ihr gesehen hat, breitet sich trotzdem ein merkwürdiges Gefühl in ihrem Magen aus, beim Gedanken daran, wer Cruz Nechas ist.

Sie sagt aber nichts weiter dazu und kümmert sich bis spät in die Nacht um Lias Geburtstagsgeschenk. Viel zu spät legt sie sich in ihr Bett, nur um kurz danach wieder wachzuwerden und sich auf ihre Schwester zu stürzen.

»Alles Gute zum Geburtstag.« Lorena legt sich einfach zu Lia ins Bett, sie ist zu müde, um ihre Augen offen zu halten. Ihre Schwester lacht leise und schubst Lorena von sich, um aufzustehen, Lorena bleibt bei Lia im Bett liegen. »Weißt du, was ich mir wünsche? Dass du zur Schule gehst, komm nicht auf die Idee zu schwänzen.« Lorena vergräbt ihr Gesicht wieder ins Kissen. »Versprochen, ich habe heute wirklich nur später.« Sie hatte eigentlich nicht vor, zur Schule zu gehen, doch jetzt muss sie es wohl.

Lia steht auf und sucht sich etwas zum Anziehen heraus. »Guck unter den roten Rock, da ist mein Geschenk für dich.« Lia findet es. »Wir feiern doch keinen Geburtstag mehr.« Nein, das tun sie nicht. Nicht mehr, seit ihre Mutter sie verlassen und ihr Vater beschlossen hat, die ganze Welt dafür zu hassen.

»Vielleicht ist es irgendwann mal an der Zeit, weiterzumachen und alte Gewohnheiten abzuschaffen.« Lia öffnet das Paket. »Warst du nochmal in San Juan? Bist du verrückt, das ist ...« Lorena und Lia haben das Oberteil in einer der vielen Boutiquen in San Juan entdeckt und Lia hatte sich sofort verliebt, es war viel zu teuer, doch Lorena hat es sich genau angesehen und ihr fast dasselbe genäht und gehäkelt. Es war nicht ganz so leicht, doch Lorena ist zufrieden.

Es ist beige und kurzärmelig, der Ausschnitt ist so, dass es über eine Schulter fällt und man wegen der Häkeloptik immer ein Top darunter tragen muss. »Unterschätzt du etwa deine Schwester? Was die Designer können, kann ich schon lange!«

Nun stürzt sich Lia auf ihre Schwester und knutscht sie ab. »Du bist verrückt, vielen Dank. Ich werde es gleich anziehen, ich liebe dich!« Lorena wehrt Lias Angriff lachend ab. »Schoooon gut, aber lass mich jetzt endlich noch etwas schlafen.«

Lia muss eh los und kurz danach rappelt sich auch Lorena auf und geht zum Unterricht. Sie verschläft den halben Tag in der hintersten Reihe, sie kann ihre Augen kaum offenhalten und trifft sich in der Pause mit Kata vor der Schule, um ihren Ausflug für morgen nach San Juan zu planen. Kata will die Zeit mit Wilmer verbringen, sie werden wieder eine Stunde nach Lia den Bus nehmen. Lorena hat fast kein Geld mehr und muss sich überlegen, was sie in der Zeit macht, doch sie möchte unbedingt nach San Juan, auch wenn sie den Tag nur am Strand verbringt, Hauptsache sie kommt aus ihrem Dorf hinaus.

Mandela geht sie komplett aus dem Weg, trotzdem fällt ihr auf, dass sie sich seit ihrem Streit besonders stark zurechtmacht. Lorena fragt sich, was bei ihrer besten Freundin im Kopf vor sich geht, kann sie sie überhaupt noch so nennen, nach ihrem letzten Streit? Lorena sieht nach der Schule enttäuscht im Briefkasten vor ihrem Tor nach, wieder nichts. Vielleicht sind die Bilder nicht angekommen? Das wird sie wohl niemals erfahren, doch sie möchte die Hoffnung auch nicht aufgeben.

Als ihre Schwester wenig später von der Arbeit kommt, staunt Lorena nicht schlecht, ihre Vermutung, dass da mehr ist zwischen Cruz und Lia, bestätigt sich immer mehr, als ihre Schwester mit wunderschönen Rosen und einem neuen Handy wiederkommt. Sie erklärt die Rosen so, dass alle Haushaltshilfen zum Geburtstag Blumen bekommen und dass auch alle heute neue Handys ausgehändigt bekommen haben, um immer erreichbar zu sein. Lorena lacht nur über Lias Versuche, das alles kleinzureden, wenigstens erlaubt ihre Schwester ihr, das Handy am Nachmittag nutzen zu können.

Lorena legt sich auf ihr Bett, es ist fast alles schon eingerichtet, auch der Nachrichtendienst, den alle nutzen. Einen Augenblick denkt Lorena daran, Kata darüber zu schreiben, doch sie verheimlichen zu viel vor Lia und deswegen lässt sie es lieber und schreibt Emil, die Nachrichten kann Lia ohne Probleme lesen.

Dann richtet Lorena sich auf Lias Handy diese App mit den Bildern ein, sie macht einige Fotos von sich und auch mit Lia zusammen und lädt sie hoch. In kürzester Zeit haben sie alle geaddet, die hier in der Umgebung wohnen und nicht nur das, auch andere Leute, die sie nicht kennt, abonnieren sie. Selbst Antoni gibt an, dass ihm jedes einzelne ihrer Bilder gefällt und Lorena verdreht genervt die Augen.

Sie unterbricht all das erst, als Lia eine Nachricht von Cruz über den Messengerdienst bekommt. Sie sieht sich sein Profilbild genau an, es zeigt ihn mit Jomar zusammen. Wieder sieht sie auf das schöne Gesicht von Jomar und selbst über dieses kleine Bild scheinen seine braunen Augen zu funkeln.

»Einer der sexy Nechas-Brüder schreibt dir ...« Lorena bringt Lia das Handy und sieht sich dabei weiter das Profilbild an. »Jomar findet dich ganz offensichtlich auch sexy.« Lorena lacht und hebt die Augenbrauen. »Die beiden sind sexy und gefährlich. Mag sein, dass ich die Verrückte von uns beiden bin, aber DAS ...«, sie zeigt auf das Bild der beiden, »... sind die Anführer der Nechas. Ich bin verrückt, aber nicht lebensmüde. Für sie zu arbeiten ist okay, aber mehr als das? Niemals!«

Lorena gibt ihr das Handy und rührt die Suppe weiter, die Lia gerade zubereitet. Sie sieht, wie ihre Schwester bei ihren Worten leicht zusammenzuckt, doch Lorena meint die Worte ernst, es wäre Wahnsinn, etwas mit einem von ihnen anzufangen. Ihre Schwester tippt und lächelt.

Lorena kann nicht glauben, wie langsam sie dabei ist. »Ist das dein Ernst?« Lia legt das Handy weg. »Was?« Lorena schüttelt den Kopf. »Du hast für die Nachricht fast fünf Minuten gebraucht, das ist doch nicht so schwer.« Sie nimmt das Handy und schreibt Emil zurück und Lia lacht. »Ich habe halt noch keine Übung, du hast ja ständig bei deinen Freundinnen geübt.« Es piept. »Cruz schreibt zurück.«

Lorena hält ihr das Handy hin. 'Gut, ein sehr schönes Bild von euch beiden.' Lia geht auf ihr Profil und sieht sich das Bild an, was Lorena von ihnen beiden beim Messengerdienst eingestellt hat. Es sind zwei Bilder, auf beiden ist Lia wunderschön, sie strahlt und Lorena weiß, wer ihr momentan dieses Strahlen ins Gesicht zaubert.

»Du bist wirklich wunderschön, Schwesterherz ... Ein Steinzeitmensch, was Handys angeht, aber wunderschön.« Lia lacht und will Cruz antworten, doch sie gibt Lorena das Handy. »Schreib 'Danke'.« Nun beginnt auch Lorena zu lachen.

»Soll ich nicht schreiben 'Danke, du und dein schnuckeliger Bruder seid auch sehr heiß'?« Lia deutet ihr, nicht zu laut zu sein, ihr Vater ist draußen auf der Terrasse. »Wehe, er ist mein Chef.« Lorena tippt schnell ein 'Danke' und widmet sich dann wieder dieser neuen App. »Ein sexy Chef.«

Lorena verbringt noch lange am Handy, immer wieder sieht sie sich das Bild von Jomar und Cruz an, doch irgendwann sucht sie nach Modelagenturen in San Juan, sie sieht sich deren Bilder an und plötzlich weiß sie ganz genau, was sie morgen machen wird.

Kapitel 10

Am nächsten Morgen steht Lorena sogar noch vor Lia auf und das ist wirklich selten. Sie schminkt sich, überlegt lange hin und her, bevor sie sich einen knielangen Jeansrock und ein rotes Shirt anzieht. Lia eilt aus dem Haus, während sie in Ruhe frühstückt, irgendwann kommt auch ihr Vater aus seinem Schlafzimmer und Lorena bleibt noch etwas bei ihm sitzen, bevor sie sich Lias gute Ballerinas überzieht und zur Bushaltestelle geht, an der Kata bereits wartet. Auch sie ist sehr zurechtgemacht, sie trägt einen sehr kurzen Rock, darüber nur ein Top und leichte Stoffschuhe. Lorena fragt gleich nach, wie sie es mit dem Outfit aus dem Haus geschafft hat und Kata präsentiert ihr lachend die lange Strickjacke, die sie übergezogen und zugeknöpft hatte und nun in ihre Tasche gestopft hat.

Die gesamte Fahrt über überlegen Lorena und Kata, wie Katas Eltern wohl auf Wilmer reagieren würden. Es ist wirklich schwer einzuschätzen, er kommt nicht aus dem Dorf und ist älter, aber er scheint gut dazustehen im Leben und hat ein gut laufendes Geschäft, er kann sich somit um Kata kümmern und er scheint ganz verrückt nach ihr zu sein. In diesem Fall wüsste nicht einmal Lorena bei ihrem Vater, was er dazu sagen würde. Sie fahren an der Haltestelle der Nechas vorbei und Lorena sieht in die Richtung, in der gerade Lia bei Cruz im Haus ist. Da weiß sie allerdings ganz genau, dass ihr Vater es niemals akzeptieren würde, niemals!

Lorena versucht, mit Hilfe von Katas Handy herauszufinden, wie genau sie zu dieser Modelagentur kommt und als sie am Strand halten, weiß sie es ungefähr. Wilmer holt Kata wieder am Café ab und als die beiden weg sind, setzt sich Lorena noch eine Weile an den Strand, sie blickt auf das Meer, legt sich die Tasche unter den Kopf und lehnt sich zurück.

Sie hat kaum mehr Geld und auch keine Lust, durch die Läden zu laufen und sich Sachen anzusehen, die sie sich eh nicht leisten kann, doch sie kann dafür sorgen, dass sie sich vielleicht bald all das mal leisten kann, was sie gern hätte und deswegen geht sie auch schon nach kurzer Zeit los und sucht nach dieser Modelagentur, die zum Glück gar nicht so weit vom Strand entfernt ist.

Lorenas Herz schlägt schneller, als sie an der Türklingel des kleinen Bürohauses klingelt und in den ersten Stock geht, wo ihr ein Mann die Tür öffnet, der einen Fotoapparat in der Hand hat. »Bist du wegen dem Casting hier?« Lorena sieht ihn unsicher an. »Ähmm, ja, also ...« Er deutet ihr hereinzukommen, schließt die Tür und zeigt zu einer Sitzreihe, wo noch zwei andere Frauen warten. »Warte da, du bist spät. Wir sind schon fast fertig.«

Lorena möchte dem Mann erklären, dass sie sich eigentlich nur vorstellen wollte, doch er geht mit schnellen Schritten durch eine Tür, die er sofort hinter sich schließt. Lorena sieht zu den anderen Frauen, die dort sitzen, eine betrachtet eine Mappe auf ihrem Schoß, die andere blickt in einen Handspiegel und überprüft ihr Aussehen. Lorena setzt sich zu ihnen und sieht sich in dem ziemlich leeren Raum um.

Hier steht ein Schreibtisch, mehrere Sideboards und einige Bilder hübscher Frauen verzieren die Wand. Lorena sieht wieder zu den Frauen. »Entschuldigt, um was für ein Casting geht es gerade?« Die Frauen blicken kaum auf, beide sind hübsch, völlig anders, eine hat blondgefärbte Haare und eine ist dunkelhäutig.

»Es wird die neue Leche-Frau gesucht. Du weißt ... die Frau auf der Milchpackung mit der roten Bluse.« Lorena nickt, natürlich, jeder kennt die Frau auf der Milchpackung. »Wow, das ist ja ein richtig großer Auftrag. Wie viel verdient man denn daran?« Die blonde Frau lacht. »Du oder die Agentur? Bist du hier überhaupt unter Vertrag?« Lorena räuspert sich. »Nein, ich bin eigentlich nur vorbeigekommen, um mich vorzustellen. Ich wusste nichts von dem Casting.«

Beide Frauen sehen einmal an ihr hoch und wieder herunter und die blonde Frau zuckt leicht die Schultern und sieht wieder in den Spiegel. »Die Models bekommen 20 Prozent, der Rest geht an die

Agentur.« Lorena kann nicht verbergen, dass sie überrascht ist. »Das ist aber … es ist wenig. Ich meine … ich habe keine Ahnung von der Branche, doch das hört sich ungerecht an.«

Die andere Frau hört schon gar nicht mehr zu, die Blonde aber ist wohl über Lorenas Unerfahrenheit etwas belustigt. »Weißt du, wie viele Modelagenturen es allein in San Juan gibt? Wie lang die Wartelisten für die Agenturen sind? Jede hier möchte ein Model werden, nur die wenigsten schaffen es, aber viel Glück dir.«

Im gleichen Moment geht die Tür auf, ein junges, dunkelhaariges Mädchen kommt heraus, auch der Mann, der ihr die Tür geöffnet hat, guckt heraus und nickt der blonden Frau zu. Das Mädchen geht ohne sie einmal anzusehen aus dem Raum und als Lorena mit der anderen Frau allein zurückbleibt, steht sie auf und geht ans Fenster, um sich das bunte Treiben San Juans anzusehen. 20 Prozent, Lorena hat sich nie Gedanken darüber gemacht, doch ihr erscheint das sehr wenig. Wenn sie jetzt 500 Dollar für einen Auftrag bekommt, würde sie am Ende 100 Dollar erhalten. Wiederum ... bekommt sie 100 Dollar lediglich dafür, dass ein paar Fotos gemacht werden. Besser als nichts.

Es dauert, Lorena wird immer nervöser, als die beiden Frauen wechseln und sie alleine im Wartezimmer bleibt. Sie hat nicht mehr viel Zeit und ihr Magen rumort immer mehr, als dann endlich die dunkelhäutige Frau zufrieden mit ihrer Mappe das Zimmer verlässt und der Mann sie hereinwinkt. Lorena steht auf und folgt ihm in einen weiteren Raum, in dem nichts ist, außer verspiegelten Wänden und einem Tisch am Ende des Raumes, an dem ein weiterer Mann sitzt, der eine Akte schließt.

»Wir sind durch! Wer ist das?« Nun dreht sich der Mann, der sie vorhin eingelassen hat, fragend an. »Bist du nicht für das Casting gekommen?« Lorena sieht die beiden Männer an. Der Mann am Tisch ist etwas fülliger und heller, er wirkt nicht so, als würde er von hier kommen und er spricht auch mit einem kleinen Akzent. Der Mann, der sie hereingelassen hat und der den Fotoapparat in der Hand hat, sieht eher aus, als käme er von hier, außerdem ist er sehr dünn und groß und trägt einen altmodischen Schnauzbart.

Lorena muss jetzt die Chance ergreifen, das weiß sie. »Nein, ich bin nicht zum Casting hergekommen, ich bin hier, um mich vorzustellen und zu fragen, ob ihr mich in eurer Agentur aufnehmen könnt. Ich wollte schon immer modeln und habe auch schon ...« Der Mann mit dem Fotoapparat setzt sich auf den Tisch, hinter dem der andere noch auf seinem Stuhl sitzt und beide sehen sie an, auf dem Gesicht des Mannes, der nicht von hier zu kommen scheint, bildet sich ein Lächeln, doch der andere redet.

»Willst du das, Süße? Ich meine, du bist wirklich eine Hübsche, aber hast du eine Vorstellung davon, wie viele Frauen von hier Models werden möchten? Und wie viele hübsche Frauen es hier gibt?« Lorena sieht den beiden Männern fest in die Augen. »Ja, das weiß ich, aber ich sehe nicht aus wie die meisten Frauen hier!« Das weiß sie ja nun wirklich besser als jeder andere. Einen Moment schweigen beide und sehen sie an.

»Hast du das Startgeld und die Bilder?« Der dunklere Mann spricht wieder. »Nein, davon wusste ich nichts, was brauche ich da genau?« Der hellere Mann beginnt, einige Papiere einzuräumen, die noch auf dem Tisch liegen. »Jede Frau, die in unserer Agentur aufgenommen werden möchte, muss 1000 Dollar zahlen. Dafür wird sie von uns an Kunden vermittelt und wir veranstalten hier Castings wie dieses heute. Dazu müssen alle Mädchen verschiedene Bilder in ihrer Akte haben, um sich immer allen Kunden in verschiedenen Outfits zeigen zu können, ein Bikinibild, eins im Abendkleid, eins ungeschminkt, eins mit Braut-Make-up, das kennst du doch alles, oder?«

Nein. »Natürlich, die Bilder sind kein Problem, die kann ich anfertigen lassen ... aber das Geld ... habe ich nicht. Kann man das nicht mit dem Geld verrechnen, was ich verdiene? Ich möchte das wirklich und würde alles dafür tun, um aus meinem Dorf rauszukommen.« Lorena will ehrlich sein.

Wieder schweigen die beiden. »Sie ist wirklich sehr hübsch.« Der hellere Mann steht auf und sieht Lorena noch einmal von oben bis unten an. »Für das Casting jetzt hätte ich sie genommen, stände sie da schon zur Wahl, also falls du sie nimmst, schick mir ihre Fotos nach dem nächsten Termin mit. Ich muss los. Es war wie immer ein Vergnügen.« Er schüttelt dem dunkleren Mann die Hand und zwinkert Lorena beim Hinausgehen noch einmal zu. »Viel Glück!«

Noch immer schweigt der dunklere Mann, bis sie die Tür zugehen hören und sie alleine sind. »Du willst das also unbedingt? Dann zeig mir, wie sehr, für das mit dem Geld finden wir sicherlich eine Lösung.« Ein genießendes Lächeln setzt sich auf die Lippen des Mannes und er macht sich daran, seine Hose zu öffnen, während er Lorena ansieht. »Zieh dich aus, zeig mir, wie dein Körper aussieht.« Lorena schließt die Augen, nein, nicht das!

Beim Fotografen wäre sie auch nicht viel weiter gegangen und das musste sie auch nicht, doch sie spürt sofort, dass sie hier alles von sich geben muss und das kann sie nicht. »Es tut mir leid, aber ich … mache das nicht. Ich zahle das Geld ab, jeden Cent, das verspreche ich, doch nicht so, ich …«

Er lacht leise. »Sage mal, was denkst du, wie die ganzen Frauen hier an den Platz in der Agentur gekommen sind? Die meisten zumindest … wenn du einen Vorschuss möchtest, musst du wie alle etwas dafür tun und wenn du ein erfolgreiches Model werden möchtest, darfst du dich nicht so anstellen, manchmal muss man Sachen machen, die man nicht will, um das zu erreichen, was man am meisten im Leben will.«

Lorena senkt den Blick, im Grunde weiß sie, dass er recht hat, sie sieht zu dem Mann und alles in ihr sträubt sich, sie weiß einfach, dass das nicht richtig ist. »Ich bin zu einigem bereit, um meine Träume zu erfüllen, aber nicht zu allem. Tut mir leid. Ich versuche einfach, eine Agentur zu finden, die mich wegen meines Aussehens möchte. Ich muss mir danach noch im Spiegel in die Augen sehen können, sonst bringt mir auch die schönste Zukunft nichts!«

Zwanzig Minuten später sitzt Lorena ernüchtert in dem Café, in dem sie Kata treffen wird und wartet auf ihre Freundin. Sie hat knapp drei Stunden in der Agentur verbracht, für nichts und wieder nichts. Doch Lorena weigert sich, ihren Traum aufzugeben, sie weiß, dass es in Puerto Rico nicht so leicht ist. Hier denken die Männer, sie können mit den Frauen machen was sie wollen und nutzen ihre Macht fast immer aus, doch sie wird nicht in Puerto Rico bleiben, sie wird um die Welt reisen und wenn es nicht diese Agentur ist, dann eine andere.

Lorena wird sich nachher gleich Lias Handy nehmen und nach weiteren Agenturen suchen, am besten welche, die von Frauen geführt werden und wo man nicht solche hohen Summen schon ganz am Anfang aufbringen muss. Vielleicht ist Lorena wirklich etwas zu naiv an das Thema herangegangen, doch das wird sich ändern, sie wird sich richtig damit beschäftigen, sobald sie wieder an Lias Handy kommt.

Lorena muss noch einige Minuten warten, sie setzt sich nach draußen und genießt eine kalte Limonade, bis das Auto von Wilmer endlich hält und Kata aussteigt. Wilmer hebt die Hand und grüßt Lorena noch einmal, dann fährt er weg und Lorena sieht sich Kata genauer an, die sich zu ihr setzt und auch noch etwas zu trinken bestellt, sie haben noch ein paar Minuten. Katas Lippenstift ist ab, sie trägt ihre langen Ohrringe nicht mehr und ihr Zopf ist auch nicht mehr so gerade wie vorhin noch. »Hast du mit ihm geschlafen?« Kata lacht leise und nimmt einen großen Schluck Cola. »Natürlich, ich möchte ja, dass er auch weiter Interesse an mir hat und sich nicht nach etwas Neuem umsieht.«

Lorena hebt die Augenbrauen. »Gibt es da nicht die Regel, nicht vor dem dritten Date küssen?« Sie muss selbst schmunzeln, Kata sieht mit ihrer Entscheidung zufrieden aus und Lorena verurteilt niemanden, diese Sachen muss jeder für sich entscheiden. »Legen wir die Fakten auf dem Tisch, hier ist ein Mann mit einer tollen Wohnung, Geld und einem eigenen Geschäft, er könnte viele

Frauen haben, ich sehe doch, wie viele ihm auf der App folgen. Ich hingegen bin ein Dorfmädchen mit strengen Eltern und einer Arbeit, die ich wahrscheinlich eh bald verliere, also … scheiß auf solche Regeln.«

Sie hebt das Glas an und Lorena stößt mit ihr an.

»War es wenigstens schön?« Kata nickt und lacht leise. »Ausbaufähig, aber schön.« Nun muss Lorena laut loslachen und erzählt Kata, was sie in der Modelagentur erlebt hat. »Wieso hast du die Chance nicht genutzt, Lorena? Das sind zehn Minuten, mach die Augen zu und durch. Du hättest jetzt bereits in einer Agentur sein können.« Lorena steht auf, ihr Bus kommt gleich. »Kata, ich bin schockiert, was für ein böses Mädchen du bist. Ich bekomme schon noch die Chance, das spüre ich und jetzt komm, lass uns zurück in das aufregende Leben, was uns im Dorf erwartet, vielleicht ist irgendein Baum von Tieren befallen oder jemand hat auf dem Dorfplatz ein Ei fallen lassen oder irgendetwas ganz Weltbewegendes ist passiert und wir dummen Hühner hocken hier in San Juan in der Sonne am Meer und verpassen diese weltgeschichtlichen Ereignisse.«

Kata lacht, zusammen gehen sie schnell zum Bus. »Du weißt schon, dass ich dich liebe, Lorena, oder?«

Auch wenn sie viel lachen auf der Rückfahrt, sind sie beide doch ein wenig ernüchterter, als sie San Juan wieder verlassen. Da sie einen Bus früher als Lia nehmen mussten, haben sie noch etwas Zeit und laufen langsam zurück in die Dörfer. Sie treffen auf Crista, mit der Lia immer während der Saison auf dem Feld arbeitet und Lorena fragt sie, ob sie nicht auch für sie Arbeit hat.

Sie möchte nicht mehr zur Schule gehen, es ist absolute Zeitverschwendung. Crista verspricht sich umzuhören. Als Lorena dann nach einer Weile doch noch auf ihren Hof tritt, wartet ihr Vater wie immer auf der Veranda. »Wo warst du?« Lorena kommt nicht einmal dazu, ihn richtig zu begrüßen, er sitzt nicht wie meistens, sondern steht und als Lorena vor ihm steht, sieht sie, dass seine

Hand zittert, als er ihr in die Augen blickt. Irgendetwas stimmt nicht.

»Ich war noch mit Kata … wir sind …« Die Hand ihres Vaters trifft Lorena so hart und so überraschend, dass sie zu Boden und mit ihrem Rücken auf den harten Steinboden ihres Hauses prallt. »Dein Lehrer war da, du undankbares Stück. Du bist in letzter Zeit kaum in der Schule, du bist über achtzehn, deswegen hat er lange nichts gesagt, doch jetzt sind es so viele Fehlzeiten geworden, dass er dachte, er kommt mal nachsehen, ob alles in Ordnung ist.«

Lorena ist einen Moment schwarz vor Augen. Sie steht auf, ihre Nase blutet, ihr Vater hat sehr hart zugeschlagen, ihre Wange brennt. »Ich will nicht mehr zur Schule gehen, Papa. Ich möchte arbeiten wie Lia, wir haben dann viel mehr Geld und was soll mir …« Ihr Vater packt Lorena an den Haaren und schleift sie ins Haus, noch einmal schlägt er zu und trifft erneut die Wange, dieses Mal hält er ihren Kopf an den Haaren fest und somit kann sie dem Schlag nicht einmal ausweichen, erst danach lässt er sie los, schubst sie zu Boden und tritt noch einmal in ihren Rücken, der wie verrückt vom vorigen Aufprall schmerzt.

»Du bist eine Hure wie deine Mutter, du hast nicht nur ihr Aussehen geerbt, auch das hast du von ihr. Lia ist ein vernünftiges Mädchen. Bei ihr muss ich mir keine Sorgen machen, was sie tut, doch du …« Er sieht sie hasserfüllt an und zeigt zum Herd.

»Hier ist der einzige Platz, wo du hingehörst, mach das Essen!« Die Worte donnern durch das Haus und Lorena setzt sich mühevoll auf. Ihre Wange, ihr Kopf und ihr Rücken schmerzen, Lorena nimmt sich ein Tuch und wischt sich das Blut vom Gesicht. Sie geht ins Bad und wäscht sich, jeder Schritt tut ihr weh. Es dauert eine Weile, bis sie zurück in der Küche ist und das Essen anmacht.

Es ist nicht so, dass es etwas Neues für Lorena ist, von ihrem Vater geschlagen zu werden, doch die Schläge werden immer härter und seine Worte immer verletzender. Die äußeren Wunden verblassen irgendwann, während sich seine Worte tief in ihren Kopf einbrennen. Was tut sie eigentlich noch hier, wenn ihr eigener Vater sie so sehr hasst? Sie kann kaum klar denken vor Schmerzen, da kommt Lia.

Sie sieht sofort was passiert ist und redet auf ihren Vater ein, dass er Lorena nicht schlagen soll. Sie erinnert ihn wütend daran, wie er Lorena einmal so fest geschlagen hat, dass sie eine schwere Gehirnerschütterung hatte, doch ihr Vater hört ihr nicht zu, nimmt sich ihr gesamtes Gehalt vom heutigen Tag und verschwindet. Sie haben kaum mehr Geld und ihr Vater wird alles vertrinken, was Lia heute bekommen hat, und am Ende wird er Lorena für all das die Schuld geben.

Lorena stellt ihrer Schwester das Essen hin und geht ins Bad. Sie setzt sich in eine Ecke, schließt die Augen und beginnt zu weinen, sie hält das alles nicht mehr aus, sie will das alles nicht mehr.

Es dauert, bis sie sich beruhigt hat. Zusammen mit Lia bringt sie ihre Schlafsachen nach oben, bevor ihr Vater in der Nacht zurückkommt. Ihre Schwester erklärt ihr noch einmal, wie wichtig es ist, dass Lorena weiter zur Schule geht und was sie alles dafür tut. Lorena sagt kein Wort mehr, sie kann nichts mehr sagen, es bringt nichts.

Es bringt nichts, Lia zu sagen, dass sie arbeiten will, dass sie dieses Leben nicht mehr aushält. Lia hat es immer bedauert, dass sie nicht mehr zur Schule gehen durfte und besteht darauf, dass Lorena weiter zur Schule geht, obwohl sie es nicht möchte. Lorena muss machen, was Lia gern getan hätte, auch wenn sie das nicht will. Es bringt auch nichts, Lia zu sagen, welche Schmerzen sie hat oder was ihr Vater ihr alles an den Kopf geworfen hat. Es bringt nichts. Lia weiß nicht, wie ihr Vater oft zu Lorena ist. Sie möchte Lia nicht noch mehr Sorgen bereiten, da sie doch für beide, ihren Vater und Lia, schon jetzt so eine Belastung ist.

Lorena sagt kaum mehr etwas, sie wartet nur, bis die Sonne untergegangen ist, legt sich aufs Dach und schließt die Augen. Sie wünscht sich so sehr, wenn sie wieder aufwacht, woanders zu sein und nie wieder in dieses Leben zurück zu müssen.

Kapitel 11

In den nächsten Tagen spricht Lorena kaum, mit niemandem. Sie zieht sich komplett zurück, geht selbst Lia aus dem Weg, die mehrere Tage zuhause bleibt, da Cruz verreist ist, deswegen treibt sich Lorena auch an allen Nachmittagen am Fluss herum und hängt ihren Gedanken nach. In der Schule spricht sie ein wenig mit Emil, geht aber allen anderen so gut es geht aus dem Weg. Besonders Mandela meidet sie, mit Kata telefoniert sie hin und wieder, sie trifft sich immer öfter heimlich mit Wilmer und wirkt glücklich, wenigstens eine von ihnen, die ihre Träume verwirklicht.

Noch nie hat Lorena so sehr das Gefühlt gehabt, auf derselben Stelle zu treten wie während der nächsten Tage. Sie tut nichts, geht zur Schule, macht den Haushalt und vertreibt sich die Zeit mit Langeweile. Lorena hat kaum mehr Appetit und spürt, wie sich in ihrem Magen ein Knoten gebildet hat, der nicht mehr verschwinden will, sie war noch nie so unglücklich.

Nach einigen Tagen kommt Lia langsam auf sie zu, aber erst, als sie wieder auf der Arbeit ist. Sie sind nicht lange sauer aufeinander, sie haben ja nur sich. Lia erzählt Lorena, dass Cruz sie auf ein großes Event mitnimmt, auf eine Feier, wo sie den Präsidenten treffen wird. Es ist jetzt wohl allen Beteiligten klar, dass Lia mehr für Cruz ist als nur eine Haushaltshilfe und Lorena ist sich sicher, dass sich Lia und Cruz in den zwei Tagen, die sie zusammen verbringen werden, näherkommen werden. Lia übernachtet bei ihm, sie wird zwar nicht müde zu erwähnen, dass sie nicht in einem Zimmer schlafen werden, trotzdem ist es klar, dass das etwas Besonderes sein wird.

Etwas ganz Besonderes und Lorena gönnt das niemandem mehr als Lia. In Lorenas Augen hat Lia das ganze Glück der Welt verdient und mit einem Mann wie Cruz hätte sie das auch haben können … wäre er nicht der Anführer der Nechas.

Lorena rät Lia, dass sie diese Feier und auch die Tage genießen soll, doch gleichzeitig soll sie auch aufpassen, dass sie nicht zu weit geht, nicht diesen einen Schritt zu viel macht, der es ihr später vielleicht umso schwerer macht, sich nicht zu verlieben, doch wenn Lorena Lia so ansieht, ist sie sich nicht mehr sicher, ob das nicht schon passiert ist.

Ihrem Vater hat Lia etwas von einer Reise erzählt, auf die sie mit muss, um sich auch dort um den Haushalt zu kümmern, ihr Vater glaubt Lia natürlich, Lorena würde er nicht ein Wort glauben. Als Lia weg ist, spürt Lorena erst wieder richtig, wie groß die Kluft mittlerweile zwischen ihrem Vater und ihr ist. Sie reden keine drei Worte miteinander. Als Lorena am Freitag die Schule verlässt, steht Mandelas Mutter vor der Schule, um ihre Tochter abzuholen.

Lorena grüßt nur freundlich und möchte weiter, doch die Mutter ruft sie zu sich und fragt, was nun mit den neuen Aufträgen sei, die sie Mandela mitgegeben hat. Lorena erklärt verwundert, dass sie von nichts weiß und genau in diesem Moment tritt Mandela mit Antoni zu ihnen. Mandelas Mutter ärgert sich über ihre Tochter, sie zeigt Lorena zwei Kleider, die sie in den nächsten Tagen haben möchte, dazu kommt noch ein Rock und das Oberteil, was mittlerweile immer mehr Leute haben wollen, auch noch einmal.

Lorena nimmt die Bilder an sich und nennt ihren Preis, sie hat ihn ein wenig erhöht, doch das scheint Mandelas Mutter nicht zu stören. Ihre Freundinnen sind begeistert. Sie bekommt immer mehr Anfragen für Lorena und hatte gehofft, Mandela würde alles weitergeben. Lorena sagt ganz klar, dass Mandela und sie nicht mehr miteinander sprechen. Die Mutter sieht zwar verwundert zwischen den beiden hin und her, sagt aber nur, dass sie trotzdem gerne die Aufträge an sie vergeben würde.

Lorena erklärt ihr, dass sie einen Vorschuss braucht für Stoffe und dass sie die ersten Teile schon am Wochenende fertig haben wird, sie hat ja eh nichts Besseres zu tun.

Sie findet im Laden in Seca zum Glück, was sie benötigt und noch nicht zuhause hat und macht sich direkt an die Arbeit, nachdem sie Essen für ihren Vater gekocht hat. Dora, die Frau aus dem Nachbardorf kommt vorbei und fragt nach Lia, doch Lorena erklärt, dass sie noch nicht da ist. Dora sagt, dass sie Sonntag noch einmal kommen wird.

Lorena selbst isst nichts. Sie arbeitet auch weiter, als Lia kommt, doch sobald ihre Schwester sich zu ihr an die Nähmaschine setzt, fragt sie sie aus, nachdem sie ihr gesagt hat, dass Dora da war und dass sie Sonntag noch einmal kommen wird, dann erzählt ihre Schwester ihr von den wunderschönen Tagen, die sie verbracht hat.

Wie sie zurechtgemacht wurde und vorher auf Cruz' Couch ihre Lieblingsserie geguckt hat, weil er ihr verboten hat, irgendetwas im Haushalt zu tun. Sie war nicht als seine Haushaltshilfe da, sondern als seine Begleitung für den Abend. Lia hat ein Bild von sich im Kleid gemacht und zeigt es Lorena auf dem neuen Handy. Sie sah wunderschön aus, Lia könnte ohne Probleme als Topmodel durchgehen.

Lia erzählt von dem Haus des Präsidenten, dem Abend, der Musik, aber auch, wie respektvoll und ängstlich alle Cruz gegenüber sind. Sie sagt, dass es Probleme wegen der Frau des Präsidenten gab und dass Cruz und sie sich das erste Mal geküsst haben. Es bedarf keiner Worte dazu, Lia strahlt und gibt zu, dass sie dabei ist, sich in Cruz zu verlieben und dass sie genau weiß, dass sie das nicht darf.

Lorena sagt dazu nichts, sie sieht, wie glücklich Lia ist und dass sie selbst genau weiß, dass sie eine Grenze ziehen muss, sie muss ihr das nicht noch unter die Nase reiben. Sie erzählt auch, dass Cruz und sie beide auf dem Dach in gemütlichen Loungemöbeln eingeschlafen sind und auch der Morgen wunderschön war. Lia strahlt verliebt vor sich hin, doch gleichzeitig ist sie total fahrig und abwesend, wahrscheinlich beginnt jetzt ihr innerer Kampf, mit dem, was sie weiß, was sie tun sollte und dem, wonach sich ihr Herz sehnt. Lorena hat geahnt, dass es so kommen wird, sie würde Lia gerne dabei helfen, doch sie weiß nicht, wie sie das tun soll.

Lia bleibt bei Lorena, bis ihre Serie kommt und beide sich vor den Fernseher setzen. Lorena schläft dabei ein und am nächsten Morgen gehen sie zum Markt und wollen Wäsche waschen. Lorena trifft Kata und kümmert sich zusammen mit ihr um die restlichen Einkäufe, während Lia zum Waschsalon geht. Kata erzählt Lorena von ihrem Treffen mit Wilmer und dass der Sex immer besser wird. Wunderbar, nun haben alle ein Liebesleben, selbst Lia und Mandela, nur Lorena kuschelt mit ihrer Nähmaschine.

Kata geht für Lorena Reis und einige andere Sachen bei Yandiel im Laden kaufen, da sie ja Hausverbot haben. Yandiel bemerkt Lorena trotzdem und sieht von der Veranda des Ladens auf sie hinab. »Weißt du, Lia und du, ihr habt sehr viel Ähnlichkeit und mit deinen schönen Augen bist du noch einmal etwas ganz Besonderes. Vielleicht bist du ja ein wenig schlauer als deine ...«

Lorena hebt die Hand. »Im Ernst jetzt, Yandiel? Da hat Mister Senuz größerc Chancen als du.« Mister Senuz, der fast achtzig ist und nur noch am Stock laufen kann, hat seinen Namen gehört, als er an ihnen vorbeiläuft und hebt die Hand, um sie zu grüßen. Lorena lächelt ihn an und Kata, die in dem Moment wieder aus dem Laden kommt, lacht und zieht Lorena weiter. »Ich verstehe, dass euer Vater durchgedreht ist, bei solchen Töchtern.«

Lorena würde ihm am liebsten noch etwas zurufen, lässt es dann aber sein. Kata verspricht, später vorbeizukommen, dann wollen sie auf das Dach und sie wird Lorena noch einmal alles in Ruhe erzählen, doch erst muss Lorena weiterarbeiten. Sie geht auf den Hof zurück und will die Einkäufe verstauen, da schlägt Bayli an und zwei Männer kommen auf den Hof.

Sie sehen aus wie Geschäftsleute und stellen sich als Mitgründer einer der größten Supermarktketten vor. Sie möchten ihrem Vater ein Angebot machen und der bittet sie, sich zu setzen. Hoffnung keimt in Lorena auf, vielleicht kommen sie doch hier heraus, sie alle zusammen, ziehen nach San Juan. Lorenas Herz beginnt zu rasen.

Sie bringt den Männern Getränke und bleibt am offenen Fenster stehen, während Lia kommt und sich zu ihrem Vater stellt. Die Männer möchten hier eine der großen Supermarktfilialen eröffnen. Ihr Dorf liegt in der Mitte mehrerer Dörfer und eignet sich deswegen besonders gut als neuer Standort.

Sie bieten ihnen zweitausend Dollar für das Haus und das Grundstück und eine Wohnung in San Juan, die sie sofort beziehen können. Lorena schließt die Augen, davon hat sie immer geträumt, doch sie reißt sie sofort wieder auf, als ihr Vater unfreundlich erklärt, dass er nicht verkaufen wird und schon gar nicht zu solch einem Preis. Nein, oh nein.

Lorena geht schnell hinaus, Lia blickt zu ihr und sie sieht, dass ihre Schwester auch so denkt. Die Männer gehen und Lorena kann sich nicht mehr zurückhalten. »Was stimmt mit euch nicht? Wir hätten endlich hier rausgekonnt.« Lia sieht ihre Schwester mahnend an und bringt die Gläser wieder ins Haus. »Das Angebot war viel zu niedrig, Lorena.« Lorena hebt die Hände in die Luft. »Egal, wir wären hier weg. Wir hätten neu anfangen ...«

Ihr Vater wendet sich wütend zu ihr um. »Da spricht wieder ganz deine Mutter aus dir, Hauptsache hier weg. Ich bleibe hier, ich bin hier geboren und werde hier sterben!« Lorena spürt, dass ihr die Tränen die Wange herunterlaufen. Sie dreht sich um und geht, sie hält es keine Sekunde länger aus.

Sie ist sauer, wütend und enttäuscht und geht vor allem Lia, von der sie sich etwas Rückenstärkung erhofft hatte, aus dem Weg. Möchte ihre Schwester nicht, dass sie endlich hier wegkommen?

Auch am nächsten Tag ist sie noch wütend darüber. Sie fertigt die beiden Kleider an und bringt sie am späten Nachmittag zu Mandela. Sie ist sich sicher, dass ihre ehemalige beste Freundin da ist, doch sie kommt nicht aus ihrem Zimmer heraus. Lorena ist es egal, sie nimmt das Geld und erklärt, dass sie Mittwoch den Rest vorbeibringen wird. Als sie dann nach Hause kommt, ist Lia anders, man sieht ihr an, dass es ihr nicht gutgeht und Lorena vergisst den Streit und fragt, was los ist.

Lia hat auf ihren Verstand gehört und die Arbeit bei Cruz an Dora abgegeben, die wieder gesund ist. Lia sagt, dass es in Ordnung ist und sie weiß, dass es besser ist, doch Lorena nimmt sie trotzdem in den Arm und spürt, dass es Lia nicht so leicht fällt wie sie sagt und das merkt man auch während der nächsten Tage.

Lorena geht zur Schule und arbeitet nachmittags an den Stoffen, während Lia versucht, neue Arbeit zu finden. Sie bietet Lia an, auch zu arbeiten, doch sobald sie das anspricht, schreit Lia sie an, sie will nicht einmal was davon hören, dabei ist das doch im Grunde Lorenas Entscheidung. Lorena versucht, Rücksicht zu nehmen, sie spürt, dass es Lia nicht gutgeht und dass sie wahrscheinlich mit ihren Gefühlen für Cruz hadert, doch Lorena hat langsam das Gefühl, erdrückt zu werden und keine Luft mehr zu bekommen.

Sie haben kaum mehr Geld, Lorena fertigt die Sachen an und legt ihr Geld einfach zum Ersparten in den Schuppen, entweder merkt Lia es nicht, oder es ist ihr egal. Lorena hat einen weiteren Auftrag bekommen und macht sich auch sofort daran, den fertigzustellen, damit sie sich Essen kaufen können, ansonsten geht sie nur zur Schule, mehr bietet ihr Leben nicht.

»Ist das nicht Lia?« Kata wurde letzte Woche wegen ihrer häufigen Fehlzeiten gekündigt und sitzt jetzt wieder im Unterricht neben Lorena und liest ihre Klatschzeitungen. Mandela ignoriert sie weiter und Antoni hat ihr gestern beim Vorbeigehen zugezwinkert, Lorenas Welt dreht sich im immer gleichen Rhythmus um dieses winzige Dorf auf der riesigen Erde.

Lorena sieht in die Zeitung und nimmt sie Kata aus der Hand. »Ach du ...«

'Wer ist die hübsche Frau an Cruz Nechas' Seite?'

Lorena liest die Überschrift und sieht auf den Artikel, der Cruz und Lia zusammen zeigt. Es sind drei Fotos abgedruckt. Eines, das größte, zeigt, wie Lia und Cruz wieder in die Villa gehen und er ihre Hand hält, dort ist Lia nicht so gut zu erkennen, ihr Kleid weht leicht im Wind, es sieht so wunderschön aus, Lorena sieht sich alles genau an, das Kleid, das glückliche Gesicht ihrer Schwester.

Auf einem etwas kleineren Foto stehen sie dem Präsidenten gegenüber. Cruz und Lia stehen direkt nebeneinander, während Cruz mit dem Präsidenten redet. Lorena ist ganz aufgeregt. Lia hat ihr erzählt, dass sie den Präsidenten getroffen hat, doch das hier auf dem Bild noch einmal zu sehen ist etwas ganz anderes.

»Oh mein Gott, ist deine Schwester wirklich mit Cruz Nechas zusammen?« Lorena blickt auf das letzte und schönste Bild. Lia und Cruz sitzen eng zusammen und Lia hat ihren Kopf an seine Schultern gelehnt. Cruz und sie wirken auf dem Bild so … innig, vertraut. Ein bitterer Schmerz durchfährt Lorena, als sie an Lias traurigen Blick in den letzten Tagen denkt und auf die Bilder sieht. Sie muss ihn wirklich vermissen. Sie wendet sich an Kata, es klingelt und der Unterricht ist beendet. »Nein, ist sie nicht, bist du wahnsinnig? Ich nehme die Zeitung mit nach Hause, ja? Ich muss los, bis morgen.«

Kata lacht und bleibt sitzen. »Du warst schon immer eine schlechte Lügnerin, ja ja, ich habe sie schon ausgelesen und denk dran, morgen das gelbe Shirt mitzubringen, was du mir leihen wolltest.«

Lorena hebt noch einmal die Hand und eilt nach draußen, sie muss zu Lia, deswegen übersieht sie auch den Mann vor der Schule, der an ein Auto gelehnt steht und hupt, als sie in die andere Richtung gehen will. Lorena sieht zweimal hin, bevor ihr Herz zu rasen beginnt. Es ist Pascal, der Model-Scout. Lorena geht auf ihn zu und spürt, wie aufgeregt sie plötzlich ist.

»Hallo, hast du meine Bilder bekommen?« Er lächelt, Pascal ist ein hübscher Mann, man sieht, dass er nicht von hier kommt, er hat dunklere Haare und hellbraune Augen, doch ansonsten ist er sehr hell. Seine Nase sieht so aus, als wäre sie mal gebrochen gewesen, doch irgendwie macht ihn das interessant.

»Deswegen bin ich hier. Alle sind begeistert. Wir wollen gleich Aufnahmen mit dir machen. Nur leider hast du mir nicht einmal eine Handynummer dazugeschrieben, auf der ich dich erreichen kann.« Wie dumm kann man sein, Lorena? »Das tut mir leid, dass du deswegen extra ...« Er sieht auf seine Uhr. »Nein, ich habe in ... Mist, ich muss los. Ich habe gleich einen Termin in San Juan, wie wäre es, wenn ich dich morgen abhole und wir etwas essen gehen und alles besprechen.« Lorenas Herz schlägt Purzelbäume.

»Wunderbar, ich habe um 16 Uhr Schulschluss.« Pascal verbeugt sich einmal angedeutet und lacht leise. »Ich bin da und warte. Soll ich dich noch irgendwo absetzen?« Lorena würde ihn am liebsten umarmen, so glücklich ist sie. »Nein, alles in Ordnung, bis morgen.«

Sie sieht ihm noch hinterher, dann spürt sie Mandelas und Antonis Blicke auf sich, sie sind gerade aus der Schule gekommen und haben sie noch mit Pascal gesehen. Lorena hebt ihre Nase ein wenig höher und sieht ihnen entgegen.

Niemand hier hat geglaubt, dass sich Lorenas Träume erfüllen werden, doch nun wird sie allen beweisen, wie sehr sie sich getäuscht haben.

Kapitel 12

Lorena weiß nicht, wann sie das letzte Mal so glücklich war, sie ist noch nie so schnell zurück ins Dorf gelaufen. Sie möchte Lia die Bilder zeigen und von Pascal erzählen, doch sie ist noch nicht da. Sie wollte sich bei einer Fabrik vorstellen. Als ihre Schwester dann endlich durch das Tor kommt und ihren Vater begrüßt, ist Lorena auf dem Dach und winkt Lia schnell zu sich nach oben.

»Was ist denn? Was machst du bei solch einer Hitze auf dem Dach?« Lorena hält ihr die Zeitung hin. »Was?« Lia entreißt Lorena die Zeitung.

'Wer ist die hübsche Frau an Cruz Nechas' Seite?'

Lia sieht sich schockiert die Bilder an, ihr Daumen streicht fast schon automatisch über das Bild von Cruz. »Du siehst so hübsch aus.« Lorena zeigt auf das letzte und schönste Bild, doch Lia schließt die Zeitung und schluckt schwer. »Ich habe nicht einmal bemerkt, dass wir fotografiert wurden.« Lorena lächelt und schlägt die Zeitung verträumt wieder auf. »Das sind so schöne Bilder, ihr seid so ein süßes Paar.«

Lias Stimme wird dünner, sie wird sauer. »Das ist eine Katastrophe, was ist, wenn das jemand Papa zeigt?« Lorena winkt mit der Hand ab. »Quatsch, wer aus dem Dorf gibt fünf Dollar für eine Klatschzeitung aus? Meine Freundin in der Schule hatte die Zeitung und obwohl sie dich schon ein paar Mal gesehen hat, ist sie nicht auf die Idee gekommen, dass du das sein könntest.« Lorena wird Lia nicht sagen, dass Kata es war und dass sie sie sehr wohl erkannt hat, ihre Schwester ist auch so schon sehr blass, trotzdem nimmt sie die Zeitung, geht schnell in ihr Zimmer und versteckt sie unter dem Bett. »Sicher ist sicher.«

Lorena folgt ihr und lächelt. »Ich finde euch wirklich süß und rate mal, wer heute noch einmal vor der Schule war?« Lia und Lorena bleiben in ihrem Zimmer und flüstern, da ihr Vater nebenan ist.

»Wer?« Lorena holt die Visitenkarte wieder hervor, die Pascal ihr beim ersten Aufeinandertreffen gegeben hat.

»Der Model-Scout, er hat mich immer noch nicht vergessen und möchte unbedingt Aufnahmen mit mir machen. Lia, ich könnte so schnell viel Geld verdienen. Es muss doch etwas bedeuten, dass er noch einmal wiedergekommen ist. Ich sollte diese Chance nutzen ...«

Nun ist Lia wirklich sauer und das freudige Gefühl in Lorenas Brust löst sich in Luft auf. »Nein, Lorena! Das ist kein Zufall, das ist garantiert irgendein Perverser, die Wahrscheinlichkeit, dass er dich groß rausbringt, liegt bei 0,8 Prozent, die Wahrscheinlichkeit hingegen, dass Papa dir deswegen den Hals umdreht bei 99,2 Prozent. Also, was denkst du wiegt schwerer?«

Lia geht wütend aus dem Zimmer und Lorena spürt, wie ihr dicke Tränen über die Wangen laufen, Lorena weint so gut wie nie, doch sie kann einfach nicht mehr, diese Ablehnung gegen alles, was sie liebt, tut zu sehr weh und auch das Wissen, dass weder ihre Schwester noch ihr Vater ihr irgendetwas zutrauen.

In Lorena breitet sich immer mehr Wut und Enttäuschung aus. Sie geht früh schlafen und macht sich am nächsten Morgen besonders lange zurecht. Sie schminkt sich etwas mehr, unterstreicht ihre Augen besonders und zieht sich eine enge schwarze Leggins und ein schwarzes Top an, um zu zeigen, was für eine Figur sie hat und als wirklich alle Männer der Schule ständig zu ihr sehen, weiß sie, dass das Outfit seine Wirkung zeigt.

Sie verbringt die Pause mit Kata und Emil, sie erzählt Kata erst jetzt, dass Pascal wieder da war und im Gegensatz zu ihrer Schwester freut sich ihre Freundin für sie. Nach der Schule begleitet sie Lorena nach draußen und begrüßt Pascal, bevor Lorena mit ihm zusammen ins Auto steigt und er sie ins nächste Restaurant bringt. Hier in Seca gibt es nur zwei und die Wahrscheinlichkeit, dass ihr Vater von diesem Treffen erfährt, ist sehr groß, doch all das ist Lorena jetzt egal. Wenn sie hier nicht den Verstand verlieren will, muss sie etwas ändern, jetzt!

Pascal sieht müde aus und erzählt Lorena von dem Treffen gestern, dass er ein Mädchen zu einem wichtigen Shooting begleitet hat und alles gut gelaufen ist, doch es ging bis spät in die Nacht. Lorena nutzt die Chance und stellt alle Fragen, die ihr auf der Seele brennen.

»Ich war letztens in San Juan, um mich bei einer Agentur vorzustellen, da muss man viel Geld zahlen, um überhaupt aufgenommen zu werden, man muss sich eine Mappe machen und ... noch so einiges, wie sieht das bei deiner Agentur aus ... wie ...?« Lorena hat so viele Fragen, sie ist so durstig nach Informationen über diesen Weg, den sie gerne einschlagen möchte und Pascal lächelt mild, er scheint das zu spüren.

»Also zuerst, ich liebe Puerto Rico, doch man sollte nicht den Fehler machen und hier zu einer Agentur gehen. Von zweihundert sind vielleicht zwei seriös. Bei einer richtigen Agentur musst du kein Geld zahlen und sie zahlen dir auch die Mappe. Ich selbst habe aber keine Agentur, das hast du falsch verstanden. Ich entdecke Models und betreue sie, mache Shootings für sie aus, begleite sie manchmal, das ist mein Job. Ich arbeite aber mit vielen Agenturen zusammen und einige haben Interesse an dir.

Ich würde aber erst einmal vorschlagen, du begleitest mich. Ich bin noch zwei Tage hier, dann fliege ich nach L.A. zu einem Shooting. Also, begleite mich, da kannst du dann auch dein erstes Shooting machen und wir lassen dir eine Mappe erstellen. Was denkst du?« Lorena weiß, dass sie ihre Augen aufreißt, sie kann nicht anders. »Nach L.A.? Jetzt in zwei Tagen?« Er nickt. »Danach geht es nach Mexiko, da verbringe ich die meiste Zeit. Da kann ich dir so viele Shootings besorgen, dass du nicht mehr weißt, wie du die Zeit finden sollst.«

Sie beide essen Pizza, doch nun kann Lorena nicht mehr, plötzlich ist all das, was sie immer wollte, zum Greifen nah, sie muss nur noch ja sagen, doch die Gesichter von Lia und ihrem Vater kommen vor ihr inneres Augen. »Ich ... würde sehr gerne, wirklich gerne, doch ich müsste meine Schwester und meinen Vater zurücklassen, … sie verstehen nicht, was ich machen möchte … es …«

Pascal hebt die Hand. »Du bist aber über 18 und hast einen Pass?« Lorena nickt. »Ja, ich bin neunzehn und mein Pass ist im Stall versteckt. Ich weiß nicht, ob er noch gültig ist.« Pascal schiebt seinen Teller von sich und sieht Lorena in die Augen.

»Hör zu, du bist unglaublich schön. Es wäre ein Fehler, das nicht der Welt zu zeigen und alle großen Models hatten meistens erst die Familie gegen sich. Mit dem Erfolg kam dann auch das wieder, wenn sie gesehen haben, dass das doch der richtige Weg ist. Ich muss gleich wieder los, ich schreibe dir den Namen meines Hotels auf und meine Nummer. Ich buche noch ein weiteres Ticket für dich. Überlege es dir, du hast noch zwei Tage Zeit. Das mit dem Pass ist kein Problem, den kann man für ein paar Dollar verlängern lassen. Überlege es dir gut, wenn wir beide unterwegs sind, wirst du erst einmal beschäftigt sein und nicht sofort wieder herkommen können, doch es wird das sein, was du schon immer wolltest.«

Lorena lächelt. »Kann ich ihnen Geld schicken, sie brauchen es dringend und …« Pascal deutet an, die Rechnung haben zu wollen und zieht aus seiner Hosentasche ein Portemonnaie mit vielen Scheinen darin. Lorena hat noch nie so viel Geld auf einmal gesehen. »Natürlich kannst du das. Du wirst genug verdienen, um dir eine Wohnung zu leisten und genug zuhause abgeben zu können und wer weiß, wenn deine Schwester das alles sieht, wird sie dir bestimmt folgen, sie soll ja auch so hübsch sein.« Lorena lächelt und lehnt sich zurück. »Ja, das ist sie. Vielen Dank für das Essen.« Pascal beugt sich zu ihr und sieht ihr noch einmal richtig in die Augen. »Das wäre nur der Anfang, Baby, ich denke, wir beide geben ein gutes Team ab, das kann was ganz Großes werden, das spüre ich ganz genau, also melde dich. Ruf an und ich hole dich ab, egal wann und wo, oder komme einfach zum Hotel.«

Dieses Essen hat alles geändert, Lorena geht wie auf Wolken nach Hause. Sie verbringt den Tag auf dem Dach, isst nicht und wägt alles genau ab, was soll sie tun? Auch der nächste Tag rast an ihr vorbei und sie ist kaum mehr anwesend. Lia fragt sie zweimal, was los ist, doch sie kann es ihr nicht sagen, auf keinen Fall, und als sie am nächsten Tag aus der Schule kommt, weiß sie, dass sie sich heute entscheiden muss, morgen will Pascal nach L.A. fliegen und er wird sicher nicht ihretwegen alles verschieben. Solch eine Chance bekommt sie nie wieder.

Lorena möchte das unbedingt, doch es bricht ihr Herz, Lia mit ihrem Vater hier alleine zu lassen, auch wenn es nur für eine gewisse Zeit ist. Sie wird ihnen Geld schicken und sie dann nachholen, vielleicht sollte sie einfach mit Lia über all das reden, doch Lorena weiß genau, dass Lia sie nicht verstehen wird. Kata ist die Einzige, die von allem weiß und sie sagt ihr, dass sie gehen muss, sie wird es sonst ihr Leben lang bereuen. Lorena war noch nie so verzweifelt wie jetzt und normalerweise bespricht sie alles mit Lia, aber gerade kann sie es nicht. Lia wird ausrasten, doch am Ende muss sie heute mit ihr reden, sie kann nicht einfach so gehen, sie bringt es nicht übers Herz.

Als sie mit Kata und einer anderen Freundin nach der Schule zurück ins Dorf geht, wartet Lia am Anfang des Dorfes auf sie. Sie sitzt auf einem Stein und ist ganz blass. »Was ist los? Du siehst aus, als hättest du ein Gespenst gesehen.« Lorena verabschiedet die beiden Freundinnen und sieht ihre Schwester gespannt an.

Lia ist wütend. »Besser wäre es, nein, unsere Mutter hat sich dazu entschlossen, uns nach fast acht Jahren einen Besuch abzustatten. Sie ist so … es war unglaublich, du glaubst nicht, was das für ein Monster ist, sie ist so ….« Lorena sieht sich um. »Mama ist da?« Lia wird lauter. »Ich habe sie wieder weggeschickt, sie soll dahin verschwinden, wo sie hergekommen ist. Weißt du, warum sie gekommen ist, Lorena? Weil sie mich mit Cruz gesehen hat, die Bilder in der Zeitung und eine Chance auf Geld erkannt hat, sie wollte sich plötzlich erklären, wieso hat sie das nicht davor gemacht? Sie hatte ja fast acht Jahre Zeit, wieso genau jetzt?«

Lorena sieht sie fassungslos an. »Es ist mir egal, wieso sie es nicht getan hat, sie war hier und du hast sie wieder weggeschickt? Ohne dass ich sie sehen konnte?« Lorena kann nicht anders, sie schreit Lia an, all die Jahre hat sie sich nichts anderes gewünscht, als dass ihre Mutter wieder da ist und Lia schickt sie einfach weg.

Lia schüttelt den Kopf und wird auch lauter. »SIE WAR NUR DA, WEIL SIE DACHTE, SIE KOMMT DURCH MICH AN GELD! Verstehst du das nicht? Mir ist die Erklärung, warum sie sich nicht gemeldet hat, vollkommen egal, denn als sie gesehen hat, dass es vielleicht etwas Macht und Geld gibt, hat sie es ja auf einmal auch geschafft, hier aufzutauchen und zwar ganz schnell!« Lia ist wütend, doch Lorena auch, sie hebt drohend den Finger.

»Ich wollte sie sehen, das hast du nicht für mich zu entscheiden! Ich suche sie, vielleicht ist sie hier noch irgendwo ...« Lorena läuft in Richtung Bushaltestelle, sie ist bestimmt da und wartet auf den Bus. »Sie hat nicht einmal nach dir gefragt!« Lorena ignoriert die Worte ihrer Schwester und rennt zur Bushaltestelle, doch die ist leer. Sie geht den Weg ab, läuft durch das andere Dorf, zurück in ihres, sucht da alles ab, geht in die Stadt zurück, doch sie findet nichts. Ihre Mutter ist weg und sie hat sie nicht einmal gesehen. Natürlich ist es komisch, dass sie genau jetzt auftaucht, doch sie sollten sie wenigstens fragen, was los ist, wieso sie gegangen ist und sie zurückgelassen hat. Irgendetwas, doch Lia hat entschieden, dass sie das nicht tun.

Lia entscheidet alles, was Lorena macht, was sie darf und was nicht und wie es in ihrer Zukunft aussehen soll. Lorena ist wütend und geht zu Kata. Sie legt sich auf ihr Bett und sieht lange zur Decke. Kata lässt sie in Ruhe, doch als es dunkel wird und Lorena aufsteht, um zu gehen, umarmt sie sie.

»Du wirst gehen, oder?« Lorena nickt und dicke Tränen verlassen ihre Augen. »Ich muss, ich muss hier raus und diese Chance nutzen, sonst werde ich immer nur das tun, was Lia und mein Vater wollen und irgendwann ersticken.« Kata nickt. »Ich würde es auch so machen!«

Lorena verspricht, sich zu melden, auf dem Weg in ihr Haus ruft sie von ihrem Handy aus Pascal an, der verspricht, sie abzuholen. Lorena geht ins Haus, ihr Vater schläft bereits vor dem Fernseher und Lia geht mit ihren Schlafsachen auf das Dach, sobald sie Lorena sieht.

Lorena atmet tief ein, sie legt sich aufs Bett und wartet, bis alle schlafen, dann beginnt sie zu weinen, weil es ihr das Herz bricht, ihre Sachen zusammenzupacken und in eine große Tasche zu stecken. Sie geht leise durch das Haus und sieht sich alles noch einmal an, sie deckt ihren Vater zu und küsst seine Stirn, schleicht sich aufs Dach und sieht eine Weile ihrer hübschen Schwester beim Schlafen zu, dann geht sie hinunter, löscht alles Licht und verlässt das Haus.

Sie geht zum Schuppen und holt ihren Pass aus dem Versteck ihrer Mutter, dann sieht sie im Versteck ihrer Schwester nach, wie viel Geld in der Dose ist. Sie hat die letzten Male Geld hineingesteckt, doch sehr viel ist trotzdem nicht da.

Lorena lässt ein paar Scheine zurück und steckt den Rest ein, dann küsst sie Bayli auf die kalte Schnauze und verlässt leise den Hof. Als sie das Tor hinter sich schließt, schluchzt sie leise auf. Sie hätte nie gedacht, dass es ihr so schwerfällt, obwohl sie doch nie etwas anderes wollte als zu gehen.

Lorena läuft zum Dorfausgang, wo Pascal in einem Auto sitzt und der Motor bereits läuft, um sie hier wegzubringen. Lorena dreht sich noch einmal um, sieht auf ihr Dorf, wischt sich die Tränen weg und steigt ein. Es wird Zeit für Veränderungen und für ihr neues Leben.

3 Monate später

Kapitel 13

»Lorena, pass auf!« Lorena dreht sich nicht um, sie tritt kräftig in die Pedale und sieht geradeaus zu ihrem Vater, der stolz einige Meter vor ihr steht und darauf wartet, dass sie bei ihm ankommt. Lia rennt neben ihr her und lacht, sie hat gerade einen Zahn verloren und zeigt ihre Zahnlücke stolz herum und ihre Mutter ruft besorgt hinter Lorena her, dass sie aufpassen soll.

Lorena sieht zu ihrem Vater, er ist so stark und so groß. Sobald sie bei ihm ankommt, stoppt er Lias Fahrrad, auf dem Lorena nun auch fahren kann, ohne Probleme. Lorena war so aufgeregt und jetzt hat sie es geschafft, sie ist ohne Hilfe alleine gefahren. Sie hüpft förmlich vom Fahrrad in die Arme ihres Vaters, der sie durch die Luft schweben lässt. »Ich habe es geschafft, Papa, ich habe es geschafft!«

Ihr Vater lacht, Lia kommt an und hält neben ihnen. »Und jetzt zurück, Lorena, wenn du das schaffst, dann können wir das Fahrrad von der Nachbarin abkaufen und zusammen zur Schule fahren, nach dem Sommer.« Lia ist fast noch aufgeregter als Lorena, die ihren Vater auf die Wange küsst, wieder herunter von seinem Arm hüpft und sich erneut aufs Fahrrad setzen möchte. Nur ist das Fahrrad groß und schwer, Lorena kann das Gleichgewicht nicht halten und stürzt zusammen mit dem Rad auf den Boden.

Ihre Hand ist ein wenig aufgeschrammt und ihre Mutter kommt gleich zu ihnen. »Ich habe doch gesagt, dass sie noch zu klein ist. Lias Fahrrad ist einfach zu groß. Komm Lorena, wir gehen nach Hause. Ich wasche dir die Wunde aus und ...« Ihr Vater lacht laut los, er legt seinen Arm um ihre Mutter und küsst ihre Wange. »Würdest du deine Kinder endlich mal groß werden lassen?« Dann stellt er sich zu Lorena, hebt das Fahrrad auf und hilft ihr, sich wieder aufzusetzen. »Du wirst oft fallen, mein Engel, dein ganzes Leben lang, immer wieder. Doch das ist es nicht was zählt, es zählt, dass du nicht liegen bleibst, sondern dass du aufstehst, dir den Dreck wegwischst und weitergehst. Immer wieder!«

Lorena schlägt die Hände zusammen, damit der Dreck von ihren Händen verschwindet, lächelt ihrem Vater zu und tritt wieder in die Pedale. Lia rennt los und zusammen fahren sie lachend in ihr Dorf hinein.

Lorena liegt mit offenen Augen im Bett, wieder holen sie diese Erinnerungen ein und eine Träne entweicht ihren Augen. Wie glücklich sie damals waren, von hier und nach allem, was sie erlebt hat, kommt ihr das alles so weit weg vor, ist so lange her. Sie wollte immer nur weg aus dem Dorf und jetzt versucht sie so oft es geht, sich wieder in Gedanken in diese Zeit zurückzuversetzen.

»Du musst schon längst wach sein. Du hast einen Termin und mein Flug geht auch bald los.« Pascal neben ihr grummelt leise vor sich hin. Sie teilen sich ein schmales Hostelbett und als er sich über sie rollt, um aus dem Bett zu kommen und ihre Körper dabei aneinander reiben, kann Lorena gar nicht so schnell reagieren und er hat ihre Körper miteinander vereint.

»Fuck, es gibt nichts Besseres am Morgen.« Lorena will ihn von sich schubsen. »Lass das, Pascal, ich muss los und ….« Pascal hebt die Hand, er bewegt sich schnell und atmet schneller. »Warte, nur kurz, Baby, du weißt doch, wie heiß du bist und dass du mich …« Pascal stöhnt laut auf und Lorena verdreht die Augen, sie schiebt ihn von sich und geht direkt in die schimmlige Dusche. Nein, beim besten Willen, das alles hat sie sich nicht so vorgestellt, als sie Puerto Rico so hoffnungsvoll verlassen hat.

Lorena stellt die Dusche an und schließt die Augen, als die warmen Tropfen sie umspülen. Sie kann sich noch an die Schuldgefühle und die Angst erinnern, als sie zu Pascal ins Auto gestiegen ist. Tief in sich drin hat sie geahnt, dass sie einen schrecklichen Fehler macht, doch sie musste es einfach probieren. Pascals Pläne hatten sich bereits geändert. Sie sind noch in der Nacht nach Mexiko geflogen statt nach L.A.

Lorenas erster Flug war himmlisch, sie hat nur aus dem Fenster gestarrt und hatte das Gefühl, die Welt zu erobern. Doch das hat sie nicht getan, im Gegenteil. Pascal war die ersten Tage sehr lieb zu ihr, so lange, bis sie zusammen im Bett gelandet sind und er in den Hotelzimmern, die sie gemietet haben, nicht mehr auf der Couch, sondern neben ihr im Bett geschlafen hat.

Sie haben keine Wohnung, sie leben in Hotelzimmern, was Lorena nicht stören würde, wenn es nicht die letzten Absteigen wären und Lorena sogar schon vom Nagen der Ratten am Bettgestell wach wurde. Sie weiß nicht, was sie sich vorgestellt hat, doch das nicht. Pascal hat sie wirklich sofort vermittelt, ihr erstes Shooting war für Bikinis. Sie lag den ganzen Tag in der Hitze am Pool und hatte verschiedene Bikinis an. Sie durfte nichts essen, damit ihr Bauch schön flach bleibt und nur wenn ihr wirklich übel wurde, durfte sie etwas trinken.

Zum Schluss haben die Fotografen sie noch am Hintern begrapscht, über Lorenas Beschwerden hat Pascal nur gelacht und gesagt, sie soll sich an so etwas gewöhnen. Seitdem hat Lorena fast jeden Tag etwas, Shootings, bei Eröffnungen von Shops verteilt sie Canapés, in Autohäusern steht sie stundenlang vor den neuen Modellen und lächelt, doch etwas richtig Großes war erst einmal nicht dabei.

Vor drei Wochen hatte sie einen Laufstegauftritt in einem Brautkleid, sie war der Höhepunkt der Show und der Designer war so zufrieden, dass er sie unbedingt auch für das nächste Jahr haben möchte. Das war in den ganzen letzten Monaten das schönste Erlebnis. Alles andere war Horror, Lorena wird behandelt wie eine Ware, wie Pascals Ware. Sie hat noch nie Geld gesehen, zumindest nichts, was sie behalten oder endlich Lia und ihrem Vater schicken könnte.

Von dem Geld, was sie verdient, bezahlen sie die Hotels, das Essen und Tickets für die nächsten Shootings. Ja, Lorena ist jetzt herumgekommen. Sie waren in L.A. und Lorena hat auch diese Mappe, die sich immer mehr füllt, doch es sind immer nur kleine Aufträge, die immer am Rande zum Pornografischen sind und die kaum Geld einbringen.

Alles, was Pascal ihr versprochen und erzählt hat, war gelogen, er hat all das nicht. Er hat ein paar wenige Mädchen, die er betreut und zu denen er hinfliegt für Shootings, doch das ist so wenig, dass es nicht einmal erwähnenswert ist. Keine andere ist so dumm wie Lorena und fällt auf ihn herein.

Lorena hat ziemlich schnell gemerkt, dass hier etwas nicht stimmt, oder dass gar nichts hier stimmt, doch was sollte sie tun? Zurück nach Hause, bei Lia und ihrem Vater angekrochen kommen? Am liebsten würde sie das sogar, doch sie schämt sich viel zu sehr.

Sie hat Lia im Stich gelassen, ihrem Vater das angetan, was auch schon ihre Mutter getan hat und das alles für … nichts. Lorena macht das alles nicht einmal Spaß, sie hasst die Shootings, die Leute, diese Hotels, alle reduzieren sie nur auf ihr Äußeres, sie hat es schon immer nicht gemocht, doch in diesem Leben ist es so extrem, dass sie es kaum mehr ertragen kann.

»Beeil dich!« Lorena stellt die Dusche aus und trocknet sich ab. Pascal ist nicht der nette, liebe Kerl, für den sie ihn gehalten hat. Sein Traum hat sich erfüllt, er hat eine Dumme gefunden, die für ihn das Geld verdient. Er ist so selbstgefällig, wenn er sie an ein Set bringt und die Leute ihre Schönheit loben, so krank, wenn er sich betrinkt oder kifft und sich selbst einredet, was für ein toller Kerl er doch ist.

Er ist nicht einmal ein richtiger Lügner, weil er selbst das ja glaubt, er denkt, dass all das, was er hier tut, ganz groß ist und sie ein wunderbares Leben führen. Es gibt Momente, da ist das Leben das, was Lorena immer wollte, manchmal wirft ein Shooting mehr ab und Pascal bucht einen Flug nach Paris. Sie sehen sich dort alles an, essen und fliegen zurück, doch das ist erst zweimal gewesen, einmal Paris, einmal Berlin. Sie haben auch dort dann Shootings gehabt, doch wieder nur irgendwelche unseriösen Sachen und solche Mühe gibt er sich nur, wenn Lorena davon redet, ihn zu verlassen und zurück nach Puerto Rico zu wollen.

Sie braucht dafür seine Erlaubnis nicht, wenn sie es möchte, dann geht sie heute, doch sie kann nicht. Wo soll sie hin? Was soll sie tun? Sie kann sich selbst kaum noch im Spiegel ansehen, es war der größte Fehler, ihre Familie zu verlassen und wenn sie könnte, würde sie all das rückgängig machen, doch sie kann nicht.

Sie sieht in den Spiegel und bindet sich die Haare nach hinten. Sie hat sich verändert, sie ist dünner geworden. Über ihr Aussehen hat sie einiges dazugelernt, das ist das Einzige, wofür Pascal wirklich Geld ausgibt, sie wird gewachst, ihre Augenbrauen gemacht, ihre Nägel, sie bekommt Masken für ihre Haut und ihre Haare hatten hellere Strähnen, die sie aber wieder zurückgefärbt hat, weil es zu künstlich gewirkt hat.

Doch wenn sie sich selbst in die Augen sieht, ist da kaum noch die Lebensfreude drin, die sie früher verspürt hat. Ja, sie wollte immer aus ihrem eintönigen Leben heraus, doch sie war wild, hat dafür gekämpft, gelacht, geweint … all das ist weg. Lorena weiß nicht mehr, wann sie das letzte Mal gelacht hat und richtig weinen tut sie auch nicht mehr, nicht einmal mehr, wenn Pascal zu viel getrunken hat und mal wieder zuschlägt, man gewöhnt sich an alles, das kannte sie auch schon von ihrem Vater.

Sie vermisst Lia, das ist das Allerschlimmste von allem. Lorena ist es nicht gewohnt, ohne ihre Schwester zu sein. Sie hat sie verlassen und fühlt sich, als hätte sie ein Teil von sich selbst verloren.

Sie hat noch einmal Kata angerufen, ein paar Tage nachdem sie weg war. Sie hat getan, als wäre sie glücklich, sie wollte nicht, dass jemand erfährt, wie schrecklich es hier ist. Kata hat ihr erzählt, dass Lia sie überall sucht, besonders in San Juan. Das hat Lorena das Herz gebrochen, sie lässt Lia im Stich und trotzdem gibt ihre ältere Schwester nicht auf. Sie hat einen Fehler gemacht, den sie sich selbst nie verzeihen wird und Lia soll weitermachen und nicht mehr an ihre dumme kleine Schwester zurückdenken, deswegen hat Lorena Kata gesagt, dass es ihr gut geht und Lia einfach weiterleben soll. Sie kann nur hoffen, dass Lia darauf gehört hat und es ihr und ihrem Vater gut geht. Lorena wollte sie nachkommen lassen, ihnen Geld schicken … nichts von alldem geht … es ist alles anders gekommen.

Lorena schminkt sich nicht. Das wird am Set erledigt. Jeder Kunde will ein anders Make-up und dieser Kunde ist nicht neu, sie hat schon öfter Bilder für ihn gemacht, deswegen lässt Pascal sie heute auch allein, er muss nach Tijuas fliegen und kommt morgen zurück. Lorena bindet sich ein Handtuch um und geht aus dem Zimmer. In ihrem Hotelzimmer riecht es nach dem ekelhaften Zeug, was Pascal immer wieder raucht. »Muss das schon so früh sein?«

Keine Antwort, Lorena geht in das Zimmer, in dem sie schlafen, kramt in einem ihrer Koffer und zieht sich einen Jeansrock und ein Top an. Das ist das einzig Gute, sie bekommt bei jedem Shoot mehrere Kleidungsstücke, die sie behalten darf und die ihr auch Pascal nicht wegnehmen kann.

Als sie in die Küche kommt, steckt sich Pascal gerade einen Toast in den Mund, nimmt die selbst gedrehte Zigarette und zwinkert ihr zu.

»Denk dran, dich zu benehmen, Roman hat schon oft gesagt, dass er dich unbedingt für einen Film haben will und du solltest so langsam mal darüber nachdenken, so kommen wir nicht weiter.«

Lorena lacht und sieht in den Kühlschrank, leer, auch die Toastpackung, es gibt nur noch Wasser. Sie schüttelt den Kopf.

»Ich drehe keine Pornos und mache keine Nacktbilder, merk dir das endlich. Du bist doch der MANAGER. Besorg du doch endlich mal richtige Aufträge.« Pascal nimmt ihr Kinn zwischen seine Finger und drückt zu. »Du kleine undankbare Schlampe … du hast so ein Glück, dass ich los muss, darüber sprechen wir morgen!«

Er geht und hinterlässt den Gestank seiner Zigarette. Lorena wird übel, sie beugt sich über das Becken in der kleinen Küchenecke des Hostels und übergibt sich. Nicht das erste Mal die letzten Tage, dieses Leben macht sie wirklich krank. Es dauert eine Weile, bis sie sich wieder beruhigt hat. Sie wird sich draußen etwas zu essen kaufen, dann geht das wieder.

Lorena wäscht sich noch einmal das Gesicht, putzt die Zähne, nimmt ihre Tasche und verlässt das Hotel, um das Leben zu leben, was sie immer wollte und was sie jetzt über alles hasst.

Kapitel 14

Lorena kommt erst zehn Stunden später mitten in der Nacht wieder nach Hause, lässt die Tür hinter sich ins Schloss fallen und blickt sich im schäbigen Hotelzimmer, das sie zur Zeit bewohnen, um. Lorena hat sich Tacos mitgenommen, auf dem Rückweg hatte sie plötzlich starken Appetit darauf, doch jetzt legt sie sie erst einmal beiseite, setzt sich auf das kleine Sofa und atmet tief aus.

Es war anstrengend, Roman ist ein sehr unangenehmer Auftraggeber. Er betreibt einen Erotikhandel, verkauft sexy Dessous, Nachtwäsche, Erotikspielzeug und auch Filme. Pascal drängt ständig darauf, dass Lorena in solch einem Film mitspielen soll. Sie würde das Doppelte an Geld bekommen, er denkt, ob sie mit ihrem Freund oder irgendeinem anderen Mann schläft, macht keinen Unterschied. Manchmal denkt Lorena, Männer und Frauen haben komplett verschiedene Vorstellungen von Sex und Liebe.

Roman gibt sich allerdings auch damit zufrieden, dass Lorena die Morgenmäntel und sexy Kleidchen präsentiert, zu mehr ist sie nicht bereit, doch Roman besteht trotzdem jedes Mal darauf, dass Lorena bei den Shootings mitmacht. Heute gab es wieder Ärger. An solch einem Set sind alle sehr locker. Meist werden Fotos gemacht und gleichzeitig ein Film gedreht und die Stimmung ist immer sehr sexuell geladen.

Roman wollte noch einmal mit Lorena sprechen und nachfragen, ob sie nicht doch bereit ist, zumindest etwas mehr auf den Fotos von sich zu zeigen, doch dabei ist seine Hand schon ziemlich automatisch auf ihre Innenschenkel geglitten und Lorena wurde richtig sauer. Sie hat es sowas von satt, als Objekt gesehen zu werden. Sie war zum Glück schon durch, hat Roman ihre Meinung gesagt und ist gegangen, doch sie weiß, dass Pascal davon erfahren und deswegen Stress machen wird, da Roman einer seiner Großkunden ist, deswegen geht sie auch gar nicht erst ans Handy, als es klingelt. Es kann eh nur Pascal sein. Sie hat ein neues Handy, ihr altes hat sie in einem Hotel in Venezuela vergessen, als sie die Hotelrechnung nicht bezahlen konnten und schnell aufbrechen mussten.

Wahrscheinlich ist es besser so. Sie hat nur einmal den Mut gehabt, bei Kata anzurufen und dann nicht mehr. Sie will gar nicht wissen, wie enttäuscht Lia von ihr ist. Wie heftig ihr Vater sie jetzt verflucht und wie sehr die anderen über sie lachen würden, wenn sie sie jetzt sehen könnten. Lorena mit den großen Träumen inmitten von kiffenden, pornodrehenden Verlierern und magersüchtigen Mädchen, die alle ein anderes Leben leben als das, was sie sich erträumt haben.

Das ist noch etwas, was ihr wirklich zu schaffen macht. All die Frauen und Mädchen zu sehen, die an dem Traum zu modeln zerbrochen sind. Manche essen kaum was, sie sind viel zu dünn und lassen sich ständig operieren. Sie machen bei diesen Filmen mit, um Geld für die Operationen zu verdienen, die sie dann weiterbringen sollen, doch das tun sie nicht. Fast jede hier hat Rückenschmerzen, weil ihre Brüste gar nicht zu ihrem Körper passen und Hinterteile, die so hart sind, als wäre Zement drin.

Und sie alle hatten mal den gleichen Traum wie sie, und mittlerweile denkt sich Lorena immer mehr, wie wird sie nach zwei Jahren aussehen, wie lange macht sie das mit? Was ist ihr Ziel? Was will sie sich noch bieten lassen und was für Alternativen hat sie dazu? Der Traum vom Modeln hat sich mittlerweile für sie ausgeträumt. Natürlich gibt es die schönen Seiten, auch von denen hat sie zwei, drei erleben dürfen, doch um die ständig zu haben, um dieses perfekte Leben zu führen, muss man wirklich ein Top-Model sein und davon ist Lorena noch viel zu weit entfernt.

Sie wollte immer mehr erleben, in diesen drei Monaten hat sie so viel erlebt, dass es für zwei Leben reicht. Sie und eine weitere Frau haben in letzter Sekunde eine Vergewaltigung verhindert, weil ein Fotograf vollgekokst war und meinte, er hätte das Mädchen komplett gekauft. Sie hat gesehen, wie ein Model auf einem Klo zusammengebrochen und gestorben ist, weil sie einen Tablettenmix zu sich genommen hat, der sie am Ende das Leben gekostet hat, weil die vielen Operationen bei ihr einfach nur noch Schmerzen hinterlassen haben.

Lorena ist müde von alldem, sie will noch einmal in den Taco beißen und rennt wieder zur Spüle, um sich zu übergeben. Heute am Set hat sie auch zweimal gebrochen. Tränen steigen ihr in die Augen, denn so langsam fällt es ihr immer schwerer, das auf eine Magenverstimmung zu schieben. Lorena flucht laut aus und geht auf den Balkon, sie sieht über Mexiko-Stadt und fragt sich, wieso sie so dumm war, wieso ist sie nicht einfach im Dorf geblieben?

Ja, wahrscheinlich wäre sie noch immer gelangweilt, doch sie hätte all das nicht gesehen und erlebt. Sie hätte Lia noch bei sich und ihren Vater nicht verletzt. Sie wäre nicht wie ihre Mutter geworden. Sie hatte noch nicht viel in ihrem Leben, was sie bereuen konnte, doch das bereut sie wirklich.

Lorena bleibt noch eine ganze Weile sitzen, doch irgendwann siegt die Müdigkeit und sie geht schlafen, sie genießt die wenigen Tage, wenn sie ohne Pascal ist. Sie weiß, dass sie hier weg muss, doch wohin? Was nun? Sie weiß es einfach nicht, ihr Plan war es immer, heraus aus dem Dorf und modeln, einen Plan B hatte sie nie.

Am nächsten Tag verschläft sie, obwohl sie sich den Wecker gestellt hat. Das ist ihr noch nie passiert, doch sie fühlt sich immer schlapper und müde, vielleicht ist sie doch krank und braucht einfach mal einen Tag Pause. Heute hat sie einen Dreh für ein Musikvideo. Sie ist eine der vielen Frauen, die auf einer Party des Musikstars in einer riesigen Villa sind und ihn anhimmeln darf. Sie hat solch einen Dreh schon mal beobachtet, mitgemacht hat sie noch nie und sie freut sich ein wenig darauf. Es ist mal etwas anderes und Tanzen empfindet Lorena nicht als anstrengend.

Sie beeilt sich also, duscht und zieht sich eine Leggins, ein Top und Sneakers an, die sie auch von einem Dreh hat und eilt nach unten. Sie lässt sich mit dem Taxi in die reiche Gegend fahren und sieht sich die vielen Villen an. Das war es, was sie wollte, doch davon ist sie meilenweit entfernt und mittlerweile ist es auch gar nicht mehr das, was sie will, nicht für den Preis dieses Lebens.

Sie kommt genau rechtzeitig an, doch sie muss ja noch in die Maske. Das gesamte Grundstück ist voller Kameras, als sie dahin kommt. Sie fragt nach der Maske und wird schnell hingebracht, auf dem Weg dorthin bekommt sie mit, wie sich zwei Männer laut unterhalten. »Sie ist hübsch, da sagt ja niemand etwas, doch ich finde es zu unrealistisch. Sie soll meine Exfreundin sein, die ich, seit ich klein bin, kenne und jetzt als großen Star wiedersehe auf dieser Party? Ich bin Puertoricaner und du stellst mir hier ein finnisches Model hin.«

Lorena sieht genauer hin und erkennt Desue, einen bekannten Sänger aus Puerto Rico, sie hat seine Lieder auch immer gerne gehört. Er ist überall in Lateinamerika bekannt. In diesem Moment sieht er hoch und zu Lorena und den anderen Mädchen, die vor der Maske warten, er sieht Lorena in die Augen. »Woher kommst du?« Lorena schluckt leise. »Puerto Rico.« Er lächelt und kommt zu ihr, hält ihr die Hand hin und zeigt sie dem anderen Mann.

»Puertoricanische Frauen sind die Schönsten. Wenn, dann hätte ich solch eine Exfreundin, kein finnisches Model. Sie bekommt die Hauptrolle.« Lorena sieht zwischen den Männern hin und her. »Okay, von mir aus.« Der andere Mann klatscht in die Hände. »Maske, Regie, es gibt eine Änderung.« Desue dreht sich zu Lorena um und lächelt noch immer. »Entschuldige, ich habe dich gar nicht gefragt, ob das für dich in Ordnung ist.« Lorena nickt. »Na klar, aber ich weiß nicht, was ich tun soll.« Eine Frau kommt zu ihnen und bittet sie in die Maske. Desue zuckt die Schultern. »Zeig den Leuten einfach, wie wir in Puerto Rico feiern.« Lorena lächelt auch und wird in die Maske geführt.

Ein merkwürdiges Gefühl breitet sich in ihr aus. Draußen werden die ersten Szenen gedreht und die Musik dröhnt durchs ganze Haus. Diese Musik. Lorena muss daran denken, wie oft Kata, Mandela und sie auf einem ihrer Dächer die Musik aufgedreht, laut mitgesungen und dazu getanzt haben. Lia hat beim Wäscheaufhängen auch mitgetanzt, selbst ihr Vater hatte ein Lächeln im Gesicht. Sie alle lieben diese Musik, lieben das Feiern, sie muss an den Geruch Puerto Ricos denken und ihr Herz schnürt sich zusammen.

»Ist alles in Ordnung? Bitte keine Tränen, du ruinierst das Make-up.« Lorena nickt und atmet tief aus, mit einem Mal trifft sie die Sehnsucht nach ihrem Zuhause, die sie die ganze Zeit im Herzen trägt, mit voller Wucht.

Lorena muss zweimal hinsehen, als die Frau mit ihr fertig ist, nun sieht sie wirklich wie ein Top-Model aus. Sie bekommt clip-in Extensions und sie glätten ihr die Haare zu großen Wellen. Lorena bekommt ein weißes Häkelkleid angezogen, ein ähnliches hat sie Lia einmal gemacht. Wie sehr sie das Nähen und Häkeln vermisst.

Lorena geht hinaus ans Set und stockt. Die Kulisse erinnert sie an die Feier der Nechas, auf der Lia und sie am Buffet standen. Sie muss an Jomar denken, es ist nicht das erste Mal, dass sie in letzter Zeit an ihn gedacht hat, doch jetzt kommt ihr sein hübsches Gesicht genau vor Augen und sie muss lächeln, es ist schade, dass sie sich nie besser kennengelernt haben.

Desue und der Regisseur erklären ihr, was sie zu tun hat und Lorena gibt die nächsten drei Stunden ihr Bestes. Sie muss mit zwei anderen Frauen die Treppen herunterkommen und im Gewühl Desue entdecken und überrascht stehenbleiben. Dann werden Szenen ihrer Kindheit eingespielt und als beider Blicke sich treffen, müssen Lorena und Desue daran denken.

Das läuft sehr gut, alle sind zufrieden. Danach werden ein paar Szenen der Party gedreht, Lorena tanzt mit anderen Frauen und Desue beobachtet sie, danach beobachtet Lorena, wie Desue von Frauen umschwärmt wird, bevor sich beide am Buffet treffen und reden.

Als beide am Buffet drehen, stimmt etwas mit den Kameraein-stellungen nicht und sie müssen kurz warten. »Du machst das alles richtig gut.« Lorena lächelt und sieht aufs Buffet. »Danke.« Das

Essen ist typisch puertoricanisch, ihr läuft das Wasser im Mund zusammen. »Bedien dich, das kann noch dauern.« Auch Desue nimmt sich etwas, Lorena beißt ins Bananenbrot und nimmt sich eine der in Puerto Rico typischen Teigtaschen, die auch Emils Mutter jeden Tag gemacht hat. Sie schließt die Augen. »Wie sehr ich das vermisse.« Desue lacht. »Ich fliege morgen wieder zurück, wann warst du das letzte Mal in der Heimat?«

Lorena atmet tief aus. »Vor etwas über drei Monaten.« Desue lacht leise. »Das würde ich nicht aushalten. Lorena nickt und nimmt sich noch etwas vom Buffet. Sie könnte sich dort hineinlegen. »Es ist sehr schwer für mich, doch es sieht auch nicht danach aus, als würde ich so schnell zurück können.«

Desue gießt ihnen beiden Limonade ein. »Wieso nicht?« Lorena nimmt dankbar das Getränk an. »Meine Familie … versteht den Weg nicht, den ich gegangen bin. Ich habe sie damit sehr verletzt, dass ich jetzt hier bin. Sie sind sicherlich sehr enttäuscht und sie haben recht. Ich hätte Puerto Rico nie verlassen dürfen.« Lorena sollte sich nicht genau bei einem von Puerto Ricos größten Künstlern ausweinen, doch Desue sieht ihr in die Augen und lächelt. »Hast du Erfahrungen hier gesammelt und gelernt, egal ob positiv oder negativ?« Lorena nickt. »Mehr als das, genug für zwei Leben.« Er streicht ihr eine Strähne nach hinten und sieht ihr ins Gesicht. »Dann hat es sich gelohnt, herzukommen. Das ist es, was das Leben ausmacht. Erfahrungen. Wärst du zuhause geblieben, hättest du dich immer gefragt, was wäre wenn, so weißt du, was ist, bist um Erfahrungen reicher und kannst aus Fehlern lernen, du bist ein Mensch, du musst Fehler machen.«

Lorena hat aufgehört zu essen und sieht ihm in die Augen, Tränen steigen in ihr hoch, die sie herunterschluckt. Er hat genau die richtigen Worte gefunden, um ihr ein wenig Last von den Schultern zu nehmen. »Danke!« Desue nickt und Lorena deutet aufs Bananenbrot, um die Stimmung zu lockern und zu verhindern, dass sie gleich wie ein Kleinkind anfängt zu weinen. »Meine

Schwester kann die besser machen.« Desue lacht laut auf. »Das haben auch keine Puertoricaner zubereitet.«

»Okay, fertig!« Es scheint weiterzugehen. Desue und sie blicken zur Kamera, die auf sie gerichtet ist. »Geht es weiter?« Der Regisseur lacht. »Nein, wir haben die Szene im Kasten.« Sie haben sie beim Gespräch aufgenommen und somit das Allernatürlichste bekommen. Es wird dunkel und sie drehen die letzte Tanzszene, wo alle zusammen zum Refrain tanzen. Lorena bleibt bei Desue und er legt seine Hände um ihre Hüften. Sie tanzen gut zusammen und als Lorena ihre Pumps stören und sie sie auszieht und barfuß weiter tanzt, ruft Desue das typische »Vamosss!!« in die Menge und einige seiner Freude kommen auch. Sie lachen und tanzen und für wenige Minuten sind sie alle wirklich zurück in Puerto Rico. Desue lächelt und küsst Lorenas Wange und das ist die letzte Szene, mit der der wundervolle Tag zu Ende geht.

Lorena bekommt 500 Dollar auf die Hand, da sie ja nun nicht mehr nur eine Nebenrolle gespielt hat. Sie verabschiedet sich von Desue und erfährt, dass der Clip in ungefähr zwei Monaten überall zu sehen sein wird. Als Lorena zurückfährt, überkommt sie wieder diese starke Übelkeit und Müdigkeit und Lorena flucht leise, als sie den Taxifahrer bittet, kurz an einer Apotheke zu halten. Sie steigt aus und sieht sich nach etwas gegen eine Magenverstimmung um, doch dann schließt sie die Augen, sie weiß, was sie eigentlich zu tun hat. Sie kauft einen Schwangerschaftstest und versteckt ihn in ihrer Tasche.

Sie weiß, dass Pascal sicher wieder da ist oder jeden Moment kommt. Lorena bezahlt den Fahrer und steckt sich im Flur vor ihrem Hotelzimmer das Geld in den BH. Sie weiß nicht, ob Pascal von dem Geld weiß, doch es ist das erste Mal, dass sie Geld bekommt, bisher hat immer Pascal alles Geld erhalten.

Die Worte von Desue hallen in ihrem Kopf wieder, die Sehnsucht nach Puerto Rico erdrückt sie und als sie die Tür zu ihrem Hotelzimmer öffnet, wartet Pascal schon, zieht sie hinein und schlägt ihr mit voller Wucht ins Gesicht. »Roman hat mich angerufen, du hast das ganze Set zusammengeschrien, weil er mit dir reden wollte? Kaum drehe ich dir den Rücken zu, flippst du aus? Ist das dein Dank für alles, was ich tue?«

Lorena würde so gerne etwas dazu sagen, doch sie bemerkt, wie rot seine Augen sind und sieht ihn nur an. Sie verkneift sich einen Kommentar und als er sie als undankbares Miststück verflucht und ins Schlafzimmer geht, geht Lorena ins Badezimmer und schließt sich ein. Sie hat ihre Tasche mitgenommen und stellt sie ab, zieht sich aus und geht unter die Dusche.

Sie atmet tief ein, ihr Rücken brennt heiß, obwohl sie sich mit lauwarmem Wasser abspült, um einen klaren Kopf zu bekommen, doch diese kurze Reise nach Puerto Rico heute hat sie so sehr aufgewühlt, dass sie am liebsten aus ihrer Haut fahren würde. Sie vermisst es. Sie vermisst alles. Niemals hätte sie gedacht, dass sie das einmal denken würde.

Sie duscht lange, versucht all das von sich zu waschen, doch sie weiß, dass das nicht geht. Lorena hat gelernt, gut zu verdrängen, doch das geht gerade nicht und es macht sie wahnsinnig.

Als sie fertig ist, geht sie aus dem Bad und zieht sich ein weites Shirt und einen frischen Slip über. Pascal liegt laut schnarchend im Bett. Er hat gekifft und auf dem Tisch liegt das weiße Zeug, was er sich in letzter Zeit immer öfter durch die Nase zieht. Lorena weiß, dass er erst morgen früh wieder ansprechbar ist. Sie geht zurück ins Bad und sieht zehn Minuten auf die Packung des Schwangerschaftstests.

Sie kann nicht schwanger sein, sie darf nicht schwanger sein. Sie weiß nicht mal, was sie mit ihrem Leben anfangen soll, wie soll sie sich um ein Baby kümmern? Doch es bringt nichts, mit dem Test Diskussionen zu führen, das sieht sie nach weiteren zehn Minuten ein und macht den Test. Man soll fünf Minuten warten, doch Lorena starrt den Test die ganze Zeit an, als könne sie so das Ergebnis beeinflussen, doch das kann sie nicht, weil sich schon nach wenigen Sekunden der Strich in dem Anzeigefeld für Schwanger zeigt, der nicht sein sollte. »Nein!« Lorena schüttelt den

Test, nichts, je mehr Minuten vergehen, umso deutlich ist zu sehen, dass sie schwanger ist.

Lorena lässt sich auf den Boden des verschimmelten Bades gleiten und beginnt zu weinen, sie lässt alles heraus, was sich in den letzten Monaten angesammelt hat und eine Angst baut sich in ihr auf, aber auch ein anderes Gefühl. Sie ist schwanger, in all dem Mist, in dem sie gerade steckt, ist das der Höhepunkt. Sie ist von einem koksenden, schlagenden Versager geschwängert worden, in einem fremden Land, ohne richtige Arbeit, Wohnung oder sonst einem Punkt, den man braucht, um ein Kind großzuziehen.

Irgendwann trocknen Lorenas Tränen, sie denkt an die Worte von Desue, an Puerto Rico und versucht herauszufinden, was sie tun soll. Sie denkt an ihre Mutter und ihre Schwester, an ihre Kindheit und ihre Zukunft, daran, was ihr Vater ihr gesagt hat, dass sie immer wieder aufstehen muss.

Lorena war immer stark, sie hat nicht so schnell aufgegeben, doch das hier und das Wissen ihres Verrates an ihrer Familie hat sie gebrochen. Sie hat sich hier versteckt und in ihrer Scham und ihrem Versagen gesuhlt, doch es ist Zeit, das zu beenden. Lorena ist keine gute Tochter, keine gute Schwester, sicherlich niemals eine gute Ehefrau, doch als sie jetzt aufsteht und in den Spiegel guckt, schwört sie sich eine Sache.

Sie hat dieses Baby nicht geplant, doch nun ist es da und sie wird es niemals, niemals im Stich lassen und wenn nicht jetzt, wann hat sie dann jemals einen Grund gehabt, sich wieder aufzuraffen und endlich etwas zu ändern? Das erste Mal seit Wochen lächelt Lorena sich im Spiegel an, auch wenn ihr die Angst im Nacken liegt, darüber, was da auf sie zukommt, ist da dieses Bauchgefühl, jetzt etwas ändern zu müssen. Sie wird dieses Baby nicht in Gefahr bringen, nicht in Pascals Nähe lassen oder diesem Leben aussetzen.

Dieses Baby gehört nach Puerto Rico, genau wie sie und das ist es, was sie lächeln lässt.

Sie zieht sich eine Jogginghose und Sneakers an, packt leise alle ihre Sachen zusammen, sie stopft alles in zwei Koffer und eine Reisetasche, nimmt ihren Pass und alles an Bargeld, was Pascal in seinen Taschen hat, zusammen mit ihrem Geld hat sie etwas über 1000 Dollar. Immerhin ist das alles ihr verdientes Geld. Dann verlässt sie leise das Hotel, ruft sich ein Taxi und lässt sich direkt zum Flughafen fahren.

Sie findet keinen direkten Flug, aber einen mit Zwischenstopp in Guatemala, der in einer Stunde geht und noch Plätze frei hat. 400 Dollar sind weg, doch Lorena kauft sich ein Sandwich und sieht durch die Fenster des Terminals in die Nacht hinaus. Sie weiß, dass all das, was nun vor ihr liegt, nicht leicht wird, doch sie geht zurück nach Puerto Rico und ihr Bauchgefühl sagt ihr, dass alles wieder gut wird.

Kapitel 15

Dieses Gefühl, als Lorena einige Stunden später endlich in San Juan landet und aus dem Flugzeug steigt, ist unbeschreiblich. Sie atmet tief ein, begrüßt alle Leute, die am Flughafen arbeiten, mit einem riesigen Lächeln im Gesicht, sitzt zwei Stunden am Meer und nimmt dann den Bus zurück in ihr Dorf.

Erst da beginnt ihr Magen zu rumoren, sie hat im Flugzeug geschlafen und am Meer gegessen und nun ist sie hellwach und weiß nicht, ob sie lachen soll, vor Freude wieder hier zu sein, oder weinen aus Angst vor der Reaktion ihrer Schwester und ihres Vaters. Lorena weiß nicht einmal, ob sie zurückkehren soll, wahrscheinlich ist es besser, wenn sie komplett neu anfängt, sich in San Juan eine kleine Wohnung sucht und Lia und ihren Vater nicht mit ihrem Baby noch zusätzlich belastet, nicht nachdem sie sie im Stich gelassen hat, doch sie muss sich wenigstens bei ihnen blicken lassen, sehen, wie es ihnen geht und um Verzeihung bitten. Sie weiß, dass es nicht zu verzeihen ist und ihr Vater ihr das nicht verzeihen wird, doch zumindest möchte sie die beiden wiedersehen.

Als der Bus an der Bushaltestelle zum Nechas-Gebiet hält, sieht Lorena in diese Richtung, ob Lia noch einmal Kontakt zu Cruz hatte? Ihrer Schwester ging es so schlecht wegen dieser Trennung und Lorena war nicht richtig für sie da, weil sie zu egoistisch und damit beschäftigt war, ihre eigenen Träume zu erfüllen, egal zu welchem Preis.

Einen winzigen Moment denkt Lorena daran sitzen zu bleiben, als der Bus an den Dörfern hält, doch sie weiß, dass sie das tun muss. Sie ist kein Kind mehr und muss sich gewissen Situationen stellen.

Es ist merkwürdig, sie geht den alten Weg entlang, aber nichts hat sich verändert. Ein paar mehr Autos als sonst fahren hier herum, doch sonst ist alles so wie immer. Lorena erinnert sich selbst daran, dass sie nur etwas über drei Monate weg war und dass sich bei ihr alles geändert hat, sie sich geändert hat, doch dass sich hier im Dorf deswegen noch lange nichts geändert hat.

Allerdings sieht sie sehr schnell, dass sie da doch falsch liegt. Sie betritt das Dorf und bemerkt sofort, dass es voller ist. Mehr Menschen laufen herum und sie kennt keinen von ihnen. Sie sieht zu Yandiels Laden, niemand steht davor wie sonst immer. Lorena sucht zwischen den Menschen nach bekannten Gesichtern, doch sie findet keines. Ein großes Werbeplakat steht an der Seite: Eröffnungsangebote. Sie versteht gar nichts mehr, doch die Menschen laufen alle in Richtung ihres Hauses. Lorena läuft mit und stockt.

Sie sieht sich um, wieder zu ihrem Haus und sieht sich wieder um. Ist das hier versteckte Kamera? Lorena blickt sich wieder um, das Haus ihrer Nachbarin steht noch da, allerdings hat sie einen höheren Zaun, doch da, wo mal ihr Haus, ihr Hof stand, ist jetzt eine ebenmäßige Betonfläche und ein großes Gebäude steht darauf. Ein Supermarkt, es gibt sogar Parkplätze davor.

Ihr fallen die Männer ein, die damals zu ihnen gekommen sind und ihnen dieses Angebot gemacht haben, Lia und ihr Vater haben es sofort ausgeschlagen, doch offenbar haben sie es dann doch angenommen. Lorenas Magen zieht sich zusammen, als sie auf den Supermarkt blickt, noch immer wird daran gebaut, doch die Leute gehen schon ein und aus. Also sind ihre Schwester und ihr Vater in die Stadt gezogen, sie muss …

»Lorena?« Lorena blickt sich um, ihre Nachbarin steht am Zaun und deutet mit dem Finger auf sie. Edmundo steht daneben und hat sie gerufen. Lorena muss lächeln, als der alte Freund ihres Vaters und Polizist der umliegenden Dörfer zu ihr kommt und sie in den Arm nimmt. »Seit wann bist du wieder hier?« Lorena drückt sich an ihn. »Seit gerade, ich bin vorhin am Flughafen angekommen und gleich hergekommen. Ich wollte zu meinem Vater und Lia …«, sie zeigt zum Supermarkt und lacht schockiert auf, »… und finde das!« Edmundos Gesichtsausdruck verfinstert sich und er räuspert sich.

»Du weißt es noch nicht? Hast du mit niemandem gesprochen, seit du weg bist?« Lorena sieht zu Boden. »Nein, einmal ganz am Anfang mit Kata, doch ich … wusste sehr schnell, dass ich einen Fehler gemacht habe und habe mich … geschämt. Ich hatte wirklich Angst, wieder herzukommen, doch ich muss Lia und meinen Vater wiedersehen, ich …«

Ihre Nachbarin steht neben Edmundo und hält sich ihre Schürze, die sie immer umgebunden hat, vor den Mund. Dicke Tränen fallen aus ihren Augen. »Du hast keine Ahnung, armes Mädchen.« Lorena sieht zu Edmundo. »Von was … Was ist hier los?«

Wieder räuspert sich der alte Freund ihres Vaters und sieht Lorena in die Augen. »Kurz nachdem du weg bist, ist dein Vater wieder einmal nachts weg gewesen … du weißt, wie er dann immer war. Keiner weiß so richtig, was genau passiert ist. Sein Freund und er haben sich vorne am Dorfeingang getrennt, es scheint so, als wenn er nochmal zurück zur Kneipe in die Stadt wollte, es gab da Streit und dein Vater war sehr aufgebracht, aber noch mehr betrunken … Er ist wahrscheinlich vom Weg abgekommen, wir haben ihn am nächsten Tag am Fluss gefunden. Er scheint von Tieren angegriffen und dann ertrunken zu sein.«

Lorena macht sich von Edmundo los und keucht auf. »Was redest du da? Wo ist Lia?« Sie glaubt den Worten des Polizisten nicht. »Lia ist danach nach San Juan gezogen, es war sehr schwer für sie. Es tut mir so leid, Lorena, wir alle vermissen deinen Vater und wir alle sind für Lia und dich …«

Lorena weicht einige Schritte zurück, so langsam dringen seine Worte zu ihr durch. »Mein Vater ist tot?« Sie spürt Tränen auf ihren Wangen, doch sie kann sich nicht bewegen, sie starrt Edmundo ungläubig an, in der Hoffnung, dass er ihr sagt, dass er nur Spaß gemacht hat, dass ihr Vater um die Ecke kommt und sie anschreit, irgendetwas, doch es kommt nichts und als sie die Tränen in Edmundos Augen erkennt, weiß sie, dass es stimmt und ihre Beine geben nach. Sie sackt zusammen und ihr entweicht ein

Schrei, der selbst ihr durch den ganzen Körper geht, was hat sie getan?

Die nächsten Stunden bekommt Lorena kaum mehr mit. Edmundo bringt sie ins Haus ihrer Nachbarin, in dem Lorena ins Bett gelegt wird und einige Zeit bleibt. Sie isst nicht und trinkt kaum etwas, es wird dunkel und wieder hell und als es erneut dunkel wird, hat Lorena immer noch nicht aufgehört zu weinen. Sie konnte sich nicht einmal von ihrem Vater verabschieden. Er ist gestorben und hat sie gehasst und Lorena hat nichts anderes verdient. Sie wird Lia niemals wieder in die Augen sehen können, sie ist Schuld an alldem. Wahrscheinlich hat ihr Vater sich wegen ihr betrunken, sie hätte niemals in den Flieger steigen und Puerto Rico verlassen dürfen.

Ihre Nachbarin bleibt bei ihr am Bett und fordert sie immer wieder auf, zu essen und zu trinken, doch erst, nachdem sie Lorena sagt, dass sie krank wird, wenn sie so weitermacht, wird sie wieder klarer im Kopf und fasst sich an den Bauch. Sie kann nicht mehr so schwach wie früher sein. Sie muss sich zusammenreißen, es geht nicht mehr nur um sie.

Am nächsten Morgen geht Lorena duschen, zieht sich eine Shorts und ein Shirt an und setzt sich zu ihrer Nachbarin und ihrem Mann an den Frühstückstisch. Lorena ist schlecht, schlecht wie noch niemals zuvor in ihrem Leben, doch das Wissen um das Baby in ihrem Bauch lässt sie ein wenig Käse, Brot und Obst essen. Nach und nach kommt das Hungergefühl wieder und Lorena trinkt auch noch frische Milch.

Edmundo kommt, um nach ihr zu sehen und Lorena fragt genauer nach. Sie erfährt, was damals alles passiert ist, dass Lia danach völlig fertig war und Cruz ihr geholfen hat, doch mittlerweile soll sie nicht mehr bei ihm sein. Sie lebt in San Juan und arbeitet dort in einem Modegeschäft und nebenbei hat sie einen eigenen kleinen Partyservice aufgebaut. Sie richtet Feste aus und die Nachfrage steigt immer mehr. Die Frauen aus dem Dorf und auch aus dem

Nachbardorf bereiten meistens das typisch puertoricanische Essen zu und alle sind sehr stolz auf Lia.

Lorena kann sich das gut vorstellen, ihre Schwester war schon immer stärker als sie, hat sich die Tränen weggewischt und weitergemacht, während Lorena ewig lang dem Alten nachgetrauert hat. Jetzt ist es das erste Mal, dass sie auch das Gefühl hat, so nicht mehr reagieren zu können, sie muss jetzt weiterdenken, weil sie nicht mehr nur für sich alleine verantwortlich ist, und vielleicht ist es auch das, was Lia immer angetrieben hat, weil sie sich immer für Lorena verantwortlich gefühlt hat.

Lorena fühlt sich schrecklich, die Art, wie ihr Vater gestorben ist, wie sie Lia allein gelassen hat, dass ihr Vater genau dieselbe Wut auf sie hatte, die er auf ihre Mutter gehabt hat. Sie wünschte, sie hätte die Chance, ihn um Verzeihung zu bitten.

Lorena fragt nach dem Grab und sagt, dass sie es besuchen und danach nach San Juan fahren wird. Ihre Nachbarin bietet ihr an, dass Lorena erst einmal bei ihr bleiben könne, doch das ist ausgeschlossen, Lorena kann hier keine Nacht mehr verbringen, die Schuldgefühle fressen sie auf.

Jetzt erst erfährt Lorena, dass ihre Nachbarin damals ihre Mutter getroffen hat, als sie hier war und nach Lia und Lorena gefragt hat. Laut ihrer Aussage hat sie nach beiden gefragt und sie hat die Adresse ihrer Mutter. Sie lebt in einer kleinen Vorstadt San Juans. Lorena kann nicht einmal auf diese Neuigkeit richtig reagieren, sie nimmt die Adresse entgegen und packt ihre zwei Koffer wieder richtig ein, bevor sie mit Edmundo zum Friedhof geht.

Edmundo muss weiterfahren, er hat einen Einsatz, Lorena ist das auch ganz recht, sie möchte alleine zum Grab ihres Vaters. Lorena hatte schon immer ein beklemmendes Gefühl, auf den Friedhof zu gehen, nun bekommt sie kaum Luft. Edmundo hat ihr gezeigt, wo das Grab steht und Lorena geht direkt darauf zu.

Sie atmet tief ein, als sie seinen Namen auf dem Kreuz liest. Sie hat sich fest vorgenommen, sich zusammenzunehmen, doch sie kann nicht. Lorena verschränkt die Arme, ihr wird plötzlich so kalt. »Es tut mir so leid, Papa.« Sie kniet sich auf die trockene Erde und alles kommt aus ihr heraus. »Ich wollte das nicht. Ich wusste nicht, dass ich dich nie wiedersehe. Ich wünschte so sehr, dass ich nicht gegangen wäre und bei Lia und dir geblieben wäre. Ich wünschte, ich könnte ein wenig mehr wie Lia sein und nicht solch eine Enttäuschung für dich.«

Plötzlich greifen Arme nach ihr und Lorena wird hochgezogen. »Du hast keine Schuld an dem, Lorena, hör auf, dich so fertig zu machen.« Emil ist bei ihr und nimmt sie in die Arme. Lorena weint an der Schulter ihres alten Freundes, es dauert eine Weile, bis sie sich beruhigt, dann holt Emil eine Gießkanne und gießt die Blumen auf dem Grab. Er erzählt Lorena, dass sich Lia um das Grab kümmert, aber auch alle Nachbarn.

Er hat gehört, dass sie da ist und war gerade bei der Nachbarin, die ihm gesagt hat, dass sie auf dem Friedhof ist. Emil und Lorena setzten sich auf eine Bank in den Schatten. »Ich freue mich, dass du wieder da bist, bleibst du?« Lorena legt ihren Kopf an Emils Schultern. »Nein, ich fahre nach San Juan, ich muss neu anfangen. Ich habe viel … Schlechtes erlebt und jetzt … muss sich alles ändern.« Er lächelt und sieht Lorena ins Gesicht. »Du bist noch hübscher geworden, ich hätte nicht gedacht, dass das möglich ist. Hast du schon von Kata gehört?«

Lorena wischt sich die Tränen weg. »Nein, was ist mit ihr? Was ist mit Mandela und Antoni?« Emil legt den Arm um Lorena und sieht auf das Grab. »Das Gerede über dich und dein Abhauen ist bald verstummt, nachdem das mit deinem Vater passiert ist und Lia weggezogen ist. Kurz danach ist Kata zu ihrem Freund abgehauen, sie ist schwanger und ihre Eltern sind ausgerastet, als sie es erfahren haben. Seitdem hat sie keiner mehr gesehen.«

Lorena fasst automatisch an ihren Bauch, sie muss Kata finden. »Wirklich? Und Mandela, war sie nicht für sie da?« Emil zuckt die Schultern. »Ich denke, die hatte mit sich selbst zu tun. Sie heiraten in einem Monat und es gab schon viel Stress. Mandela hat mich hin und wieder gefragt, ob ich von euch gehört habe, vielleicht solltest du mal zu ihr hingehen. Kata und Mandela waren aber an Lias Seite, als dein Vater gestorben ist, wir alle haben um ihn getrauert.

Lorena nickt und steht auf. »Ich werde zu ihr gehen, ich komme wieder. Ich muss jetzt nach San Juan und mir etwas suchen, aber dann komme ich zurück und kläre das alles. Ich werde auch Kata finden ...« Sie steht auf und sieht auf die beiden Koffer, die am Eingang des Friedhofes stehen. »Mach langsam, Lorena, ich denke, es werden alle einfach nur froh sein, dass du wieder da bist. Soll ich mit dir mitkommen und dir helfen?« Lorena lächelt und sieht Emil in die Augen.

»Du bist ein ganz besonderer Mann, Emil, du weißt gar nicht, wie lieb ich dich habe und ich bin mir sicher, dass deine Frau einmal sehr glücklich werden wird.« Emil streicht ihr eine Strähne aus dem Gesicht. »Ich hatte mal gehofft, dass du das wirst.« Lorena beugt sich nach oben und gibt ihm einen Kuss. »Du hast eine gute Frau verdient, ich bin nicht gut, glaub mir!« Sie wendet den Blick ab und versucht zu lächeln, sie muss nicht jedem zeigen, wie fertig sie ist.

»Ich muss das alleine hinbekommen, Emil, aber du kannst mich zur Bushaltestelle bringen, du hast nicht zufällig die Teigtaschen deiner Mutter dabei?«

Es dauert fast anderthalb Stunden, bis Lorena endlich wieder aus dem Bus steigen kann. Sie mussten eine Weile auf den Bus warten und dann standen sie im Stau. Lorena ist nicht in San Juan ausgestiegen, sondern ungefähr zwanzig Minuten davor. Nicht weit weg vom Nechas-Gebiet. Sie hat sich beim Busfahrer nach der Adresse ihrer Mutter erkundigt und er hat ihr erklärt, wo sie aussteigen muss.

So genau weiß sie gar nicht, was sie von ihr möchte, was sie erwartet, doch vielleicht findet sie Antworten oder es gibt einen Neuanfang, wenn sie jetzt schon ihren Vater und dadurch auch Lia verloren hat.

Lorena steigt aus und fragt sich durch. Sie spürt, wie müde sie wird, es fällt ihr immer schwerer, einen Tag zu überstehen, ohne sich zwischendurch hinzulegen. Lorena weiß nicht, ob das etwas mit der Schwangerschaft oder mit der Trauer um ihren Vater zu tun hat, wahrscheinlich ist es beides. Sie hätte sich selbst niemals zugetraut, nach allem wieder aufzustehen und weiterzumachen, doch das Wissen um das Baby in ihrem Bauch setzt Kräfte in ihr frei, von denen Lorena nichts geahnt hat.

Sie hat sich noch gar nicht richtig mit der Tatsache beschäftigt, dass sie ein Baby erwartet, was sie darüber denken soll oder wie es weitergeht. Sie hatte gar nicht die Zeit dafür, doch dass es so ist, steht fest und allein diese Tatsache lässt sie aufstehen und nach vorn blicken. Egal was jetzt kommt, sie kann jetzt nicht mehr nur an sich denken, sich verstecken und den Kopf in den Sand stecken, sie muss handeln.

Deswegen atmet sie auch nur einmal tief durch und klingelt dann an der Tür des kleinen weißen Hauses, das hier in einer Reihe von Häusern steht, die alle gleich aussehen. Kinder spielen auf der Straße und alles wirkt so friedlich und perfekt. Lorena wird übel, als sie all das sieht und daran denkt, wie lange sie jeden Tag vor dem Haus auf ihre Mutter gewartet hat.

Die Tür öffnet sich und ihre Mutter sieht sie überrascht an. Lorena kann sich noch an jedes Detail im hübschen Gesicht ihrer Mutter erinnern und als sie ihr jetzt wieder in die Augen sieht, erkennt auch sie, wie viel Ähnlichkeit Lia und vor allem sie mit ihr haben. Ihre Mutter sieht aus wie früher, vielleicht hat sie ein paar Falten um ihre Augen bekommen, doch sonst hat sich nichts verändert.

Keiner sagt ein Wort, ihre Mutter ist völlig überrascht, doch dann klingelt ein Kind und will mit dem Fahrrad vorbei und das scheint ihre Mutter aufzuwecken. »Lorena … was tust du hier?« Lorena weiß nicht, was sie erwartet hat, was sie gehofft hatte, doch sicherlich nicht, dass ihre Mutter schnell zu ihr tritt, sie am Arm packt und ein wenig weiter vom Haus weg zieht.

»Ich habe dich gesucht. Ich muss raus aus dem Dorf und weiß nicht wohin und unsere Nachbarin hat mir gesagt, wo du wohnst. Ich meine, du bist doch meine Mutter, wieso bist du nie wieder zurückgekommen? Du hast mir gesagt, dass du uns niemals zurücklässt, doch das hast du!«

Lorena kann nicht stoppen, dass ihre Enttäuschung nur so aus ihr herausplatzt, besonders weil ihre Mutter sie nicht einmal richtig ansieht, sondern ständig nur nachsieht, ob jemand kommt.

»Hör zu, Lorena, das ist nicht der richtige Ort und auch nicht der richtige Zeitpunkt. Ich habe hier ein neues Leben, ich habe schon einmal alles verloren und kann das nicht noch einmal. Ich habe einen neuen Mann und er weiß nichts von euch, gar nichts. Du kannst hier nicht bleibem.« Sie streicht sich aufgeregt einige Haarsträhnen nach hinten und sieht sich weiter um.

»Brauchst du eine Wohnung? Fahr mit dem Bus zum Strand und gehe von da in die Calle de Augusto 8, dort klingelst du im Erdgeschoss und fragst nach Rasi. Sag ihm, dass du meine Tochter bist. Er schuldet mir einiges und gibt dir eine Wohnung, mehr kann ich nicht für dich tun, nicht im Moment. Ich melde mich bei dir.«

Lorena lacht bitter auf, nimmt sich ihre zwei Koffer und dreht sich um. »Wie konnte ich nur denken, dass du all das jemals erklären oder gutmachen kannst!« Ohne sich noch einmal umzudrehen, geht sie zurück zur Bushaltestelle. Lia hatte vollkommen recht, ihre Mutter ist den Namen Mutter nicht wert. Sie hat Lorena nicht einmal hineingebeten, gefragt, wie es ihr geht, was los ist, was mit Lia ist, ihrem Vater ist, was passiert ist … sie wollte sie nur loswerden.

Doch sie spürt auch, dass die Enttäuschung darüber sich in Grenzen hält, wahrscheinlich hat sie so viel Schlimmes erlebt, dass sie das jetzt auch nicht mehr umhaut.

Sie hat Glück und muss nicht lange auf den Bus warten und während der kurzen Fahrt beschließt sie, wirklich diese Adresse aufzusuchen, statt sich erst in ein Motel einzuquatieren, bis sie eine Wohnung gefunden hat.

Ihre Mutter hat nichts für Lia und sie getan, wieso nicht wenigstens das mitnehmen? Sie kann diesen Rasi zumindest aufsuchen. Sie ist sehr müde und auch wenn sie die beiden Koffer rollen kann, tut ihr langsam alles weh, als sie aus dem Bus steigt und in Richtung Calle de Augusto läuft. Sie muss immer wieder nachfragen, doch als sie dann endlich kurz davor ist, kauft sie sich ein Stück Pizza und Wasser in einem kleinen Imbiss und isst erst einmal etwas, dabei bemerkt sie in dem Café daneben ein Schild, dass eine Kellnerin gesucht wird.

Wieso nicht? Lorena ist auf sich alleine gestellt und muss nehmen, was sie bekommen kann, um erst einmal durchatmen zu können und sich richtig umzusehen. Sie betritt den Laden und erkennt schnell, dass hier viele hübsche Kellnerinnen in sehr sexy kurzen Shorts und Tops den meist etwas älteren männlichen Gästen Essen und Getränke servieren. Irgendwie erinnert sie das an einen Bericht über die Hooters Girls aus Amerika, den sie mal gesehen hat, sogar die Outfits sehen so aus.

»Hey, kann ich dir helfen?« Eine der Frauen lächelt sie an. »Ja, ich bin wegen des Jobs hier.« Sie nickt und ruft nach einem Barney. Lorena hat es irgendwie geahnt, ein runder Mann mit Cap kommt nach vorne und stellt sich als Barney, der Inhaber, vor. Er erzählt, dass er vor zwei Jahren aus Amerika hergezogen ist und den Laden eröffnet hat und nun immer wieder nach hübschen Kellnerinnen sucht. Lorena erklärt ihm, dass sie gerade herzieht und einen Job braucht. Barney sieht sie einmal von oben bis unten an und lächelt. »Eingestellt!«

Lorena lächelt ebenfalls, vielleicht hört nun langsam ihre Pechsträhne auf. Schlimmer kann es ja auch gar nicht mehr werden. Sie bekommt die Arbeitskleidung und einen Plan für die nächsten zwei Wochen, sie verdient nicht sehr viel, darf aber das Trinkgeld behalten und da es eh nur vorübergehend ist, ist Lorena erleichtert, als sie den Laden wieder verlässt.

Hoffnungsvoll geht sie in die Nummer 8, klingelt und findet wirklich schnell diesen Rasi, einen schmierigen Typen, der das

Haus verwaltet. Er fragt gar nicht weiter nach, ob sie auch wirklich die Tochter ihrer Mutter ist, man sieht es offenbar. Er führt sie in den dritten Stock und hilft ihr, die Koffer zu tragen. »Du hast Glück, die Wohnung ist von einem jungen Paar gemietet und für ein Jahr bezahlt worden.

Sie haben alles neu gekauft und renoviert, doch bevor sie überhaupt einziehen konnten, haben sie sich getrennt, weil der Mann sie betrogen hat. Jetzt sind beide in ihre Städte zurück und die Wohnung steht leer. Sie ist wie gesagt noch ein paar Monate bezahlt, danach musst du zahlen oder raus, solange kannst du hier bleiben, mach aber keinen Ärger. Hier hast du die Schlüssel.«

Lorena bedankt sich und schiebt die Koffer in die Wohnung. Rasi verabschiedet sich und Lorena schließt die Tür und sieht sich um. Es ist nett, besser als alles andere, was sie die letzten Wochen hatte. Es gibt eine kleine Küche, einen kleinen Wohnraum, ein kleines Bad und ein leeres Schlafzimmer. Man sieht, dass alles relativ frisch gestrichen wurde, der Boden ist dunkel, die Möbel einfach und hell, aber es sieht gut aus. Es gibt eine große braune Samtcouch, auf die Lorena sich fallen lässt.

Sie schließt die Augen, sie hat ihren Vater verloren, sie wird Lia nie mehr unter die Augen treten können und für ihre Mutter findet sie noch nicht einmal Worte, doch sie hat sich aufgerappelt, hat einen Job, ihre erste Wohnung und sie weiß, dass sie diese Chance jetzt nutzen muss.

Lorena greift an ihren Bauch und schläft im nächsten Moment mit einigen Sorgen weniger ein.

Kapitel 16

Die nächsten fünf Tage arbeitet Lorena jeden Tag. Sie steht auf, macht sich zurecht, geht in das Café, arbeitet sieben Stunden und geht dann direkt nach Hause schlafen. Sie würde gerne viel mehr machen, doch es geht nicht. Nur mit allergrößter Mühe schafft sie es, die sieben Stunden zu arbeiten. Sie ist immer und ständig müde.

Lorena isst auf der Arbeit und kann es schon nach zwei Tagen nicht mehr sehen. Das Essen ist schlecht, die anderen Kellnerinnen allerdings sind sehr nett, ihr Chef ist kaum da und die Kunden sind alte Männer, die einfach nichts anderes zu tun haben, als hier ihren Kaffee zu trinken und ihnen auf die Beine zu starren. Für Lorena ist das in Ordnung, noch niemand hat sie versucht anzumachen, sie stören die Blicke nicht, sie hat gelernt, so etwas zu ignorieren.

Die meisten der anderen Frauen, die hier arbeiten, haben ebenfalls versucht, Model zu werden und nachdem sie erfahren haben, dass Lorena im Ausland war und gemodelt hat, muss sie in den Pausen immer wieder Fragen beantworten und erzählen, was sie alles erlebt hat. Lorena ist ehrlich, sie möchte nicht, dass die Frauen einen falschen Eindruck bekommen und erzählt von ihren Erlebnissen und wie schwer es ist, als Model Fuß zu fassen. Natürlich auch von den guten Seiten, dem Auftritt in Mexiko, den Messen, dem Videodreh, aber auch wenn das noch so schön war, ihre schlechten Erfahrungen überwiegen dennoch.

Alle Frauen arbeiten fünf Tage und haben dann zwei frei. Lorena macht am Tag ungefähr zwanzig Dollar Trinkgeld, sie bekommt für die fünf Tage 100 Dollar und ist damit zufrieden. Da sie keine Miete zahlen muss, kann sie alles behalten.

Lorena versucht, sich so gut es geht abzulenken. Wenn sie schläft, träumt sie fast nur von ihrer Schwester und ihrem Vater und wacht jede Nacht schweißgebadet auf, danach fällt es ihr sehr schwer, wieder einzuschlafen. Ihr schlechtes Gewissen erdrückt sie förmlich, doch sie muss versuchen, damit zu leben. Sie kann es jetzt nicht mehr ändern, sie würde alles dafür tun, zurückzukönnen und andere Entscheidungen zu treffen, doch das geht einfach nicht.

Nach den ersten fünf Tagen schläft sie sich erst einmal richtig aus. Lorena weiß nicht viel über Schwangerschaften, doch sie hat gehört, dass diese Müdigkeit normal ist. Eine der Frauen auf der Arbeit hat bereits ein Kind. Lorena hat nicht erwähnt, dass sie schwanger ist, bisher hat sie ja auch nur den Test gemacht und sie muss so lange wie es geht arbeiten, deswegen wird sie auch erst einmal nichts sagen, doch sie fragt trotzdem nach ihrem Frauenarzt.

Als sie dann an ihren ersten freien Tagen ausgeschlafen hat, zieht sie sich ein hellblaues Sommerkleid an, schminkt sich ein wenig, nimmt sich ihr Geld und geht endlich mal hinaus, um wirklich in San Juan anzukommen. Der erste Weg führt sie zu dem Frauenarzt. Sie stellt sich am Empfang vor und ist schockiert, wie voll es hier ist. Lorena war noch nie bei einem Arzt. Lia war mal in einem Krankenhaus irgendwo hier in San Juan, als ihr der Blinddarm entfernt wurde, doch Lorena hatte bisher nie etwas ernstes, womit sie nach San Juan fahren musste.

In Seca, wo sie zur Schule gegangen ist, gibt es einen Arzt und der kümmert sich um alles was man hat. Wirklich um alles, aber Lorena war nie richtig krank und wenn, dann haben Nachbarinnen sie immer gesund gepflegt. Auch bei dem Arzt war es immer voll, doch hier warten die Frauen bereits vor der Tür und es dauert eine halbe Stunde, bis Lorena mit der Arzthelferin sprechen kann und erfährt, dass eine normale Untersuchung für den Verdacht einer Schwangerschaft 200 Dollar kostet.

Somit kann Lorena sich noch nicht untersuchen lassen und muss erst das Geld zusammenbekommen. Die Arzthelferin hat aber Mitleid mit ihr und überreicht ihr eine kleine Tasche.

Darin befinden sich mehrere Cremeproben, für den Bauch zum Eincremen, damit man keine Schwangerschaftsstreifen bekommt, eine Packung mit Vitamintabletten für Schwangere und zahlreiche Broschüren zur Schwangerschaft und den ersten Monaten mit dem Baby. Lorena bedankt sich und überlegt, wie lange es wohl dauern wird, bis sie das Geld zusammenhat. Sie muss ja auch von ihrem Geld leben und kann nur einen Teil sparen.

Sie muss morgen ihre Wäsche im Waschsalon bei ihr um die Ecke waschen und einkaufen gehen, sie braucht dringend Handtücher, sie hat keine und benutzt dafür zur Zeit einen Seidenschal von sich. Es wird schwer, Geld zurückzulegen. Lorena läuft zum Meer und holt sich etwas zu essen. Sie geht auch noch in einen Blumenladen und kauft einige Blumen, dann beginnt sie, sich die Broschüren durchzulesen, während sie auf den Bus wartet und in ihr Dorf fährt.

Auch die gesamte Busfahrt über liest sie, nur am Nechas-Gebiet sieht sie auf. Genau als ihr Bus dort vorbeifährt, kommt ein silbernes Luxusauto aus der Einfahrt und Lorena fragt sich, was da wohl noch war zwischen Cruz und ihrer Schwester und wie es Jomar geht. Die letzten Monate hat sie immer mal wieder an ihn denken müssen, er wird sicherlich wissen, was sie getan hat und wie sie ihre Familia in Stich gelassen hat und wird sie für ein egoistisches Monster halten, so fühlt sich Lorena auch, deswegen führen sie ihre Beine auch direkt zum Friedhof.

Sie legt ihre Blumen ab und bekreuzigt sich. Es sieht alles sehr gepflegt aus, Lia scheint sich gut um alles zu kümmern, wie immer. Wie schafft ihre Schwester es bloß, immer so perfekt zu sein?

Lorena setzt sich auf den Boden vor dem Grabstein und beginnt, ihren Vater in ihren Gedanken um Verzeihung zu bitten. Sie versucht zu erklären, wie sie sich gefühlt hat und weswegen sie gegangen ist, doch auch, wie leid es ihr tut und wie sehr sie sich wünschte, ihn noch einmal umarmen zu können.

Auch wenn Lorena weiß, dass das nichts ändert, fühlt sie sich danach zumindest ein wenig besser. Sie besucht Edmundo, er fragt nach, ob sie bei Lia war, doch Lorena sagt ihm, dass sie sich das niemals trauen würde. Sie möchte Lia gar nicht mehr unter die

Augen treten, und irgendwie scheint Edmundo das auch zu verstehen. Danach besucht sie ihre Nachbarin und isst gleich bei ihr. Lorena schließt verzückt die Augen, als sie endlich wieder gutes selbstgekochtes Essen zu sich nimmt und beschließt, einkaufen zu gehen, um kochen zu können.

Doch erst läuft sie zu ihrer alten Schule. Es ist gerade Schulschluss als sie ankommt und Emil umarmt sie fest, als er sie entdeckt. Mandela ist bei ihm und lächelt leicht, was Lorena durchatmen lässt. »Hey.« Sie nickt. »Hallo, wie geht es dir? Ich habe gehört, du heiratest bald.« Mandela lächelt. »Ja, sieht voll ganz so aus. Hast du Lia schon getroffen?« Lorena sieht einen kurzen Augenblick zu Boden. Jedes Mal, wenn sie an ihre Schwester denkt oder ihren Namen hört, bekommt Lorena ein schlechtes Gewissen.

»Nein, das … ist kompliziert, aber danke, dass du für sie da warst … als ich es nicht war.« Mandela atmet tief ein und sieht Lorena in die Augen. »Selbstverständlich. Ich kann dir gar nicht sagen, wie leid es mir tut, was mit deinem Vater passiert ist.« Lorena treten augenblicklich Tränen in die Augen und das scheint Emil zu spüren, er kommt zwischen sie und legt seine Arme um Mandela und sie. »Ich gebe eine Pizza aus, diese Reunion muss gefeiert werden.«

Er hat recht, Lorena fallen Steine vom Herzen und auch Mandela merkt man an, dass sie erleichtert ist, als sie zusammen zum Fluss gehen und es sich dort gemütlich machen. Lorena fragt Mandela, was mit Antoni ist und erfährt, dass er mit der Schule aufgehört hat und bei seinem Vater in der Werkstadt richtig mit eingestiegen ist, um Geld für ihre Wohnung und alles weitere zu verdienen.

Emil erzählt Lorena, dass es viel Stress gab und Lorena sieht ihrer früheren besten Freundin auch an, dass nicht alles in Ordnung ist, doch sie fragt nicht weiter nach, noch nicht jetzt, es ist zu früh. Doch die beiden fragen Lorena aus, wie es ihr die letzten Monate ergangen ist und Lorena umschreibt es etwas. Sie lässt das Schlimmste weg und auch, dass sie nun schwanger und alleine dasteht, doch sie verbirgt nicht, dass sie nicht das Leben geführt hat, was sie sich erhofft hatte.

Als Mandela und Emil Lorena zum Bus bringen, dämmert es bereits und auf dem Weg nach San Juan lehnt sich Lorena zurück und muss über sich lächeln, wie verrückt das Leben doch ist, ihr erster freier Tag und sie verbringt ihn freiwillig mit dem Leben, was sie doch so sehr gelangweilt hat.

Sie ist noch nicht richtig in San Juan angekommen und es ist auch noch lange nicht alles in Ordnung, doch zumindest wird gerade einiges wieder ein wenig besser. Dass Mandela nun wieder an ihrem Leben teilnimmt, fühlt sich sehr gut an.

Am nächsten Tag wäscht Lorena ihre Wäsche und geht einkaufen, kocht und richtet sich die Wohnung ein wenig mehr ein, wie sie es gerne hätte. Lorena hat nichts mehr, kein Handy, keine Nummer, nichts. Sie hat eingekauft, wobei sie auch ein paar Töpfe und Handtücher kaufen musste. Dann hat sie auf einem Trödelmarkt ein altes Handy gefunden und es gekauft, eine neue Karte aktiviert und Emil und Mandela geschrieben, deren Nummer kann sie auswendig.

Sie hat sich sogar die App heruntergeladen und ein paar Bilder von sich in ihrer Wohnung gemacht und hochgeladen, doch damit hat sie das ganze Geld ausgegeben und hat nichts mehr für den Rest der Woche oder zum Zurücklegen für den Arzt.

Mandela aber schreibt ihr auch, dass ihre Mutter sich freut, dass Lorena wieder da ist und sie einige neue Aufträge für sie hätte. Lorena will sich nach einer Nähmaschine umsehen, dann kann sie so auch noch extra Geld verdienen.

Sie geht noch einmal los, um noch etwas zu klären, was ihr auf dem Herzen liegt. Es dauert eine Weile, bis sie den Laden, der Wilmer gehört und in dem sie Kata zu sehen hofft, findet, doch als es dann soweit ist, ist er wegen Renovierung vorübergehend geschlossen. Lorena ist enttäuscht, sie würde Kata so gerne sehen, doch da muss sie sich wohl noch etwas gedulden.

Die nächsten fünf Tage arbeitet sie wieder und in dieser Zeit schafft sie nichts anderes. Es ist anstrengend für sie und sie geht danach direkt schlafen, nur am Tag der Wahlen hat sie sich aufgerafft und Fernsehen geschaut. Selbst der war hier vorhanden. Lorena verfolgt alles nur nebenbei und ist schon wieder halb eingeschlafen, als plötzlich Cruz, Jomar und andere Männer groß durch die Kamera gezeigt werden.

Lorena setzt sich auf und wieder zeigt die Kamera auf den Tisch, an dem die Männer zusammen sitzen. Lia hat ihr erzählt, dass Cruz und seine Familia mehr Einfluss haben als der Präsident und dass sie im Grunde bestimmen, wer das Land regiert, sie tun es, sie setzen nur jemanden dafür ein und so wie es aussieht, stimmt das wirklich.

Sie gratulieren dem neuen Präsidenten und Lorena muss lächeln, als Jomar in Nahaufnahme gezeigt wird. Er trägt einen leichten Dreitagebart und das erste Mal bemerkt Lorena ein Kreuz an seiner rechten Halshälfte. Er lächelt zu jemandem, der ihm etwas sagt, und obwohl Lorena in den letzten Wochen viel mit hübschen Menschen zu tun hatte, hat sie noch niemals einen Mann so attraktiv gefunden wie ihn.

Sie alle da am Tisch sehen gut aus, mächtig, es ist, als würde alles drum herum, immerhin ist es die Wahl des Präsidenten, keine Rolle spielen und es nur um diese Männer gehen. Lorena verfolgt nun alles gespannt, doch schon nach zehn Minuten ist das Ganze vorbei und das normale Programm wird wieder ausgestrahlt.

In dieser Nacht träumt Lorena das erste Mal nicht von Lia und ihrem Vater. Sie träumt von Jomar, sie sind wieder auf der Party, als er sie am Buffet angesprochen hat, doch anstatt, dass sie beim Reden gestört werden, reicht Jomar ihr die Hand und bringt sie in ein kleines Poolhaus. Er lacht und wieder kann Lorena kaum wegsehen, so anziehend ist sein hübsches Gesicht für sie.

Sie kann nicht anders. Lorena küsst ihn, noch nie hat sie bei einem Mann den ersten Schritt gemacht, doch dieses Mal kann sie nicht anders, und er erwidert den Kuss so stürmisch, dass sie beide in den Pool fallen, wo sie den Kuss aber nicht beenden, sondern nur noch intensiver werden lassen.

Lorenas Hände umfassen seine muskulösen Arme, er umfasst ihre Brüste mit dem nassen Shirt und es beginnt fürchterlich zu piepsen … Lorena schreckt auf, als der Wecker sie wachklingelt und flucht leise. Das müssen diese Schwangerschaftshormone sein, von denen sie gelesen hat.

Der sexy Traum verfolgt sie noch eine ganze Weile, sie arbeitet die fünf Tage durch und in den zwei Tagen, die sie frei hat, ist sie so kaputt, dass sie es nur schafft, einzukaufen und einmal zum Meer zu gehen. Sie schafft es auch nicht, ins Dorf zu fahren, doch sie hat solch ein schlechtes Gewissen, dass sie gleich am nächsten freien Tag zum Grab ihres Vaters fährt und den restlichen Tag komplett im Dorf verbringt. Sie verbringt die Zeit mit Emil, Mandela und den anderen.

Antoni ignoriert sie komplett, doch das kann Lorena nur recht sein. Sie bekommt auch von Mandelas Mutter und ihren Freundinnen sechs Aufträge für Oberteile und Röcke, doch Lorena erklärt, dass sie erst eine Nähmaschine finden muss.

Den nächsten freien Tag verbringt Lorena auf dem Flohmarkt. Sie findet einen Stand mit wunderschönen Stoffen, sie kauft sich gleich einige, da sie auch noch sehr günstig sind, allerdings findet sie nirgendwo eine Nähmaschine, die sie sich leisten könnte. Als sie am nächsten Tag auf der Arbeit ist, fragt sie herum, ob jemand weiß, wo sie Nähmaschinen günstig bekommen kann und alle versprechen, sich umzuhören.

Lorena würde nicht sagen, dass sie sich an all das hier gewöhnt hat, doch sie mag dieses kleine bescheidene Leben langsam, was sie sich hier aufbaut. Sie isst nach der Arbeit etwas und hat sich gerade schlafen gelegt, da klopft es an der Tür.

Lorena hat eine nette Nachbarin, die hin und wieder nach ihr sieht und mit der sie sich manchmal unterhält, doch was sollte sie jetzt von ihr wollen? Verschlafen öffnet Lorena die Tür und sieht in die Augen ihrer Schwester, die erst angespannt und dann besorgt über sie gleiten. »Du siehst beschissen aus!«

Kapitel 17

Lorena ist völlig überrumpelt, als plötzlich Lia vor ihr steht. Ihr Herz beginnt zu rasen und sie kann ihrer Schwester nicht einmal in die Augen sehen, als sie zur Seite tritt und sie hereinlässt. »Danke, so fühle ich mich auch, wie hast du mich gefunden?« Lorena geht zu ihrem Fenster und zieht die Jalousien nach oben, sie weiß nicht, ob sie Lia um den Hals fallen oder vor Scham im Boden versinken soll, doch ihr Herz rast wie verrückt, als sie ihrer Schwester in die hellbraunen Augen sieht. Sie hat sie wahnsinnig vermisst.

Lia ist noch viel schöner geworden. Sie sieht ganz anders aus, eher wie eine Frau aus der Stadt. Ihre Haare haben ein wenig hellere Strähnen, sie trägt ein leichtes Make-up. Sie blickt zwar angespannt zu Lorena, doch man sieht auch, dass es ihr gut geht, sie wirkt nicht so ausgelaugt wie in der Zeit im Dorf. »Edmundo hat mir gesagt, wo du wohnst und dass du seit drei Wochen zurück bist und es nicht einmal für nötig gehalten hast, dich bei mir zu melden.«

Lia sieht sich in Lorenas Wohnung um, aber auch wenn sie versucht, vorwurfsvoll zu klingen, erkennt Lorena, dass auch Lia sie vermisst hat. Natürlich, sie waren von Geburt an unzertrennlich. Egal wie sehr sich Lia immer in Lorenas Leben eingemischt hat, wie sehr Lorena Lia mit ihrer unvernünftigen Art immer auf die Nerven gegangen ist, sie waren immer eins und Lorena ist in all den Monaten nichts so schwergefallen, wie das Getrenntsein von Lia.

»Mich bei dir melden? Ich bin doch nicht lebensmüde, ich bin zurück ins Dorf und habe von Papa erfahren, ich wusste im gleichen Moment, dass du mir das niemals verzeihen wirst und du hast recht. Ich habe mich absolut falsch verhalten. Es tut mir unendlich leid und wenn ich es rückgängig machen könnte, würde ich es tun, doch das geht nicht und damit muss ich jetzt leben. Wegen mir ist unser Vater gestorben und ich habe dich mit all dem alleine gelassen und das, um mich von einem kranken Psychopathen verarschen zu lassen.«

Lia legt ihre Tasche auf der Couch ab und seufzt leise aus. »Papa ist nicht deinetwegen gestorben. Er wurde umgebracht.« Lorena stockt, als sie gerade in die Küche will, um eine Flasche Wasser und zwei Gläser zu holen. Er wurde umgebracht? »Edmundo meinte, das waren Tiere ...« Lia winkt ab. »Er war an dem Abend mit seinem Freund unterwegs. Erst kurz vorher hat Yandiel sich wieder mit mir angelegt, er war so sauer wegen der Anzeige und allem ... Papa ist in der Kneipe auf ihn gestoßen und die beiden sind aufeinander losgegangen.

Er hat sich aber nicht nur mit Yandiel gestritten, sondern auch mit einem der Verantwortlichen für den Bau des neuen Supermarktes, das Projekt, was wegen der Absage unseres Vaters auf Eis gelegt wurde. Erst nach seinem Tod ist es nun doch durchgesetzt worden, weil ich einfach keine Nacht länger in unserem Haus bleiben wollte. Ich musste es verkaufen und neu anfangen ... aber auf jeden Fall war in der Nacht einer der Männer auch zufällig in der Kneipe. Zudem hat er dort erfahren, dass unsere Mutter da war und ist völlig ausgerastet. Ich weiß es nicht, Lorena, glaub mir, seit seinem Tod denke ich ständig darüber nach, es kann so viel passiert sein, doch niemals glaube ich, dass unser Vater sich alleine noch mal auf den Weg zurück in die Kneipe gemacht hat, vom Weg abgekommen ist und von Tieren angefallen wurde.

Du weißt, wie schlecht er zu Fuß unterwegs ist. Ich habe ihn gesehen ... als sie ihn gefunden haben ... er war überall voller Blut und ganz aufgeschwollen ... es sah so aus, als wäre er stark verprügelt und dann dort hingeschmissen worden, ich glaube nicht an die Version der Polizei.«

Lorena hat nicht geahnt, wie schlimm all das wirklich damals war. Sie hat das Gefühl, sich übergeben zu müssen. Wie konnte sie Lia nur mit alldem alleine lassen?

»Und was hast du dann getan? Bist du direkt nach San Juan gezogen?« Lia stockt und senkt ihren Blick. »Nein, ich war noch einige

Tage bei Cruz, er hat mir bei allem geholfen, erst ein wenig später bin ich hergezogen, habe angefangen, in einem Geschäft zu arbeiten, mir eine Wohnung genommen und jetzt versuche ich gerade, mich selbstständig zu machen ...«

Auf Lorenas Lippen bildet sich ein Lächeln, Lia ist so unglaublich stark, sie steht immer wieder auf. »Das hat Edmundo erzählt, sie sind alle sehr stolz auf dich. Bist du noch mit Cruz zusammen?« Lia schüttelt den Kopf. »Nein, wir haben keinen Kontakt mehr, was war bei dir? Wieso bist du ohne ein Wort zu sagen gegangen? Und wieso hast du uns das Geld genommen, Lorena, ich hätte dir das niemals zugetraut, du hast dich wie SIE verhalten.«

Lorena setzt sich Lia gegenüber und reicht ihr ein Glas. »Wahrscheinlich habe ich wirklich mehr von ihr in mir, als mir selbst lieb ist. Ich weiß auch nicht, was damals in mich gefahren ist, ich wollte einfach weg. Ich hatte das Gefühl, dass wenn ich es jetzt nicht probiere, ich niemals herausfinden werde, was ich alles in meinen Leben erreichen könnte.

Der Fotograf, Pascal, hat mir ein Leben eingeredet, von dem ich immer geträumt habe. Ich war einfach so geblendet von seinen Worten und den Vorstellungen von solch einem Leben, dass ich wie besessen davon war. Dann war die Sache mit Mama und ich hatte das Gefühl, du wirst mich nie verstehen.

Du bist meine ältere Schwester, doch weil dein Leben so hart war, wolltest du meines komplett bestimmen, aber ich wollte das einfach nicht zulassen. In dem Moment, als ich das Geld genommen habe und ins Flugzeug gestiegen bin, zusammen mit Pascal, wusste ich eigentlich, dass ich einen riesigen Fehler begehe, doch ich wollte diese Gedanken nicht zulassen.

Wir sind nach Mexiko geflogen zu einem angeblich riesigen Shooting, es waren ein paar Poolaufnahmen für einen Katalog, bei dem mich mindestens zwei Männer versucht haben zu begrapschen und Pascal nur über meinen Protest gelacht hat, da habe ich schon gespürt, dass das alles andere als eine normale Modelkarriere wird, doch ich wollte immer noch an diesen Traum glauben.

Wir haben uns von Shooting zu Shooting durchgequält, es waren meist Bikiniaufnahmen oder für Unterwäsche. Mein Highlight war, dass ich ein Brautkleid auf einer Messe in Tijuana präsentieren durfte, das war wirklich das einzig Positive in dieser Zeit. Wir haben nur von diesem Geld gelebt, Pascal und ich waren so etwas wie ein Paar, obwohl man das nicht einmal richtig sagen kann, es war alles merkwürdig.

Manchmal hatten wir zwei Tage nichts zu essen, dann sind wir nach Paris geflogen und waren in einem der teuersten Restaurants. Ich habe in der kurzen Zeit so viel Mist gesehen und erlebt, dass es für zwei Leben reicht und ich bin sehr schnell müde davon geworden. Es ist nicht schön, von jedem Menschen, der einem begegnet, nur auf das Aussehen reduziert zu werden.

Pascal hat angefangen zu trinken und immer wieder gekifft, unser Geld wurde immer knapper und er hat immer öfter versucht, mich zu Nacktaufnahmen zu überreden oder dass ich in einem Video mitmachen soll.« Lia schließt die Augen. »Ich wollte nicht und deswegen hat er mich immer öfter grob behandelt, bis er richtig zugeschlagen hat.«

Lorena stockt und erkennt in Lias Augen, dass sie schockiert ist, sie weiß nicht, was Lia gedacht hat, was Lorena die ganze Zeit getan hat, doch offenbar etwas anderes, als das, was sie wirklich erlebt hat.

»Ich wusste da bereits, dass ich abhauen muss, doch ich wusste nicht wohin. Ich hätte mich niemals zurück ins Dorf getraut, also wo sollte ich hin? Vielleicht wäre ich sogar immer noch bei ihm, wenn ich nicht plötzlich bemerkt hätte, dass ich schwanger bin. Pascal hatte mich an dem Abend gerade erst geohrfeigt, ein paar Stunden später habe ich den Test gemacht und wusste, dass sich damit alles ändern muss.

Auch dann wusste ich noch nicht, was ich tun sollte, doch ich wusste genau, dass ich das nicht zulassen kann. Es ist egal, was mit mir ist, aber plötzlich war da noch jemand, deswegen habe ich mitten in der Nacht mein Zeug geschnappt, habe alles Geld genommen und bin zurück nach Puerto Rico geflogen.«

Lias Gesichtsausdruck ändert sich augenblicklich und sie wird ganz blass, doch es tut so gut, endlich mit ihrer Schwester über all das reden zu können. Lorena hat Lia fast alles erzählt. »Du bist schwanger?« Lorena nickt und fasst sich an den Bauch. »Scheinbar, zumindest laut Test und ich bin auch ständig müde.« Lia sieht auf Lorenas Bauch, doch da kann man nichts erkennen, Lorena sieht auch jeden Morgen im Spiegel nach, aber es ist nur ein ganz kleiner Minibauch zu sehen, den sie wahrscheinlich schon immer hatte.

»Ich bin direkt ins Dorf gefahren und habe alles erfahren, dass du weg bist und Papa tot. Zwei Nächte bin ich bei unserer Nachbarin geblieben, doch die Aussicht auf den Supermarkt hat mich so gequält, dass ich unbedingt dort wegwollte. Die Nachbarin hatte Mama getroffen, als sie dich gesucht hat und konnte mir sagen, wo sie wohnt. Sie lebt nur eine halbe Stunde von San Juan entfernt in einer kleinen Vorstadt.

Du hättest ihre Augen sehen sollen, als ich da aufgetaucht bin, sie hat mich sofort von ihrem Haus weggezogen und gefragt, was ich will. Du hast so recht gehabt, sie hat wirklich keinerlei Interesse an uns. Ihre einzige Sorge war, dass ihr neuer Typ erfährt, dass sie Kinder hat und sie verlässt.

Immerhin hat sie mir diese Adresse genannt, sie kennt den Hauseigentümer und der lässt mich hier umsonst wohnen, doch Mama hat sich nicht einmal mehr gemeldet.

Sie hat auch nicht gefragt, was mit mir los ist, warum ich Hilfe brauche oder was mit dir oder Papa ist.

Ich habe dann auch gleich Arbeit in einem Restaurant gefunden, wo man alte notgeile Säcke bedienen darf, doch so komme ich ganz gut klar. Ich hätte mich gerne bei dir gemeldet, Lia, es war für mich von allem, was passiert ist, das Schwerste, von dir getrennt zu sein, ich bin es einfach nicht gewohnt, ohne dich zu sein. Doch ich weiß selbst, wie falsch ich mich verhalten habe und habe mich einfach nicht getraut, dir gegenüberzustehen.«

Lia atmet tief ein, auch Lorena hält den Atem an. Sie spürt die Tränen in ihren Augen, im Grunde will sie nichts weiter, als endlich ihre Schwester zurückzubekommen. »Komm her, du dumme Nuss.« Lorena springt Lia förmlich in die Arme und muss lachen. Lorena drückt Lia fest an sich und ihre ältere Schwester küsst sie fest auf die Wange. »Nicht so stürmisch, wir müssen jetzt auf noch jemanden aufpassen. Weißt du schon, was es wird, in der wievielten Woche bist du denn?«

Lorena zeigt stolz auf das Glas, worin sie das Geld für die Untersuchung spart. Auch wenn sie Lia noch so sehr vermisst hat, fühlt es sich auch gut an, ihr nun zeigen zu können, dass sie sich hier auch ein kleines Leben aufgebaut hat. Nichts Perfektes, doch sie kommt klar und das ist mehr, als sie die letzten Monate hätte von sich behaupten können. »Ich spare gerade für die erste Untersuchung, mir war bis vor einer Woche ständig übel, also sicher noch relativ am Anfang und ich habe auch nur einen Minibauch.« Lorena hebt ihr Shirt hoch und Lia fasst auf eine Miniwölbung, die man kaum sieht.

»Ich kann es nicht fassen.« Lorena sieht sie ernst an. »Ich auch nicht und ich weiß auch nicht, wie ich das alles schaffen soll, doch eines weiß ich ganz genau: Ich werde dieses Baby nicht im Stich lassen, so wie Mama uns. Niemals!«

Lia lächelt und steht auf. »Komm mit!«

Lorena und Lia gehen zusammen zur Strandpromenade, auf dem Weg dahin erzählt Lia, dass sie mit Cruz nicht gerade im Guten auseinandergegangen ist. Er hat ihr bei allem geholfen und war immer für sie da. Dafür, dass er der mächtigste Mann Puerto Ricos und wahrscheinlich darüber hinaus ist, hat er für Lia alles stehen und liegen lassen. Er wollte diese Beziehung zwischen ihnen, doch Lia konnte nicht.

Nicht nach allem, was passiert war. Sie hat nie richtig gelebt, alleine gelebt, sich ausprobiert, ihr Leben gemeistert. Sie war immer für ihren Vater und Lorena da und Lia wollte nicht einfach gleich wieder nur die Freundin von Cruz Nechas sein. Sie musste ihn verlassen und neu anfangen. Das erste Mal in ihrem Leben für sich sein, sich selbst etwas aufbauen und gucken, wohin sie das Leben führt.

Als sie all das erzählt, erkennt Lorena aber wieder die Traurigkeit in Lias Augen, wie schon, nachdem sie Cruz das erste Mal verlassen hat. Lorena und Lia laufen eingehakt durch die Gassen, in denen sie beide nun leben und Lorena ist einfach nur unendlich glücklich, es ist sofort wieder so, als wären sie nie getrennt gewesen.

Lia erzählt noch, dass sie monatelang nichts von Cruz gehört hat, doch dass sie jetzt einen Auftrag seiner Schwester erhalten hatte, ein Fest für die Nechas auszurichten, was sie auch getan hat. Dabei ist sie auf Cruz gestoßen und sie sind sehr heftig aneinandergeraten, er hat ihr nicht verziehen, dass sie damals ohne ein Wort zu sagen gegangen ist und er auch keine Möglichkeit hatte, etwas dazu zu sagen oder Lia aufzuhalten.

Lorena verkneift sich einen Kommentar, doch sie sieht und hört, dass Lia noch lange nicht über das Thema Cruz hinweg ist und dass da garantiert noch nicht das letzte Wort gefallen ist.

Lia bringt sie zu ihrer Bank, hebt dreitausend Dollar ab und will sie Lorena geben. »Das ist dein Anteil von unserem Haus, ich habe den Rest schon ausgegeben für das Geschäft und meine Wohnung, ich wusste ja nicht, dass ich dich wiedersehe.« Lia hat erzählt, dass Cruz einen sehr guten Preis für ihr Grundstück beim Verkauf ausgehandelt hat, wenn man es so nennen darf.

Lorena hebt die Hände. »Ich will das Geld gar nicht, mach damit deinen Laden fertig und ...« Lia will es Lorena immer noch in die Hand geben, doch sie weigert sich. »Doch, es ist dein Anteil, das Haus hat uns beiden gehört. Du solltest davon alles für das Baby kaufen und Geld zur Seite legen.« Lorena streicht über ihren

Bauch. »Dann behalte du es, bis ich die Sachen kaufen gehe, nicht dass ich es für irgendwelchen Quatsch ausgebe.«

Lia sieht sich um und geht dann zu einem Schalter, Lorena folgt ihr und zusammen eröffnen sie ein Konto für Lorena und zahlen das Geld ein. Es ist das erste Mal, dass Lorena ein Bankkonto hat und schon das fühlt sich gut an. Sie bittet Lia, die Karte zu behalten, sie kennt sich, sie muss sich in einigen Dingen ändern. Sie muss vernünftiger werden, sie braucht das Geld für das Baby.

Sie verlassen die Bank, Lia fragt, ob sie nicht wenigstens das Geld für die Untersuchung nehmen möchte, doch Lorena sagt, dass sie dafür spart und das Geld schon fast zusammen hat, sie muss es einfach aus eigener Kraft schaffen. Lia versteht sie dieses Mal sogar.

Lorena erzählt ein wenig von ihrer neuen Arbeit, aber auch, wie das mit dem Nähen ist. Erst jetzt erfährt Lia, dass Lorena damit auch schon im Dorf einiges dazuverdient hat und wieder neue Aufträge bekommen kann. Beiden ist klar, dass sie mit dem Baby im Bauch nicht ewig im Laden arbeiten kann, und das Nähen wäre eine Möglichkeit, Geld zu verdienen, auch wenn sie hochschwanger ist und sogar, wenn das Baby da ist.

Lorena erklärt ihr, wie sie es gerne ausbauen möchte und Lia umarmt Lorena stolz und sagt ihr, dass sie sie bei allem unterstützen wird und sie sich freut, dass Lorena so verantwortungsvoll mit allem umgeht. Sie weiß selbst nicht genau, wie sie es beschreiben soll. Es ist einfach da, dieses Gefühl, von nun an alles besser und richtig machen zu müssen, seitdem sie weiß, was da in ihrem Bauch heranwächst.

Sie kaufen sich ein Eis und laufen zu Lias Laden und der darüber liegenden Wohnung. Sie wohnen wirklich nur ein paar Straßen voneinander entfernt.

Sie betreten das Geschäft, was gerade von zwei Männern gestrichen wird. Lia hat es erst einige Tage und möchte sich darin ein richtiges Büro erschaffen für ihr Eventmanagement. Es ist schön hell geschnitten, hinten gibt es einen Lagerraum, ein kleines Bad und eine kleine Küche. Lorena platzt fast vor Stolz, was ihre Schwester schon alles erreicht hat. Sie war schon immer stark und hat vieles bewältigt, woran Lorena sicherlich gescheitert wäre, doch nun zeigt sich, wie talentiert Lia wirklich ist.

Sie stellt einen der Männer, die gerade beim Streichen sind, als ihren Vermieter vor und den anderen Mann, der sofort von der Leiter kommt, als er sie beide entdeckt, als Stipe, ihren besten Freund.

»Wen haben wir denn da?« Der Mann ist wunderschön, er ist groß und schlank und wirkt eleganter als so manche Frau.

Er hat strahlend blaue Augen, sowie lange schwarze Locken, die zu einem Zopf hochgebunden und voller Farbe vom Streichen sind. Lia hat ihn bei ihrem Spaziergang schon erwähnt und Lorena weiß, dass auch er Männer bevorzugt, doch Lorena hätte das wahrscheinlich auch so schnell erahnt.

Lia legt den Arm um Lorena. »Meine jüngere Schwester hat den Weg zurück in mein Leben gefunden.« Stipe strahlt und Lorena mag ihn sofort. Er umarmt sie und malt ihr einen beigen Punkt auf die Wange, was Lorena zum Lachen bringt, die beiden werden sich sehr gut verstehen, da ist sich Lorena absolut sicher und auch Lia sieht so aus, als würde sie das ahnen.

»Na dann willkommen in Lias Leben!«

Lorena sieht sich um und ihr Herz hüpft freudig auf und ab, endlich, nach all den Monaten, nach all dem ganzen schrecklichen Zeug, was in dieser Zeit passiert ist und auch wenn sie nicht mehr im Dorf sind, hat Lorena das Gefühl, wieder zu Hause zu sein, zumindest ein Teil des Zuhauses wieder bei sich zu haben.

Lia hat noch immer den Arm um sie gelegt und Lorena lehnt ihren Kopf an ihre Schulter. »Ich bin so froh, dich wiederzuhaben. Ich liebe dich.« Lia lacht leise und küsst Lorenas Stirn. »Ich bin froh, meinen kleinen Wirbelwind wieder um mich herum zu haben und noch einen dazuzubekommen. Ich liebe euch beide auch.«

Egal was war, egal was kommen wird, Lorena und Lia ist in diesem Moment bewusst, dass sich ihre Wege nie wieder trennen werden. Das werden sie nicht zulassen.

Kapitel 18

Während der nächsten Tage spürt Lorena, wie gut es ihr tut, Lia wieder bei sich zu haben. Sie genießen die Zeit miteinander, auch wenn beide ihre eigenen Leben führen, und diese Kombination gefällt Lorena immer besser. Lia hält sich zurück, wenn es um Lorenas Leben geht, zwar merkt man ihr hin und wieder an, dass sie etwas dazu sagen möchte, doch sie lässt Lorena machen, vertraut darauf, dass sie es schaffen wird und Lorena fühlt sich großartig dabei.

Sie arbeitet weiter in dem Café, auch wenn es für sie immer beschwerlicher wird. Man sieht langsam einen kleinen Bauch, noch kann Lorena ihn unter einem etwas weiteren Top verstecken, doch das wird nicht mehr lange der Fall sein. Lorenas Brüste wachsen und tun ihr höllisch weh. Sie musste sich schon neue BHs kaufen.

Deswegen sind Lorena und sie auch, nachdem sie das erste Mal zusammen das Grab ihres Vaters, ihre Nachbarin und Edmund besucht haben, wieder auf den schönen Trödelmarkt gegangen. Sie muss wieder mit dem Nähen Geld verdienen. Und endlich hatten sie Glück, Lorena hat eine wunderschöne alte Nähmaschine gefunden, die sie sich gleich mit einigen Stoffen und Kissenfüllung gekauft hat. Sie konnte nicht anders und hat einen schönen weichen, beigefarbenen Stoff gekauft, um etwas für das Baby zu nähen.

Dadurch ist aber ihr Erspartes wieder geschrumpft und Lorena muss noch eine Woche warten, bis sie zum Arzt kann. Doch als sie zuhause war und die Nähmaschine ausgetestet hat, sind dabei gleich mehrere Kissen für Lias und ihre Wohnung, ein wunderschöner Babystrampler und ein kleines Mondkissen entstanden. Lorena hat gleich der Mutter von Mandela Bescheid gegeben, dass sie mit den Arbeiten beginnt und gern auch weitere Aufträge annimmt.

Lorena hilft Lia mit dem neuen Laden, wo sie nur kann. Es wurde eingebrochen und sie mussten alles etwas besser absichern. In dem Restaurant, in dem Lorena arbeitet, wird mindestens einmal im Monat eingebrochen, wie ihr die anderen Kellnerinnen erzählt haben. Sie können nur hoffen, dass das nicht auch in Lias neuem Laden passiert. Trotzdem kommen sie gut voran und bald wird es die Einweihungsparty geben, falls Lorena es überhaupt schafft, daran teilzunehmen.

Momentan ist sie immer müde, sie schläft überall ein, im Bus, bei Lia, bei Stipe, den sie immer mehr mag. Lorena hat das Gefühl, sie würde den bunten Paradiesvogel schon ewig kennen und es passiert immer öfter, dass er sie von der Arbeit abholt und sie noch etwas trinken gehen oder mit Lia zusammen ins Kino gehen.

Weder für Lia noch für Lorena ist der Schmerz und die Trauer um ihren Vater vergessen, sie fahren oft ins Dorf und reden viel über früher und auch über den Tod ihres Vaters, doch all das fühlt sich nicht mehr so erdrückend und unerträglich an, weil sie es teilen. Zusammen gehen sie vorwärts, jeder alleine seinen Weg und doch irgendwie zusammen.

Für Lorena ist es fast so, als würde ihr Leben jetzt erst richtig beginnen, das, was sie fühlt, wenn sie allein am Meer spazieren geht, was sie empfindet, wenn Stipe mit Pizza zu Lia kommt, sie alle zusammen einen Film ansehen und Lia und sie zusammen in Lias Wohnung schlafen, all das ist für sie die Freiheit, die sie immer gesucht hat. Aber auch, wenn die Umstände, wie Lia und sie diese Freiheit bekommen haben, mehr als schrecklich sind, genießen sie beide das trotzdem, weil sie eben wissen, wie anders das Leben sein kann.

Lorena lernt sogar schwimmen, Lia hat es hier in San Juan gelernt und nun soll auch Lorena es bald können. Sie kann es gar nicht erwarten, endlich im Meer schwimmen zu können.

Wenn Lorena frei hat, näht sie oder hilft Lia bei ihren Veranstaltungen und obwohl sie sehr müde ist, sitzt Lorena auch an dem Samstagabend bis spät am Abend wieder an der Nähmaschine, als sie die Nachricht von Stipe bekommt, dass erneut in Lias Laden eingebrochen wurde. Lorena hat es geahnt, hier in San Juan passiert das offenbar ständig.

Lorena steht extra früher auf am Sonntag, ihre Schwester tut ihr leid, sie gibt sich alle Mühe und irgendwelche Idioten zerstören wieder alles. Lorena backt Muffins, nimmt Orangensaft mit, zieht sich eine Jogginghose und ein weites Shirt mit tiefem Ausschnitt an und knotet das Shirt an der Seite zusammen, sodass es sexy aussieht und man den kleinen Bauch noch nicht sieht. Die Jogginghose schiebt sie bis zu den Waden nach oben, schlüpft in ihre Flipflops, trägt Wimperntusche und Rouge auf und lockt ihre Haare mit Kokosöl durch, bevor sie zu Lias Laden läuft, um zu helfen.

Es ist schlimmer als sie gedacht hat, alle Schubladen sind geöffnet, Dekorationsartikel, die Lia hier gelagert hat, sind weg, der neue Laptop ihrer Schwester, weg, zwei Stühle in der Küche zertrümmert, überall herrscht Verwüstung, als hätten die Diebe alles in Windeseile durchsucht. Es sind noch Büroartikel und einige Lebensmittel weg und im Badezimmer wurde ein Fenster zerschlagen, durch das die Diebe in den Laden gekommen sein müssen.

Stipe kommt auch gerade herunter und zusammen beginnen sie, den ganzen Papierkram, der durch den Laden fliegt, zu beseitigen. Lia kommt kurz danach, sie trägt eine schwarze kurze Shorts und ein schwarzes Top, auch sie hat ihre Haare gelockt, doch man sieht ihr an, dass sie nicht viel geschlafen hat. Lorena umarmt sie und sagt auch, dass sie sich etwas einfallen lassen müssen. Stipe erklärt, er hat sich schon darum gekümmert und sie sollen erst einmal alles wieder richtig in Ordnung bringen, bald ist die Eröffnungsfeier.

Lia und Lorena kümmern sich um die Küche und das Bad, sie überlegen, wie sie das Fenster erst einmal schließen können, bis ein Glaser vorbeikommen kann, während Stipe sich im vorderen Bereich um die herausgerissenen Telefonleitungen kümmert.

Auch wenn es nicht die beste Lösung ist, geht Lorena bei Lias Vermieter nach Holz fragen, womit sie das Fenster erst einmal zunageln können, eine bessere Möglichkeit haben sie auf die Schnelle nicht. Der Vermieter hat zum Glück Holz vorrätig und sagt auch, dass das normal in San Juan ist und Lia versuchen soll, nichts Wertvolles im Laden zu lassen, doch sie hat keine andere Wahl, Lia muss viele Dekorationsartikel dort lagern.

Als Lorena zurück in den Laden kommt, sieht und hört sie sofort, dass etwas nicht stimmt. Ihre Schwester und Stipe sind vor dem Laden, vor ihnen stehen Jomar und Cruz. Lorena sieht zweimal hin, und ihr Herz beginnt augenblicklich schneller zu schlagen, als sie sieht, wie Jomar Lia anlächelt, während ihre Schwester allerdings sehr wütend wirkt.

Lorena legt das Holz ab und verfolgt das Gespräch, während sie nach draußen geht. Sie hört Stipes Stimme.

»Ich habe die Nechas um Hilfe gebeten, ich habe heute Morgen angerufen und sie haben uns sogar die Anführer persönlich geschickt. Hier ist es am sichersten, wenn man sich ihren Schutz kauft, wenn du nicht möchtest, dass dein Laden ständig ausgeraubt wird. Ich habe ihnen schon gesagt, was alles passiert ist und ...«

Lia unterbricht Stipe, der nichts von Cruz weiß und keine Ahnung hat, dass die beiden das letzte Mal sehr heftig aneinandergeraten sind. »Keine Sorge, ich kenne die Nechas. Tut mir leid, Jomar, wenn eure Zeit verschwendet wurde. Ich brauche keine Hilfe, ich finde schon alleine eine Lösung ...« Lorena sieht, wie sich Cruz von seinem Auto entfernt und auf Lia zugeht.

Lias Exfreund sieht sehr gut aus, er wirkt noch viel gefährlicher und breiter, als Lorena ihn in Erinnerung hat, aber auch Jomar neben ihm scheint etwas mehr trainiert zu haben. Er trägt ein schwarzes Shirt und eine schwarze feine Hose. Seine Haare sind kurz geschnitten und er ist frisch rasiert.

Dieses Lächeln auf seinem Gesicht und die dunklen Augen lassen Lorenas Herz automatisch schneller schlagen, Cruz und Jomar sind beide wunderschöne Männer, sie haben viel Ähnlichkeit und es ist kein Wunder, dass sie bei Lia und Lorena solch ein

Gefühlschaos hervorbringen, wobei Lia wirklich hart davon getroffen ist, während Lorena nur von Jomar schwärmt ... und träumt, wenn sie nur an diesen Traum denkt, wird ihr sofort warm.

Lorena beeilt sich, durch den Raum zu kommen und nach draußen zu treten, als sie auf Cruz' Gesicht ein gemeines Lächeln erkennt. »Natürlich tust du das, Lia, du schaffst das alles alleine! Ich habe zufällig mitbekommen, wie der Laden heißt, um den es geht und musste mit das mal mit eigenen Augen ansehen, was du dir hier so aufgebaut hast, scheint ja sehr gut zu laufen.« Cruz deutet auf den Boden im Laden, auf dem man noch einige wenige Spuren des Einbruches sieht. Ihre Schwester hat recht, er hat ihr wirklich noch nicht verziehen, wie sie ihn verlassen hat.

»Ja, als einfacher Partyplaner sollte ich mich nicht beschweren.« Lorena erkennt an Lias Stimme, dass nicht mehr viel fehlt und sie schreit Cruz wütend an, sie geht schnell nach draußen und stellt sich zu ihrer Schwester, um die Situation etwas zu entspannen.

»Oh, was für eine gute Stimmung hier ist, habe ich etwas verpasst?« Sie sieht in Cruz' Gesicht, der verwundert die Augenbrauen hebt. Wenn er damals für Lia da war, als ihr Vater gestorben ist, wird er auch alles über Lorena wissen und dass sie Lia im Stich gelassen hat. Lorena sieht zu Jomar, der noch mehr lächelt und ihr zunickt, und auch sie kann nicht anders, als ihm ein Lächeln zu schenken, selbst wenn Cruz und Lia kurz davor sind, sich hier vor allen zu zerfleischen.

Lorena nickt Cruz nur kurz zu und Stipe wirkt total überrumpelt, er kann ja nicht ahnen, was hier gerade los ist.

»Ich habe die Nechas gerufen, damit sie uns wegen der Sicherheit helfen, doch ich wusste nicht, dass ...«, Stipe ist völlig überfordert mit allem und deutet zu Cruz und Lia, »... die beiden sich kennen.« Lorena lacht leise und Lia geht zurück in ihren Laden. »Oh ja, sie kennen sich. Ich arbeite in einem Restaurant, dem Boleo. Da müsstest ihr mal für Sicherheit sorgen, ich rede mal mit meinem Chef.«

Hier werden sie garantiert nichts tun, Lorena kennt ihre Schwester, sie wird keine Hilfe von Cruz annehmen. Nicht so wütend wie sie gerade ist und im selben Moment, als Lorena das denkt, geht Lia zurück in den Laden. »Tu das, ich brauche die Nechas jedenfalls nicht!«

Lorena kann nicht anders, sie muss leise lachen, sie liebt das Temperament ihrer Schwester. Cruz seufzt laut auf und sieht Lia hinterher, dann wendet er sich an Lorena und sieht ihr in die Augen. »Es ist gut, dass du wieder da bist. Pass gut auf sie auf.« Lorena nickt und sieht Lias Exfreund dabei zu, wie er sich wieder in das teure Luxusauto setzt, mit dem Jomar und er hergekommen sein müssen.

Lorena hat nicht mehr viel über Cruz und Lia nachgedacht, doch ein Blick in Cruz' Augen genügt, um zu erkennen, dass es ihm wehtut, wie es gerade zwischen Lia und ihm steht. Jomar will auch einsteigen, sieht aber noch einmal zu Lorena. »Ich komme bei dir im Laden vorbei und sehe mir das mal an.« Lorena lächelt. »Tu das!«

Zusammen mit Stipe gehen sie zurück in den Laden, wo Lia das Sideboard wieder ordnet. Nun können sie all das nicht mehr vor Stipe geheim halten, der aufgeregt zwischen ihnen hin und hersieht. »Ich höre … und zwar jedes Detail!«

Lorena kann nicht anders, während sie im Laden weitermachen, erzählt sie Stipe alles, was zwischen Lia und Cruz passiert ist. Wie sie bei ihm angefangen hat zu arbeiten, wie sie sich nähergekommen sind, wie sie zusammen auf der Feier waren und sich geküsst haben, Lia bei ihm geschlafen hat und sie dann doch den Kontakt abgebrochen hat, einfach, weil das niemals hätte funktionieren können. Ihr Vater, das Dorf, es ging nicht, es war der falsche Zeitpunkt.

Lia hat nie so viel darüber gesprochen, doch Lorena weiß, wie schwer die Zeit für Lia war, wie schwer es ihr gefallen ist, Cruz ohne einen richtigen Grund fallen zu lassen und er trotzdem sofort für sie da war, als ihr Vater gestorben ist. Lia hat Lorena erzählt, wie Cruz sie in diesen Tagen aufgefangen hat, ihre Stütze war, sich um alles gekümmert hat und sie in eine Traumwelt hat eintauchen lassen, von der sie sich nicht einmal zu träumen gewagt hat.

Während Lorena erzählt, hat auch Lia aufgehört zu putzen, sie alle drei sitzen am Boden und hören dieser ungewöhnlichen Geschichte zu. Als Lorena erklärt, wie nah sich Cruz und Lia in diesen Tagen gekommen sind und wie schwer es ihr dann aber wieder gefallen ist, ihn ein weiteres Mal zu verlassen, um alleine neu anzufangen, kann Lia ihre Gefühle nicht mehr verstecken und Tränen laufen ihrer hübschen Schwester über die Wangen.

»Ich war immer nur die Tochter meines Vaters, die Tochter meiner Mutter, ich habe immer für andere gelebt und so hätte ich einfach weiter in Cruz' Leben gelebt als seine Freundin. Nicht ein einziges Mal war ich einfach nur Lia, habe versucht herauszufinden, wer ich wirklich bin ...«, sie zeigt in ihren Laden umher, »... was ich kann und zu was ich fähig bin. Egal was Cruz mir bedeutet hat und wie viel ich für ihn empfinde, ich musste gehen, um mich selbst zu finden.«

Lorena sieht auch zu Boden, diese Geschichte ist wunderschön und gleichzeitig so traurig. Lia erzählt, dass sie sich jetzt hier schon einmal über den Weg gelaufen sind und Cruz ihr diese Entscheidung sehr übel nimmt. Sie geraten jetzt jedes Mal genauso heftig aneinander wie eben und Lia murmelt, dass es besser wäre, sie würden sich einfach nicht mehr sehen.

Stipe aber hat dazu eine ganz andere Meinung, auch Lorena ist fest davon überzeugt, dass da noch nicht das letzte Wort gefallen ist, aber nun ist Lia ja auch in einer ganz anderen Situation.

Ihr neuer Freund ist völlig gerührt und der absoluten Überzeugung, dass Cruz Lia liebt und all das nur sein verletzter Stolz ist, und überhaupt fragt er sich, wie Lia einen so sexy Mann wie Cruz verlassen konnte. Lorena und er diskutieren noch eine Weile über das Thema, während sie aufstehen, weitermachen und den Laden größtenteils wieder in Ordnung bringen. Jomar hat Lorena nur gesagt, dass er sich mal das Restaurant angucken kommt, in dem sie arbeitet und Lorena fragt sich, ob er das wirklich tun wird.

Lia zieht sich zurück und Lorena fällt es schwer, Lia jetzt so alleine zu lassen, denn sie spürt, dass ihr dieses erneute Aufeinandertreffen mit Cruz doch mehr zugesetzt hat, als sie es zugeben will, doch sie muss noch arbeiten und läuft nachdenklich nach Hause. Stipe hat ein Date und begleitet sie ein Stück. Während Lorena an der Nähmaschine sitzt, muss sie immer wieder an Jomar und das Lächeln auf seinem Gesicht denken, was sich sofort gebildet hat, als er sie gesehen hat.

Lorena träumt ein wenig vor sich hin, sie muss wieder an ihren Traum denken und fragt sich, was Jomar wohl alles weiß, was er von ihr denkt und ob er wirklich im Laden vorbeikommen wird. Je länger Lorena sitzt, desto deutlicher spürt sie, dass sie Unterleibsschmerzen hat, irgendwann werden diese so stark, dass sie abbricht und sich ins Bett legt. Sie muss unbedingt bald zum Arzt.

In den ersten Tagen sieht Lorena immer wieder auf, wenn jemand das Restaurant betritt, doch es sieht nicht so aus, als würde Jomar wirklich vorbeikommen. Das war wahrscheinlich nur so dahergesagt.

Die nächsten Tage hat Lorena viel zu tun. Sie erfährt, dass Cruz an dem Tag doch noch zu Lia in den Laden zurückgekommen ist und ihr einen Nechas-Aufkleber ins Schaufenster geklebt hat. Damit steht ihr Laden unter dem Schutz der Nechas, erst jetzt bemerkt Lorena, dass jeder zweite Laden hier in San Juan solch einen Aufkleber hat.

Die Nechas verdienen damit eine Menge Geld. Natürlich nimmt Cruz nichts von ihrer Schwester, sie konnten sich auch ein wenig aussprechen und haben quasi einen kleinen Waffenstillstand ausgehandelt, trotzdem wirkt Lia noch immer traurig und deswegen will Lorena sie auch mit einer kleinen Eröffnungsfeier überraschen. Lia möchte gar nicht feiern, doch Lorena organisiert es, dass Edmundo, ihre Nachbarinnen und einige andere aus dem Dorf kommen. Sie bereiten ein leckeres Buffet vor und Lorena lässt einen wunderschönen Kuchen anfertigen, sodass Lias Eröffnungsfeier ein gemütlicher Abend und ein guter Start wird.

Dann erst schafft Lorena es, die gesamte Bestellung fertig zu machen und bringt sie ins Dorf. Lorena spürt immer mehr, dass sie müde und geschafft ist und die Bauchkrämpfe häufen sich auch. deswegen ist sie auch wirklich froh, dass sie am nächsten Vormittag mit Lia endlich zum Frauenarzt gehen kann.

Lorena ist aufgeregt, es fühlt sich nicht real an, als der Arzt ihr Fragen stellt, ihr Urin und ihr Blut kontrolliert und sie dann untersucht wird. Der Arzt hat nur einen kleinen Bildschirm, auf dem alles schwarzweiß gezeigt wird. Er erklärt ihr, wo das Baby ist und misst es aus.

Er sagt Lorena, dass alles in Ordnung ist, sie ist wahrscheinlich in der 13. Woche und das wars. Lorena muss knapp 200 Dollar zahlen für nicht mal fünfzehn Minuten, aber wenigstens weiß sie erst einmal, dass alles gut ist.

Sie geht vom Arzt direkt zur Arbeit, Lia begleitet sie. Lorena zieht sich ihren weißen Strandrock und das weiße Top aus, bindet sich einen Zopf und zieht sich die Arbeitskleidung, das Top und die kurze Shorts an. Sie schminkt ihre Lippen rot und trägt Wimperntusche auf, bringt Lia etwas zu trinken und beginnt zu arbeiten.

Lia geht nach einer Stunde wieder. Lorena spürt, dass ihre Schwester sie am liebsten davon abhalten würde hier zu arbeiten, doch sie sagt nichts und Lorena ist dankbar dafür. Sie weiß selbst, dass sie das hier nicht mehr lange machen kann, doch jetzt gerade muss sie es noch tun.

Nach sieben Stunden fallen ihr fast die Arme ab, sie hat endlich Feierabend. Lorena hat Hunger, sie isst hier nur noch das Nötigste, seit sie Ratten in der Küche gefunden hat und beschließt, sich gleich etwas zu essen holen, da geht die Tür zum Restaurant auf und das Raunen der anderen Kellnerinnen lässt sie aufblicken. Sie sieht direkt in Jomars dunkle Augen und ihr Herz beginnt augenblicklich schneller zu schlagen.

Kapitel 19

Jomar kommt direkt auf sie zu. Lorena legt gerade ihr Tablett zurück auf den Tresen und nimmt sich die Schürze ab. »Hi, ich hätte nicht gedacht, dass du wirklich noch vorbeikommst.« Er lächelt und sieht sich um. »Wenn ich sage, ich komme, dann komme ich. Außerdem habe ich mich beim letzten Mal, als ich dich auf der Feier gesehen habe, zu sehr darauf verlassen, dass wir uns durch Cruz und Lia eh wiedersehen werden und dieses Mal vertraue ich nicht mehr darauf.«

Lorena zieht die Augenbrauen hoch. »Ja, das solltest du vielleicht wirklich lieber lassen, die beiden sind zur Zeit wie Feuer und Wasser. Und … was denkst du …?« Lorena zeigt im Laden umher und Jomar sieht zu den Kellnerinnen, die an ihnen vorbeigehen und auf ihr Outfit. Er sieht die älteren Männer, die hier herumsitzen und ihnen allen nachsehen und genau neben ihnen wird gerade eine wässrige Suppe auf den Tresen gestellt.

»Ich denke, hier kommt jede Hilfe zu spät.« Er blickt Lorena wieder in die Augen, jetzt wenn er so nah bei ihr steht, sieht sie erst, wie schön seine Augen sind. Sie sind dunkel, sie sind umrahmt von dichten Wimpern und wenn er lächelt, strahlen sie. Sie mag seine Augen. Sein ganzes Gesicht ist schön, er hat schön geschwungene Lippen, ein süßes Lächeln, wenn er lacht, bekommt er ein kleines Grübchen auf seinem rechten Wangenknochen, sein Körper ist ein Traum. Lorenas Blick gleitet automatisch zu seinem Kreuz am Hals. Ob er noch mehr Tattoos hat?

Bei Cruz hat sie am Arm La Familia entdeckt, er scheint an den Armen nichts zu haben. Er trägt eine hellblaue Jeans und ein weißes Shirt, was seinen durchtrainierten Oberkörper gut zur Geltung bringt. Es liegt nicht eng an wie oft bei den männlichen Models, aber trotzdem erkennt man deutlich, dass er oft trainieren muss. Lorena mahnt sich selbst, ihn nicht so anzustarren. Herrgott, das müssen die Schwangerschaftshormone sein, sie hat davon in den Broschüren gelesen.

»Du hast vermutlich recht. Ich habe eh nicht vor, noch lange hier zu arbeiten ...« Lorena öffnet ihren Zopf und ihre Wellen umrahmen ihr Gesicht wieder. Jomar beobachtet sie dabei. »Hast du Feierabend? Ich wollte eigentlich hier etwas essen, aber ich denke, es ist gesünder, woanders hinzugehen. Möchtest du mich begleiten?« Jomar sieht Lorena ein wenig unsicher an, das passt so gar nicht zu seinem sonst so sicheren Auftreten. Warum sollten sie nicht etwas essen gehen? Lorena ist schon beim ersten Treffen fasziniert von diesem Mann gewesen und würde gerne noch mehr über ihn erfahren.

»Gerne, ich ziehe mich nur schnell um.« Jomar nickt und Lorena geht nach hinten. Sie zieht sich ihren weißen Sommerrock wieder an, macht sich frisch und zieht das weiße Top über. Sie legt ein wenig Parfüm ihrer Kollegin auf, die gerade hereinkommt und fragt, ob Lorena weiß, wer der Mann da vor der Tür ist, der auf sie wartet.

Lorena sagt nur schnell, dass sie es weiß, nimmt sich noch etwas von ihrem Lipgloss, sieht zufrieden in den Spiegel und stockt doch, als ihr Blick zu ihrem Bauch wandert. Durch den Rock und das Top erkennt man ihn nicht sehr stark. Sie ist schwanger, vielleicht ist das jetzt nicht der richtige Zeitpunkt, um zu einem Date zu gehen, doch andererseits ist das auch kein Date. Jomar kam vorbei und hat gefragt, ob sie etwas essen gehen, sie ist keine Frau, die sich darauf zu viel einbildet. Es ist ein harmloses Essen, wo sich die beiden etwas besser kennenlernen, nicht mehr und nicht weniger. Vielleicht sagt sie ihm sogar, dass sie schwanger ist, das lange zu verheimlichen bringt eh nichts.

Lorena geht wieder nach vorn, wo Jomar wartet, zusammen verlassen sie das Café und er hält ihr die Tür zu einem schwarzen Porsche auf. Lorena versucht, ruhig zu atmen, als sie sich in das weiche Leder setzt. Sie streicht darüber und würde am liebsten loskreischen und tausend Bilder von sich machen, doch sie atmet tief ein, sieht auf die vielen Knöpfe, die es hier im Wagen gibt und dann zu Jomar, als er einsteigt und Gas gibt.

»Hast du auf etwas besonders Appetit?« Das hat Lorena tatsächlich, sie ist schwanger und momentan bekommt sie ständig Appetit auf ganz unterschiedliche Sachen. »Eigentlich ist mir das egal … aber ich hatte vor, auf den Weg nach Hause etwas beim Inder zu holen. Bei mir ist ein Laden, der ist ganz gut.«

Jomar wendet das Auto und lächelt. »Ich kenne einen sehr guten Inder.« Lorena krallt sich bei der Wendung im Leder fest, Jomar fährt schnell und sicher, doch sie ist momentan ein wenig empfindlich im Magen. Jomar sieht zu ihr. »Hast du einen Führerschein?« Lorena versucht, sich wieder zu entspannen. »Nein, ich kann aber Auto fahren, also, wir haben es auf dem Dorf gelernt … von unserem Nachbarn … in einem Schrotthaufen.«

Jomar sieht zu ihr. »Das Leben auf dem Dorf scheint sehr aufregend gewesen zu sein.« Lorena lacht leise auf. »Ich bin fast wahnsinnig geworden, so viel Spaß hatten wir.« Jomar sieht auf die Straße, doch hin und wieder sieht er zu ihr. »Ja, ich habe so einiges gehört … wie lange warst du weg?« Lorena blickt aus dem Fenster. »Etwas über drei Monate. Aber das war ein Fehler, ich hätte das niemals tun dürfen.«

Jomar fährt auf ein Grundstück, was schon auf dem Parkplatz wie Klein-Indien aussieht. Lorena hat noch nie solch ein Restaurant gesehen, es ist viel mehr als das. Man hat wirklich das Gefühl, hier mitten in Puerto Rico kurz nach Indien zu reisen. Es sind mehrere der bekannten Elefanten aufgebaut. Als sie aussteigen und das Restaurant betreten, sind die Wände mit den bekannten bunten Tüchern verziert, es ist alles ein wenig abgedunkelt, bunte Lampions erhellen den Laden, es duftet wunderbar nach Curry.

Ein Mann begrüßt sie sehr freundlich und bringt sie durch den Laden in eine hintere Ecke, wo nur wenige Tische stehen und man etwas mehr Ruhe hat, dabei kommen sie an einem alten Holztisch vorbei, auf dem zahlreiche braune Behälter mit den bunten

Gewürzen stehen, die man alle auf Indiens Märkten bekommt, es sind sicherlich zwanzig verschiedene Gewürze. Es ist für das Auge und für die Nase ein Erlebnis, Lorena bleibt fasziniert davor stehen.

»Kochst du gerne?« Jomar stellt sich direkt hinter Lorena, als sie sich alles genau ansieht, sie spürt seine starke Präsenz so intensiv hinter sich, dass sich eine leichte Gänsehaut in ihrem Nacken bildet. »Jetzt langsam wieder. Ich musste immer kochen, also entweder Lia oder ich und da habe ich es gehasst, sobald ich weg von zuhause war, habe ich aufgehört zu kochen, doch jetzt so langsam, wo ich es nicht mehr muss, fange ich langsam an, es wieder zu mögen.«

Der Mann weist ihnen ihren Tisch zu und zwei Kellner kommen und bringen die Karten. Er zeigt, dass er keine Karte braucht, offenbar ist er schon hier gewesen, deswegen fragt Lorena nach, was er empfiehlt und Jomar bestellt einen Mix, der die Spezialitäten des Hauses anbietet. Lorena lässt sich einfach überraschen, hier am Tisch spürt sie, was für einen Hunger sie hat.

Die Kellner gießen ihnen Wasser, Wein und Limonade ein und Lorena trinkt einen Schluck Wasser. Sobald sich die Männer wieder entfernen, legt Lorena den Kopf ein wenig schief und sieht Jomar genau an. Sie nimmt noch einmal jedes hübsche Detail seines Gesichtes auf und sieht ihm in diese ausdrucksstarken, dunklen Augen.

Sie fragt sich, wie er sie wohl einschätzt, wahrscheinlich wie Lia, eher zurückhaltend am Anfang, unsicher und abwartend, doch das ist sie nicht. Lorena ist eher neugierig und fordernd, sie möchte andere Menschen und das Leben kennenlernen und gerade möchte sie sich ein richtiges Bild von Jomar machen.

»Also, was hattest du denn genau vor, wenn unsere Geschwister deine Pläne nicht durchkreuzt hätten?« Egal wie forschend Lorena ihn ansieht, Jomar wird nicht unsicher, nicht dieses Mal. Fast jeder Mann wird unsicher, wenn Lorena ihn so ansieht, doch Jomar erwidert ihren Blick.

Man sieht ihm an, dass er genau weiß, wer er ist und was er will. Da muss wahrscheinlich schon mehr als Lorena kommen, um ihn mal unsicher werden zu lassen.

»Ich wollte dich unbedingt wiedersehen und kennenlernen. Ich meine das ernst mit dem Modeln und wie hübsch ich dich finde und dazu habe ich noch nie so ein bezauberndes Lächeln gesehen wie deins.« Natürlich muss Lorena sofort schmunzeln und auch Jomar lächelt.

»Doch dann hat Lia plötzlich den Kontakt zu Cruz abgebrochen und als sie wieder Kontakt hatten, warst du weg. Ich habe deine Schwester in der Zeit öfter gesehen, es ging ihr sehr schlecht und ich wollte nicht zu viel wegen dir fragen, Cruz hat mir ein wenig erzählt, doch dann war deine Schwester wieder weg und man durfte nicht mal den Namen Lia in Cruz' Nähe erwähnen und ich muss zugeben, dass ich da schon etwas frustriert war, nicht vorher etwas unternommen zu haben. Doch als ich dich jetzt gesehen habe, dachte ich okay, dieses Mal lädst du sie zumindest zu einem Essen ein, sonst wirst du das dein Leben lang bereuen.«

Lorena muss leise lachen und hebt ihr Glas, um noch etwas zu trinken. »Wer weiß, vielleicht bereust du auch dein Leben lang, dass du es getan hast.« Nun lacht auch Jomar und schüttelt den Kopf. »Das glaube ich nicht, ich glaube sehr an den Spruch 'Bereue niemals etwas', deswegen hat mich das mit dir auch so beschäftigt und ich war froh, es ändern zu können.«

Lorena lehnt sich ein wenig zurück. »Es gibt immer etwas, was man bereut, so ist das Leben.« Lorena fühlt sich sofort wohl mit Jomar, sie sehen sich in die Augen und sprechen miteinander, als würden sie sich schon lange kennen, es fühlt sich auch ein wenig so an, doch es ist nicht so.

»Nein, so ist das Leben nicht, Lorena. Man muss gewisse Sachen einfach machen und ausprobieren, wenn sie dir geschadet haben oder schlecht waren, sind sie Lektionen, wenn sie gut waren, Erfahrungen, doch wenn du es nicht wagst, bereust du es und das ist am allerschlimmsten.«

Lorena sieht auf den Tisch. Drei Kellner beginnen, ihn einzude-
cken. Sie bringen mehrere Schüsseln Reis, verschiedene Soßen,
mehrere Brote und Salate, Lorena weiß gar nicht, was sie zuerst
probieren soll. Während sie sich ihr Essen auftun, atmet Lorena
trotzdem tief ein. »Ich bereue es, Puerto Rico verlassen zu haben.
Ich war weg und mein Vater ist gestorben und Lia war alleine.
Wäre ich nicht gegangen, wäre all das vielleicht nicht passiert.«

Jomar sieht ihr wieder in die Augen. »So darfst du niemals denken, Lorena. Wer weiß das schon, vielleicht wäre das passiert und
sogar noch Schlimmeres, das weiß jetzt niemand und kann auch
niemand beurteilen, doch wärest du nicht gegangen, würdest du
dich dein Leben lang fragen, was du verpasst hättest.«

Lorena probiert den ersten Bissen und schließt kurz die Augen, es
schmeckt himmlisch. »Nicht viel, ich habe so viel Mist erlebt.«
Jomar sieht wirklich interessiert aus, bei vielen Männern hat Lorena immer eher das Gefühl, sie spielen das Interesse nur, doch er
sieht wirklich so aus, als wolle er all das von Lorena wissen.

»Aber das weißt du jetzt, glaube mir, du hättest es dein Leben
lang bereut und das wäre vielleicht noch schlimmer als das, was du
da alles erlebt hast. Was ist denn aus deiner Modelkarriere geworden, wo genau warst du die Monate?«

Lorena zögert kurz, doch dann erzählt sie Jomar, was sie dort
erlebt hat. Natürlich umschreibt sie es nur ein wenig, sie erzählt,
wie Models behandelt werden, dass die Männer denken, sie wären
ihr Eigentum, dass Pascal sie nicht gut behandelt hat und sie nichts
von dem, was sie sich vorgenommen hat, tun konnte. Sie hat es
nicht geschafft, Lia und ihren Vater nachzuholen oder ihnen Geld
zu schicken. Sie hat eine Vergewaltigung verhindert und eine Frau
gesehen, die ihr Leben wegen all dem Wahnsinn beendet hat. Sie
hat gesehen, wie viele Frauen an diesem Traum kaputtgegangen
sind.

Aber sie erzählt ihm auch von der Modenschau und dem Videodreh, dass sie auch Spaß hatte, aber dies die schlechten Seiten nicht
abdecken konnte und sie zurückgekommen ist.

Lorena erwähnt nicht, dass sie schwanger ist. Es ist kein passender Augenblick, um zu sagen '… und übrigens, ich bin schwanger und werde bald nur noch durch die Gegend rollen'. Jomar hat ihr aufmerksam zugehört. »Und was tust du jetzt? Du bist hergekommen und hast erfahren, dass dein Vater tot ist und deine Schwester hier lebt und dann?«

Lorena räuspert sich und trinkt einen Schluck, mit dem sie auch gleich die aufkommenden Tränen herunterspült. Ihr Vater ist tot, das weiß sie natürlich, doch das zu hören, wenn jemand das sagt, ist für sie trotzdem immer noch wie ein Schlag in den Magen. »Willst du hier weiter modeln?« Lorena schüttelt den Kopf. »Nein, ich habe den Job im Café und nähe nebenbei. Ich versuche das mit dem Nähen auszubauen. Es macht mir Spaß, es beruhigt mich und damit kann man gut Geld verdienen. Ich probiere es zumindest mal und ja … mal sehen, was sie nächsten Wochen so bringen.« Auf jeden Fall einen dickeren Bauch und dann ein Baby, aber das muss sie ihm jetzt nicht auf die Nase binden.

Jomar fragt sie noch ein wenig über ihr Leben im Dorf aus. Sie versucht, ihm zu erklären, wie sie da gelebt haben, aber ob ihr das so wirklich gelingt, weiß Lorena nicht. Wie erklärt man einem Mann wie Jomar, der so viel Geld, Macht und Freiheit hat, ihr altes Leben?

Sie sind längst fertig mit dem Essen, da sitzen sie noch zusammen und reden. Lorena kann sich nicht daran erinnern, sich schon einmal so gut mit einem Mann unterhalten zu haben und zu verstehen. Lorena hat das Gefühl, Jomar verurteilt sie nicht, er hört ihr zu und scheint wirklich mehr über sie erfahren zu wollen. Er gibt ihr nicht das Gefühl, einen Fehler gemacht zu haben, auch wenn sie weiß, dass sie es getan hat.

»Aber jetzt habt ihr beide euer Leben wieder in den Griff bekommen, versuche auch, in solchen Sachen immer das Positive zu sehen, und dass ältere Geschwister immer auf die Jüngeren aufpassen, kennen wir alle. Was denkst du, wie Cruz am Anfang zu mir war? Sie müssen lernen, uns leben zu lassen und zu vertrauen, dass wir das auch alleine schaffen.«

Lorena hat nicht gemerkt, wie schnell die Zeit vergangen ist, die Leute sind alle weg und langsam scheint das Restaurant zu schließen. Jomar legt dem Kellner eine Karte auf das Tablett und sagt ihm, dass sie noch von allen Gewürzen, die da ausgestellt stehen, etwas zusammenpacken sollen.

»Damit du wieder mehr Spaß am Kochen hast.« Lorena bedenkt sich für das Essen und hakt weiter nach. »Ich kann mir gar nicht vorstellen, dass Cruz versucht hat, dich zu bevormunden.« Jomar zieht die Augenbrauen hoch. »Wenn du wüsstest, als er Anführer wurde und ich automatisch zum zweiten, hat er immer andere Männer zu den gefährlichen Sachen geschickt. Ich habe mich immer um die Sachen gekümmert, die komplett ungefährlich waren, doch er hat das nie zugegeben.

Ich bin wirklich wütend geworden und habe angefangen, Sachen ohne sein Wissen aufzuziehen, als er das mitbekommen und gesehen hat, dass ich auf mich alleine aufpassen kann, hat er auch langsam angefangen, mich loszulassen, aber es hat gedauert. Meine Schwester wird er wahrscheinlich nie richtig loslassen können, doch ich muss zugeben, dass mir das auch schwerfällt.«

Lorena lächelt, wenn Jomar von seinen Geschwistern spricht, funkeln seine Augen sofort, man kann in seinen Augen die Liebe zu ihnen erkennen und Lorena fragt sich, ob das auch mal bei einer Frau der Fall sein wird. »Ja, wahrscheinlich hast du recht, Lia hat sich mittlerweile auch schon gebessert.«

Der Kellner bringt die Karte und ein Regal mit vielen kleinen Gewürzgläsern darin, die all die bunten Gewürze enthalten, mit kleinen Schildern, was was ist. Wahrscheinlich verkaufen sie die hier auch so. Allein beim Duft bekommt Lorena Lust, morgen gleich etwas damit auszuprobieren.

Jomar trägt es zum Wagen und schon jetzt sieht man einen deutlichen Unterschied, wie sie ins Restaurant gekommen sind und wie sie jetzt viel vertrauter hinausschlendern. Ein paar Stunden können schon einiges ändern. Lorena sieht wieder mit einer gewissen Ehrfurcht auf das teure Luxusauto.

»Aber gewisse Sachen wirst du bestimmt bereuen. Zum Beispiel, ein Vermögen für solch ein Auto ausgegeben zu haben. Wenn du heiratest und Kinder hast, wird es dir nichts bringen. Da passen keine Kinder hinten rein.« Jomar lacht auf und legt die Gewürze in den Kofferraum, bevor er ihr die Tür aufhält. »Also dass ich heirate und Kinder bekomme, bezweifle ich. Heiraten vielleicht schon … Kinder eher nicht und selbst wenn, nehme ich einfach eines meiner anderen Autos.«

Lorena lacht auch leise, sie mag Jomar und seine Art von Humor, er bringt sie ständig zum Lachen, er hat eine ganz eigene charmante Art, die man kaum beschreiben kann. Trotzdem hallt ihr der Satz mit den Kindern natürlich noch im Kopf nach und sie fragt sich, wieso sie plötzlich so dumme Vergleiche anstellt, natürlich denkt jemand wie Jomar noch nicht an Kinder, hat sie ja bis vor einigen Wochen auch noch nicht.

Auch wenn sie weiß, dass sie und er nur einen schönen Abend hatten, sie würde sich da nie Hoffnung auf mehr machen, nicht in ihrer jetzigen Situation, sie möchte es auch gar nicht, jetzt ist nicht die Zeit, sich auf Männer zu konzentrieren.

Trotzdem mag sie Jomar, der Abend war wunderschön. Schon vom ersten Moment an hat Jomar ihr gefallen, sie hat immer mal wieder an ihn gedacht, doch jetzt, nachdem sie wirklich mal Zeit miteinander verbracht haben, kann sie nicht anders, als schwer beeindruckt zu sein. Sie hätte nicht gedacht, dass ein so mächtiger Mann wie Jomar auch so bodenständig und aufmerksam ist.

Lia hat ein paar Mal erwähnt, dass Cruz und er viele Frauen haben, mit denen sie ihren Spaß haben und das glaubt Lorena nun noch mehr. Es wird einige geben, die sich um seine Aufmerksamkeit bemühen.

Aber auch ihm scheint der Abend gefallen zu haben, sie bleiben noch eine ganze Weile vor Lorenas Haustür im Auto sitzen und er erklärt ihr, wie sie das mit dem Schutz der Läden machen, dass sie von Laden zu Laden unterscheiden, wer wie viel Schutz braucht und was das genau finanziell für den Laden bedeutet. Sobald die Läden unter den Schutz der Nechas gestellt werden, sind sie eigentlich immer vor Einbrüchen sicher, es ist selten, dass dann noch etwas passiert.

Wahrscheinlich hätten sie noch weiter geredet, doch Jomar erhält einen Anruf und muss los, sich noch um etwas kümmern. Er scheint das Haus, in dem Lorena lebt, auch nicht sehr sicher zu finden und bringt sie bis nach oben vor die Haustür. Als er sich verabschiedet, weiß Lorena, dass sie nicht mehr in dem Alter sind, wo man sagt, kein Kuss beim ersten Date und alles nach diesem schönen Abend würde auch dafür sprechen, doch es ist eben nicht die richtige Situation dafür.

Nicht mit dem Baby im Bauch, deswegen umarmt Lorena ihn, atmet seinen berauschenden Duft ein, der sie einfach an etwas Sauberes, Männliches erinnert, anders kann sie es nicht beschreiben. Sie dankt ihm für den Abend und gibt ihm einen Kuss auf die Wange, als sie dann in die Wohnung geht und die Tür hinter sich ins Schloß fällt, schließt sie einen Moment die Augen und lächelt.

Jomar Nechas ist ein Mann, in den man sich bis über beide Ohren verlieben könnte. Sie öffnet die Augen wieder und streicht über ihren Bauch. Könnte.

Kapitel 20

»Du hast was?« Lia ist gerade gekommen und sucht nach dem weißen Häkeloberteil, was Lorena gerade erst fertiggestellt hat. Ihre Schwester sieht sie entgeistert an, dabei hat sie ihr nur davon erzählt, dass sie gestern mit Jomar zusammen war. »Jetzt guck nicht so erschrocken, wir waren nur etwas essen, es war ganz harmlos.«

Lia hat das Oberteil gefunden und zieht es über. »Harmlos? Wie kommt es, dass du Jomar getroffen hast?« Lia steht die Farbe weiß besonders gut. Lorena sitzt noch an ihrer Nähmaschine, sie muss gleich weiterarbeiten.

»Ich habe ihm doch letztens vor deinem Laden gesagt, dass er mal in unserem Restaurant nach der Sicherheit gucken soll und gestern ist er wirklich aufgetaucht, genau zu dem Zeitpunkt, als ich Feierabend hatte. Er war alleine und hat sich das Restaurant kurz angesehen, dann hat er gefragt, ob wir noch etwas essen gehen wollen ... ja, so kam das halt.«

»Lorena, das ist Jomar Nechas ...« Lorena lacht laut los und deutet Lia sich umzudrehen, als sie anfängt, an ihren Haaren herumzufuchteln. Sie hilft ihr, die Haare durchzukämmen, nimmt das Glätteisen und zaubert ihr große Wellen in die Spitzen. »Oh, das sagt die Richtige, wieso machst du dich so zurecht, wenn du einfach nur zu einem Planungsgespräch zu Savana gehst und wieso noch einmal gehst du zu ihr? Weswegen kommt sie nicht in dein Büro?«

Lia sieht in den Spiegel und wirft ihrer jüngeren Schwester dabei durch den Spiegel einen mahnenden Blick zu. »Ich habe, als ich den Termin gemacht habe, vergessen, dass mein Büro schon eröffnet ist und Savana wollte mir eh etwas zeigen und ja ...« Lorena lächelt wissend und zuckt die Schultern. »Natürlich, auf jeden Fall ist Jomar ein sehr lieber Kerl. Ich habe ihm alles erzählt, was passiert ist, als ich unterwegs war und wie es war, als ich wieder herkam. Wenn ich so recht überlege, hat er kaum geredet. Herrgott, der denkt bestimmt, ich bin eine Plappertante und meldet sich nie wieder.«

Lia dreht sich zu ihr um. »Weiß er, dass du schwanger bist?« Lorena lächelt und streichelt über ihnen Bauch, sie vergisst manchmal einfach, dass da jetzt ein Baby heranwächst und wenn Lia das dann sagt, wird es ihr erst wieder richtig bewusst.

»Nein, was denkst du? Ich habe nicht vor, etwas mit Jomar anzufangen. Ich hatte gestern mal wieder Lust auf einen schönen Abend und den hatten wir, wir haben uns nicht einmal geküsst oder sonst etwas. Er hat mich sehr gut behandelt und dann zuhause abgesetzt. Wir haben uns auch nicht noch einmal verabredet. Er hat mir heute Morgen geschrieben und gefragt, wie es mir geht, mehr nicht.«

Lorena kennt ihre Schwester in- und auswendig, ihr Blick bedeutet, dass sie das nicht gutheißt, doch sie verkneift sich einen weiteren Kommentar, besonders, da sie selbst ja gerade auf dem Weg ins Nechas-Gebiet ist, um mit Savana, der Schwester von Cruz und Jomar, Cruz' Geburtstag zu planen, den Lia ausrichten soll. Natürlich weiß Lorena, dass Lia auch hofft, Cruz wiederzusehen.

Lorena sieht auf ihr Handy, während Lia alles zusammenpackt, sie muss los. Jomar hat ihr heute Morgen geschrieben, wie es ihr geht und ob alles in Ordnung ist. Sie haben gestern im Auto noch die Nummern ausgetauscht, doch ihre Antwort und die Frage, was er macht, hat er noch nicht gelesen.

Lia gibt Lorena noch schnell einen Kuss. Ihre Schwester sieht heiß aus und Cruz wird sicherlich nicht schlecht gucken, wenn er sie so sieht. Lorena fällt noch etwas ein. »Ach, übrigens findet Jomar genau wie du, dass ich so schnell wie möglich nicht mehr in dem Laden arbeiten soll. Er sagt, der Laden ist das Letzte.« Lia nickt zustimmend, bevor sie die Tür hinter sich schließt und schnell zum Bus eilt. »Die Nechas-Brüder sind auf jeden Fall alles andere als dumm. Hör auf ihn!«

Lorena schließt lächelnd die Tür hinter ihrer Schwester, sie lehnt sich dagegen und schließt wieder die Augen, versucht, an das Gefühl zu denken, was sie gestern Nacht hatte und als ihr Handy piepst, geht sie schnell nachsehen. 'Mir geht es auch gut. Ich habe einige Termine, musst du heute arbeiten?' Lorena schreibt ihm, dass sie die Spätschicht hat und jetzt erst einmal eine neue Kundin wegen Nähaufträgen kommt.

Mandelas Mutter hat sie an eine Freundin hier aus San Juan weiterempfohlen, die viele Kontakte haben soll. Sie muss jeden Moment vorbeikommen, deswegen startet Lorena schon mal und beginnt mit einem Auftrag, den sie fertigstellen muss. Jomar schreibt ihr, dass er sich später noch einmal melden wird und sie auf sich aufpassen soll. Ist es nicht verrückt, wie solch einfache Worte einen so zum Grinsen bringen können?

Die Frau kommt kurze Zeit später und sieht sich einige von Lorenas Arbeiten an, eigentlich sucht sie nur ein Kleid für eine Sommerparty, sie lässt sich gerne etwas schneidern, weil sie dann sicher ist, dass es niemand hat. Lorena misst sie genau aus und sie finden schnell einen passenden Stoff und den richtigen Schnitt. Dabei erklärt ihr die Frau auch, dass sie eine Freundin hat, die Kleider und andere Sachen neuer Designer in ihrem Laden am Strand verkauft. Sie wird ihr das Kleid, das Lorena entwirft, zeigen und vielleicht gefällt es ihr und Lorena bekommt die Möglichkeit, ihre Sachen dort im Laden anzubieten.

Sie hofft es wirklich, denn als sie kurze Zeit später im Café kellnert, tut ihr alles weh. Sie hat das Top gegen ein etwas weiteres Shirt getauscht, der Chef ist nicht da und sie hofft, dass die anderen sie nicht verpetzen. Lorena bekommt wahnsinnige Rückenschmerzen. Das bemerken auch die anderen und Lorena bricht die Arbeit eine Stunde vorher ab und sagt auch gleich, dass sie morgen nicht kommen wird. Zuhause geht sie direkt schlafen, sie ist sogar zu müde zum Essen. Lorena weiß, dass sie schwanger ist, sie verdrängt es gerne ein wenig oder zumindest befasst sie sich nicht 24 Stunden damit. So langsam geht das aber nicht mehr, ihr Körper zeigt ihr Grenzen auf.

So sehr, dass sie bis zum späten Vormittag am nächsten Tag schläft. Sie muss das Kleid fertig bekommen, deswegen rafft sie sich auf, isst etwas und sieht erst da, dass Jomar ihr abends geschrieben hat, ob alles in Ordnung ist, nachts hat er nochmal geschrieben. Lorena schreibt ihm zurück, dass sie müde war und geschlafen hat und schreibt Lia gleich eine Nachricht, in der sie fragt, ob bei ihr gestern alles geklappt hat. Dann aber legt sie das Handy weg und beginnt zu nähen. Wenn Lorena anfängt, ist sie eigentlich kaum mehr zu bremsen, doch nach vier Stunden ist sie wieder so müde, dass sie sich zwei Stunden hinlegt.

Lia hat ihr geschrieben, dass sie mit Cruz gesprochen hat und sich die beiden jetzt wieder besser verstehen und dass sie dabei ist, alles zu organisieren. Sie fragt, ob Lorena sie braucht oder bei irgendetwas Hilfe benötigt, doch Lorena braucht nur Schlaf und Essen.

Jomar hat nicht geantwortet, er hat die Nachricht auch nicht gelesen. Nach dem kleinen Mittagsschlaf isst Lorena etwas Brot und bleibt so lange an der Nähmaschine, bis das Kleid endlich fertig ist. Als sie dann aber aufsteht und es zufrieden weghängt, spürt sie, dass sie etwas Richtiges essen muss und auch, dass sie sich etwas bewegen sollte.

Fast zeitgleich klingelt ihr Handy und ein verschlafener Jomar fragt, wo sie ist und was sie macht. »Bist du gerade erst aufgestanden?« Es raschelt und offenbar liegt er sogar noch im Bett. »Ich bin erst heute Morgen nach Hause gekommen, es war viel zu tun.« Lorena geht zu ihrem Sideboard und klemmt sich das Handy hinters Ohr, bevor sie versucht, sich etwas zum Anziehen herauszusuchen, wo man ihren Bauch nicht unbedingt bemerkt, was aber langsam schwierig wird.

»Okay, ich habe bis jetzt gearbeitet und wollte zum Strand, etwas spazieren gehen und etwas essen. Ich muss ein bisschen rauskommen.« Sie hört an seiner Stimme, dass er lächelt und versucht, sich sein hübsches Gesicht mit dem Grübchen auf der Wange vor das innere Auge zu holen. »Das hört sich gut an, hast du etwas dagegen, wenn ich dich begleite?«

Lorenas Herz schlägt sofort schneller, hat sie ihrer Schwester nicht erklärt, dass da nichts weiter ist? Nur ein Treffen? Aber das Herzklopfen fühlt sich viel zu gut an. »Natürlich nicht, ich freue mich. Wo treffen wir uns?« Sie beschließen, sich vor dem Café zu treffen, vor dem Lia und Lorena beim ersten Mal fast in ihn hineingelaufen wären. In einer halben Stunde.

Deswegen geht Lorena auch schnell duschen, cremt sich ein, lockt ihre gewellten Haare durch und entscheidet sich dann, eine Jeansshorts anzuziehen, die sie oben zwar nicht mehr zubekommt, doch wegen dem weiten T-Shirt mit dem weiten V-Ausschnitt fällt das nicht auf. Ihren Ausschnitt zeigt sie zur Zeit sehr gerne. Sie zieht sich einen Eyelinerstrich und tuscht sich die Wimpern, momentan werden ihre Augen immer heller, das Grün immer klarer, vielleicht hat das was mit den Hormonen zu tun, Lorena muss beim nächsten Arzttermin unbedingt mal fragen, wenn sie sich den denn leisten kann.

Nachdem sie etwas Parfüm und Lipgloss aufgetragen hat, nimmt sie sich eine kleine Handtasche, die sie sich quer umbindet und die nicht nervig an ihrem Arm herunterhängt, tut ihr Handy, Geld und ihren Schlüssel hinein und geht dann schnell nach unten. Dabei läuft sie fast in ihre nette Nachbarin aus dem zweiten Stock hinein, die sie aufhält und unvermittelt an ihren Bauch fasst. »Sage mal, ich habe letztens gesehen, wie du Müll weggebracht hast und habe den Bauch gesehen, du bist doch nicht schwanger, oder?« Lorena stockt einen Moment, es ist da erste Mal, dass jemand anderes das gesehen hat.

»Ähmm doch, also um ehrlich zu sein, ja, ich bin schwanger.« Es fühlt sich merkwürdig an, dabei sollte es das nicht. Ihre Nachbarin freut sich zumindest, sie klatscht in die Hände und erzählt von einem Kraut aus Deutschland, was gut für Schwangere ist und was einem in der Schwangerschaft besonders gut schmeckt. Sie will es Lorena vor die Tür stellen. Lorena bedankt sich schnell und sagt, dass sie weiter muss.

Sie beeilt sich, ans Meer zu kommen, doch als sie beim Café eintrifft, ist Jomar noch nicht da. Lorena sieht sich um und setzt sich dann auf die weiße Steinmauer, die den Bürgersteig vom Meer abtrennt, um aufs Meer hinauszuschauen. Es ist sehr ruhig heute, die Sonne müsste bald untergehen und der Himmel beginnt sich schon ein wenig zu verfärben.

»Da bist du ja, es gab ein wenig Stau, entschuldige, dass ich zu spät bin. Hast du Hunger?« Jomar setzt sich zu ihr und als Lorena kurz aufschreckt, weil sie so in Gedanken war, lächelt er. »Ist nicht schlimm. Ich habe richtig Hunger, aber ich möchte lieber hier am Strand bleiben, als in eines der vollen Cafés zu gehen.« Lorena beugt sich zu ihm und küsst ihn auf die Wange.

Sie hat oft an den schönen Abend gedacht und hat ihn irgendwie auch ein wenig vermisst. Als seine dunklen Augen jetzt wieder in ihre blicken, fühlt es sich so schön und auch schon ein klein wenig vertraut an. »Okay, warte hier, ich hole uns etwas.« Jomar steht auf, er hat sein Auto genau hinter Lorena geparkt, aber sie hat es nicht einmal mitbekommen.

Einige der vorbeigehenden Leute bestaunen das Auto. Es ist ein anderes, doch es sieht genauso teuer aus wie das, in dem sie letztens gefahren sind. Lorena dreht sich zum Meer und nur kurze Zeit später steht Jomar wieder bei ihr, mit zwei großen gefüllten Brottaschen. »Was ist das?« Er hat eine kleine Tüte dabei, in der Getränke sind. »Das wirst du gleich herausfinden, wo möchtest du essen?«

Lorena spürt die Blicke der anderen auf sich, fast jeder, der vorbeiläuft, sieht sie beide an und deutet zum mittlerweile relativ leeren Strand. »Lass uns spazieren gehen. Wir müssen aber die Schuhe ausziehen.« Jomar lacht. »Nicht echt, oder?« Doch, Lorena besteht darauf. »Natürlich, sonst ist es kein Strandspaziergang.« Sie nimmt Jomar die Brothälften ab und er zieht sich seine Sneakers und Socken aus, dann bückt er sich grinsend und zieht nacheinander Lorena die Flipflops von den Füßen, legt alles in den Kofferraum und nimmt ihr eine der Brottaschen wieder ab. »Na dann lass uns gehen. Probiere das mal.«

Sie betreten den Strand und laufen zum Meer, an dem sie entlanggehen. Das kühle Nass umspült ihre Füße, während Lorena einen Bissen nimmt. Es schmeckt fantastisch, eigenartig, wie eine Mischung aus Hotdog und Hamburger, aber es schmeckt sehr gut und Lorena beißt gleich nochmal ab. Jomar erklärt ihr, dass das eine Eigenkreation eines kleinen Ladens hier ist und er das liebt. Er sieht zu ihren Füßen und erklärt, dass er noch niemals solch kleine zierliche Füße gesehen hat. Lorena muss lachen und warnt ihn, sie nicht zu unterschätzen und Jomar beteuert grinsend, dass er das nie tun würde.

»Und, warst du heute arbeiten?« Nachdem sie beide relativ schnell aufgegessen haben, trinken sie noch die Getränke, bevor Jomar alles in einem der Mülleimer am Strand entsorgt. »Nein, ich habe mich krank gemeldet, ich hatte einen großen Auftrag, der mehrere Aufträge bedeuten kann und …« Lorena stockt und sieht ihn an.

»Weißt du, was mir nach unserem Abend aufgefallen ist? Immer rede nur ich. Ich kam mir danach vor wie eine Plappertante, du lässt mich immer reden und hörst einfach nur zu. Du darfst Frauen nicht so reden lassen, sonst hört das nie auf. Heute bist du mal dran.« Jomar lacht auf und Lorena muss beim Anblick seiner leuchtenden Augen und des Grübchens auf seiner Wange lächeln. Sie mag Jomar mittlerweile richtig gerne.

»Ich höre dir gerne zu und ich möchte alles von dir wissen, aber gut, du kannst mich auch gerne etwas fragen.« Lorena geht weiter, sie laufen am Meer entlang und der Himmel färbt sich langsam rötlich. »Fangen wir mal damit an, was du gestern Nacht gearbeitet hast, was die ganze Nacht über gedauert hat.« Jomar sieht zu ihr und als sie ihren Blick zu ihm wendet, sieht sie ihm in die Augen. »Ich weiß nicht, ob du das wirklich erfahren solltest. Ich möchte dich nicht erschrecken.«

Lorena zuckt die Schultern. »Tust du nicht. Ich weiß schon einiges, was ihr macht und wie ihr Geld verdient. Mit ist bewusst, wer du bist, ich weiß, dass du hinten im Hosenbund eine Waffe hast und trotzdem laufe ich hier mit dir entlang.« Es ist so, sie macht sich da nichts vor, sie weiß sehr viel von den Nechas über Lia und das scheint nun auch Jomar zu verstehen.

Er erzählt ihr von einem Auftrag, den sie erteilt haben und bei dem zwei Kisten wichtiger Waren abhanden gekommen sind. Gestern sind sie dem nachgegangen, haben die Kisten gefunden und die dafür Verantwortlichen wurden zur Rechenschaft gezogen. Das reicht Lorena auch, sie muss nicht alle Details kennen, doch es ist gut zu wissen, dass Jomar weiß, dass er so etwas nicht vor ihr verheimlichen muss.

Mit Jomar scheint die Zeit zu verfliegen, sie sind schon ein ganzes Stück gelaufen und gehen langsam zurück, als der Himmel feuerrot erstrahlt und es nicht mehr lange dauert, bis die Sonne am Horizont verschwindet. »Das ist das perfekte Bild.« Lorena holt ihr Handy heraus und stellt sich eng an Jomar, der seinen Arm um sie legt. Lorena hebt ihr Handy hoch und als sie beide in die Kamera lächeln und der Himmel hinter ihnen in den schönsten Farben erstrahlt, macht sie ein Foto.

Es sieht so schön aus, Lorena zeigt es Jomar und schickt es ihm gleich. »Ich finde, wir passen sehr gut zusammen.« Lorena lächelt, sie weiß, dass er recht hat. Jomar steckt sein Handy zurück und legt den Arm für den Rest des Weges um Lorena, die sich ein wenig an ihn schmiegt und diese Nähe unglaublich genießt.

Wieder war es ein wunderschöner Abend, Lorena fragt Jomar über sein Leben aus, sie erfährt, dass seine Eltern tot sind, erfährt auch ein wenig über seine Schwester und das Leben in der Familia. Außerdem reden sie auch noch über Beziehungen und dass keiner von ihnen bisher eine richtige hatte. Jomar hatte nur immer kleine Affären und seinen Spaß, Lorena im Grunde auch, sie würde Pascal nicht als eine Beziehung bezeichnen, es war ein Zusammenleben mit Sex. Gefühle waren da von ihrer Seite nie im Spiel.

202

Leider muss Jomar noch zu einem Deal, den er zusammen mit Cruz abwickeln muss. Er fragt, ob sie danach noch etwas unternehmen möchten, doch Lorena bezweifelt, dass sie dazu noch die Kraft dazu hat, schon jetzt holt sie die Müdigkeit wieder ein.

Jomar lässt sein Auto stehen und begleitet sie die paar Straßen zu ihrer Wohnung, nachdem sie sich die Schuhe wieder angezogen haben. Lorena fragt, ob er noch kurz mit hereinkommen möchte, doch Jomar muss los. Den ganzen Weg hat Jomar seinen Arm um Lorena gehabt und sie hat sich an ihn geschmiegt, sie beide suchen die Nähe des Anderen und es verwundert Lorena nicht, als er sich vor der Haustür zu ihr beugt und seine Hand an ihre Wange geht. Zu diesem perfekten Abend gehört der passende Abschluss.

Lorena schließt die Augen und kann es nicht erwarten, Jomar näherzukommen, da knallt plötzlich eine Haustür und ihre Nachbarin kommt zu ihr hinaufgestampft. »Lorena mein Kind, ich habe vergessen, dir das Kraut zu bringen, warte, hier hast du es.«

Lorena und Jomar sehen sich in die Augen und lächeln beide, genau der falsche Zeitpunkt. Jomar beugt sich trotzdem hinunter und drückt ihr einen süßen Kuss auf den Mund, doch es ist nicht der Kuss, den sie beide eigentlich wollten. »Ich melde mich später.«

Sie nickt und sieht ihm hinterher, bevor sie ihrer Nachbarin in die Augen sieht, die ihr eine Dose bringt. »Ich hoffe, ich habe nicht gestört, du strahlst ja so, hattest du einen schönen Abend?«

Lorena fasst an ihre Lippen und seufzt leise auf. »Einen wunderschönen.«

Kapitel 21

Lorena ist trotzdem so müde, dass sie sich sofort hinlegt und schläft, sie träumt wieder von Jomar, und als sie am nächsten Tag aufwacht, hat sie eine Nachricht von ihm. Er hat sie mitten in der Nacht gefragt, ob sie noch wach ist, doch sie hat bereits geschlafen.

Lorena schreibt ihm zurück, wünscht ihm einen guten Morgen und fragt, wie das Geschäft gestern noch war, dann macht sie sich eine Schüssel Müsli. Sie hat heute und morgen frei, danach muss sie wirklich gucken, ob das mit der Arbeit noch funktioniert.

Lorena geht duschen, zieht sich eine kurze Shorts und ein weites weißes Shirt an, genau in dem Moment klopft es auch und die Frau holt ihr Kleid ab. Sie ist wirklich begeistert und verspricht, sich morgen bei Lorena zu melden, ob das mit dem Laden etwas wird und ob sie weitere Aufträge für sie hat. Die Feier, auf der sie das Kleid tragen wird, ist heute Abend.

Jomar schreibt ihr, er scheint nun auch wach zu sein und erklärt, dass er gleich zusammen mit Cruz in ihrer Nähe einen Termin hat und fragt, ob sie danach etwas essen gehen wollen. Lorena atmet tief ein, was macht sie nun? Es ist so schön, Zeit mit Jomar zu verbringen, normalerweise könnte sie nichts davon abbringen, doch genau jetzt geht das nicht.

Sie bekommt ihr Leben gerade in den Griff, ist schwanger, und dann kommt er in ihr Leben und wirbelt alles durcheinander. Sie sollte unbedingt Abstand halten und ihm auch sagen, dass sie schwanger ist, doch einen Tag kann sie doch noch mit ihm verbringen, nur noch einen schönen Tag genießen, oder? Lorena weiß, dass es nicht vernünftig und auch ein wenig egoistisch ist, als sie schreibt, dass sie gerne mit ihm essen gehen würde und er sich melden soll, wenn sie fertig sind.

Sie hat auch augenblicklich ein schlechtes Gewissen, doch die Aussicht auf noch ein paar Stunden mit Jomar lassen ihren Bauch so schön kribbeln, dass sie ihre Bedenken schnell verdrängt.

Sie holt eine Packung Chips aus dem Schrank und sieht auf das eigenartige Kraut, was ihre Nachbarin ihr gebracht hat. Schon als sie es öffnet, steigt ein ungewohnter Duft hoch, doch trotzdem nimmt sie sich eine Gabel und probiert es.

Lorena schließt die Augen, es ist himmlisch. Sie sieht auf die Verpackung: Sauerkraut. Lorena nimmt gleich noch mehr und dann tunkt sie ihre Chips hinein und genießt beides zusammen. Himmlisch. Sie schreibt ihrer Nachbarin, dass sie unbedingt noch mehr braucht und die Nachbarin sagt ihr, dass sie noch welches hat und später etwas hochbringen wird.

Lorena muss eigentlich zwei kleinere Aufträge fertigstellen, doch sie nimmt sich den süßen hellblauen Stoff, den sie letztens gekauft hat und beginnt, ein kleines Jäckchen zu nähen. Bei jedem Stich denkt sie an das Baby in ihrem Bauch. Sie weiß, dass sie sich noch viel zu wenig damit beschäftigt, doch sie wird versuchen, das zu ändern. Allerdings beginnt genau damit das Problem: Sobald sie anfängt, in diese Richtung zu denken, kommt Angst in ihr hoch.

Wie soll sie sich alles leisten, was man für ein Baby braucht? Sie kann ja noch nicht einmal richtig zum Arzt gehen. Wenn das Baby da ist, muss sie ständig zum Arzt mit ihm, wie soll sie das bezahlen? Die Windeln, die Sachen, es ist alles so teuer hier in Puerto Rico.

Das Kind hat weder Vater noch Großeltern … es … Lorena zwingt sich aufzuhören, darüber nachzudenken. Das Baby hat sie und eine tolle Tante, sie wird sich anstrengen, dass es dem Baby an nichts fehlen wird. Sie hat es nicht geplant und weiß, dass sie nicht darauf vorbereitet ist.

Lorena schafft es nicht, das Jäckchen fertig zu bekommen, sie ist zu müde und legt sich eine halbe Stunde hin. Sie wird erst wieder wach, weil sie so einen starken Appetit auf das Kraut hat. Lorena tunkt wieder die Chips hinein, da klopft es. Sie denkt, es ist ihre Nachbarin mit Nachschub, doch Lia strahlt sie an, sieht zu dem Glas und den Chips und verzieht das Gesicht. »Was ist das?« Lorena verdreht verzückt ihre Augen und erzählt ihrer Schwester, dass es von ihrer Nachbarin ist und die das aus Deutschland hat. »Lia, es ist soooo lecker, probiere mal.«

Lorena bietet es ihr an, doch Lia lehnt ab und kommt herein. »Ähmmm, nein danke. Was hast du die Tage getrieben?« Lia legt sich auf die Couch, auf der Lorena gerade geschlafen hat.

»Ich wollte so viel tun, aber ich … bin zu nichts gekommen, ich bin nur am Schlafen, es ist furchtbar. Sieh mal.« Lorena zeigt ihr das halbfertige Babyjäckchen.. »Ich schaffe es nicht einmal zu nähen, ich komme mir vor wie ein kleines verschlafenes, verfressenes Monster.« Lia lächelt und greift nach der Jacke. »Wieso hellblau? Du weißt doch gar nicht, was es wird.«

Lorena holt etwas zu trinken. »Ich bin mir sicher, dass es ein Junge wird, ein starker Junge. Mädchen haben es zu schwer, sieh dir doch uns beide an. Wären wir Männer, wäre einiges leichter.« Lia kommt nicht dazu, etwas zu sagen, da klopft es laut an der Tür. »Erwartest du noch jemanden?« Lorena gießt Wasser ein und Lia geht die Tür öffnen. »Vielleicht ist das die Nachbarin, sie wollte mir noch so eine Dose von diesem Sauerkraut bringen, es ist unglau …« Lorena hat der Tür den Rücken zugedreht, doch als sie Pascals wütende Stimme hört, fährt sie geschockt herum.

»Wo ist sie? Noch eine von euch.« Pascal sieht wie ein Wahnsinniger in die Wohnung hinein und Lorena erkennt, dass er vor Wut rast. Vor Schreck lässt sie das Glas in ihrer Hand fallen und in diesem Moment erblickt er sie, stößt Lia zur Seite und rennt auf Lorena zu.

»Du verdammte Hure, klaust mein Geld und haust ab und jetzt denkst du, du kannst still und heimlich ein Baby bekommen und mich danach finanziell ausbluten lassen, dieses verfluchte Ding wird es nicht auf die Welt schaffen!«

Es geht so schnell, zu schnell. Bevor Lorena reagieren kann, ist Pascal bei ihr und tritt ihr in den Bauch. Lorena fällt nach hinten, sie spürt den Tritt in ihrem Bauch und umfasst ihn sofort mit ihren Händen, ihr Baby, gleichzeitig schleudert sie mit den Rücken gegen die Küchenschränke.

Lorena stöhnt schmerzvoll auf, sie versucht aufzustehen, doch Pascal holt wieder aus und will zutreten, deswegen krümmt sie sich zusammen und schützt ihren Bauch. Sie blutet aus der Nase und an den Beinen entlang, nein ... das Baby.

Pascal lässt von ihr ab und taumelt weg, Lia steht hinter ihm und hat mit einer Pfanne auf seinen Rücken eingeschlagen. Lorena steht auf, doch ihr Körper zieht sich zusammen vor Schmerzen. Lia allerdings handelt, sie zieht Lorena hoch, greift nach dem Handy von Lorena, das in der Küche liegt und stößt Lorena, bevor sie überhaupt reagieren kann, in die kleine Küchenabstellkammer und schließt ab. Sie will sie schützen und bringt sich so selbst in Gefahr.

Sie hat keine Ahnung, wie krank Pascal ist. »Ruf die Polizei!« Lorena hämmert gegen die Tür. »Lia nein, er bringt dich um!« Verdammt, die Tür ist abgesperrt. Lorena versucht sie zu öffnen, doch es geht nicht. Sie nimmt das Handy hoch und wählt instinktiv statt der Polizei Jomars Nummer, er nimmt auch nach dem zweiten Klingeln ab.

Lorena hat Schmerzen und die Sorge um Lia bringt sie fast um. Jomar hat noch nicht einmal richtig Hallo gesagt, da weint sie verzweifelt ins Telefon. »Ihr müsst sofort zu mir nach Hause kommen. Er bringt Lia um, sofort Jomar!« Jomar hört, dass Lorena panisch ist. »Lorena, wer bringt Lia um, was ist los?« Doch Lorena kann nicht antworten, sie nimmt das Handy vom Ohr und hört gedämpft die Stimmen vor der Tür.

»Du verfluchte Schlampe, lass mich durch. Ich bringe sie um!« Lorena lässt das Handy fallen und hämmert gegen die Tür. »Lia, mach die Tür auf. Er bringt dich um. Lass mich raus.« Doch Lia hört nicht auf sie. »Verschwinde von hier, meine Schwester ruft die

Polizei und ...« Lorena sucht das Handy wieder, Jomar ist noch dran, aber sie hört, dass sie sich schnell bewegen. »Lorena, bist du noch dran? Bist du verletzt? Wer ist da bei euch?«

Lorena schluchzt auf. »Mein Ex, er hat mir in den Bauch getreten und Lia will mich schützen und hat mich in den Schrank gesperrt und ...« Nun hört sie Pascals Stimme näher, er scheint sich vom Schlag erholt zu haben.

»Die Polizei? Wir sind hier in Puerto Rico, du Miststück. Verschwinde von der Tür ...« Lorena hört etwas umfallen und Lia laut aufstöhnen. »Nein!« Lorena beginnt, noch verzweifelter zu weinen. »Nein, Lia!« Sie hört Pascals Stimme durch den Raum donnern und wie etwas auf den Boden fällt. »Bist du die ältere Schwester, ja? Du bist ja genauso hübsch wie deine verdorbene Schwester, wenn nicht noch schöner, vielleicht willst du auch einfach das Geld deiner Schwester abarbeiten.«

Lorena klopft mit ihrer allerletzten Kraft an die Tür, schreit Pascal an, dass er die Tür öffnen, zu ihr kommen und Lia lassen soll, dann hört sie wieder etwas. »Du verfluchte ...« Lia muss ihn getroffen haben, dann hört sie dumpfe Schläge und Lias Aufkeuchen. Sie tritt gegen die Tür, sie weiß, dass er ihre Schwester schlägt und sie kann nichts tun.

Lorena war noch niemals so verzweifelt wie in diesem Moment, doch kurz danach hört sie Jomar und Cruz und andere Männer. Mehrere stumpfe Aufschläge. Jomar ruft nach ihr und sie klopft gegen die Tür. Sie hat keine Kraft mehr, dann endlich wird die Tür geöffnet und Jomar steht vor ihr. Er sieht an ihr herunter, doch alles was Lorena sieht, ist, wie Lia leblos in Cruz' Armen liegt, der am Boden hockt und sie an sich drückt. »Nein!« Lorena rennt zu ihm, kniet sich zu Cruz und fasst in Lias Gesicht, sie hat überall rote Stellen und die Augen geschlossen.

»Atmet sie noch?« Cruz streicht Lia die Haare weg und alles, was Lorena in diesen Moment in Cruz' Augen sieht, ist Verzweiflung und Liebe, er liebt Lia noch immer. »Ja, sie ist bewusstlos, ihr müsst sofort ins Krankenhaus, beide!« Cruz hebt seine Hand und streicht Lorena ihre Haare aus dem Gesicht, da erst sieht sie, dass sie über und über voller Blut ist und fasst sich an den Bauch. Sie schluchzt laut auf und steht auf, kann sich aber kaum auf den Beinen halten, doch Jomar ist da und hebt sie in seine Arme, genau wie Cruz Lia hinausträgt.

»Was zur Hölle ist hier passiert, Lorena?« Lorenas Körper schmerzt und sie stöhnt auf, doch sie lehnt sich an Jomar und schließt die Augen, sie kann nicht einmal auf seine Frage antworten. Sie betet einfach nur, dass es ihrem Baby und Lia gut geht.

Jomar setzt Lorena auf die Rückbank eines Autos, Cruz legt Lia zu ihr, sie bettet den Kopf ihrer Schwester auf ihren Schoß und streicht ihre Haare zur Seite. Lia öffnet immer mal wieder kurz die Augen, doch sie stöhnt vor Schmerzen auf und schließt sie gleich wieder. Lorena weint und küsst Lias Gesicht. Cruz gibt Gas und Jomar, der neben ihm sitzt, greift nach hinten und hält Lorenas Gesicht hoch.

»Du bist überall voller Blut, was ist passiert? Wer ist der Mann und was wollte er?« Cruz und Jomar machen sich Sorgen, das spürt man, deswegen sieht Lorena kurz von Lia auf und blickt in Jomars Augen. »Das ist der Mann, mit dem ich abgehauen bin, er hat mich gesucht und als er auf mich los ist, hat Lia eingegriffen und mich in die Kammer gesperrt, damit er mich nicht bekommt und ich habe euch angerufen und konnte nichts tun ...« Jomar versteht gar nichts, kann er auch nicht, doch Lorena hat keine Zeit, ihm mehr zu erklären, Cruz hält schlitternd vor einem Krankenhaus, eher einer kleinen Klinik, Lorena kennt sie nicht.

Cruz ist in der nächsten Sekunde bei ihr und trägt Lia aus dem Auto, während Jomar Schwestern ruft, die mit zwei Tragen angerannt kommen. Sie legen Lia auf eine Liege, ein paar Ärzte kommen und sagen ihrer Schwester, dass sie etwas gegen die Schmerzen bekommt, dann bringen sie sie hinein. »Legen Sie sich auch hin.« Auch ihr wird eine Liege gebracht, doch Lorena schüttelt den Kopf. »Nein, ich möchte erst wissen, was mit meiner

Schwester ist.« Cruz geht mit Lia mit, während Jomar bei ihr ist und ihr aus dem Auto hilft.

»Wir bringen sie direkt ins Nebenzimmer und sie erfahren sofort was los ist, aber sie müssen auch untersucht werden.« Lorena denkt nicht daran, doch ihre Beine zittern und als sie wieder das viele Blut an sich sieht, weiß sie, dass sie jetzt auch an das Baby denken muss. Deswegen sagt sie nichts mehr, als Jomar sie in einem Rollstuhl in die Klinik fährt, in einen Raum, wo ein Arzt schon wartet und sie begrüßt.

»Hallo, Sie sind die Schwester der Patientin nebenan? Mein Kollege untersucht sie, doch es scheint nicht ganz so schlimm zu sein, sie kommt langsam wieder zu Bewusstsein, die Schmerzen werden ihr genommen und wir gucken, was für Verletzungen sie genau hat, und das Gleiche würde ich gerne auch bei Ihnen machen. Ich sehe schon, Sie bluten aus der Nase und an den Beinen, was ist da genau …?«

Lorena atmet tief ein, als der Arzt ihr aus dem Rollstuhl hilft und sie auf eine Liege legt. Jomar bleibt hinter dem Arzt. Lorena hat noch immer nicht aufgehört zu weinen, die Angst schnürt ihr die Kehle zu. »Er hat mir in den Bauch getreten und ich bin schwanger.« Der Arzt nickt und sieht sie besorgt an, Lorena sieht nicht zu Jomar, sie möchte seine Reaktion gar nicht erst sehen. Es ist auch egal, alles was zählt ist, dass es dem Baby und Lia gut geht.

»Okay, dann gucken wir mal, was los ist.« Er ruft einer Krankenschwester zu, dass sie ein Ultraschallgerät holen soll, dann drückt er auf ihren Bauch und fragt, ob sie Schmerzen hat, doch die Schmerzen von vorhin sind nicht mehr da. Es tut kaum noch weh. Der Arzt sagt, dass der Schuh Lorenas Haut am Bauch aufgerissen hat, nicht sehr wenig und daher stammen die Blutungen, er desinfiziert die Wunde und klebt einen Verband darüber.

Sie hat keine Blutungen aus dem Bauch gehabt, was schon mal gut ist. Lorena wird Blut abgenommen und ein kurzer Ultraschall gemacht, mit dem die Herztöne des Babys abgehört werden und überprüft wird, ob sich die Plazenta gelöst hat, dann sieht sich der Arzt Lorenas Nase an.

Im ersten Augenblick sieht alles gut aus, er möchte trotzdem, dass Lorena eine Nacht zur Beobachtung im Krankenhaus bleibt. Noch immer hat sie nicht zu Jomar gesehen und ist froh, dass in dem Moment die Tür aufgeht und Cruz hereinkommt. »Lia wird gerade geröntgt, sie hat einige Prellungen und Verstauchungen, viele blaue Flecken, der Kerl muss sie überall getroffen haben. Er hat wohl auch versucht, ihre Kleidung vom Körper zu reißen, aber das hat er nicht geschafft. Doch ansonsten fehlt ihr nichts. Die Schmerzmittel wirken und dann wird sie auch wieder mehr zu Bewusstsein kommen. Ich wollte dir nur Bescheid geben, ist bei dir alles in Ordnung?«

Lorena nickt und will aufstehen, da spürt sie einen Schmerz in der Hand, genau in dem Moment kommt eine Krankenschwester ins Zimmer mit einer grauen Jogginghose und einem weißen Shirt. »Sie können duschen gehen und sich das hier anziehen, wir waschen Ihre Sachen. Was ist mit Ihrer Hand? Hat der Doktor das nicht gesehen?«

Auch Lorena sieht jetzt erst, dass sie auch aus der Hand blutet, sie hat sich da wahrscheinlich beim Sturz verletzt. Lorena sieht zu Cruz. »Okay, kann ich zu ihr?« Cruz stellt sich zu Jomar, in diesem Moment kommt der Arzt und sieht nach Lorenas Hand, noch immer hat Lorena nicht einmal zu Jomar gesehen. »Was genau ist passiert, Lorena?« Cruz sieht sie eindringlich an und Lorena zuckt zusammen, als der Arzt ihr etwas auf die Wunde sprüht, was sofort zu brennen beginnt.

»Das war der Mann, mit dem ich abgehauen bin. Als ich zurück nach Puerto Rico gegangen bin, habe ich ihm das nicht gesagt. Er hat mich gesucht und dabei vermutlich erfahren, dass ich schwanger bin.« Cruz zieht die Augenbrauen hoch und Lorena sieht zu Boden, doch dann atmet sie tief ein und sieht ihn wieder an. »Er hat Lia von der Tür weggestoßen, nachdem er mich gefunden hat und hat sofort begonnen, auf meinen Bauch einzutreten. Lia hat ihn mit einer Bratpfanne von mir weggeschlagen und mich in die Kammer gesperrt. Das ging alles so schnell, ich konnte nicht einmal reagieren. Dann habe ich Jomar angerufen und versucht rauszukommen. Lia wollte das Baby schützen und es ist ihr offenbar auch gelungen.«

Lorena lächelt, ihre Schwester hat dem Baby das Leben gerettet. »Wenn Sie geduscht haben, bekommen Sie einen Verband. Versuchen Sie sich zu beeilen, Sie müssen unbedingt danach liegen und sich ausruhen, das Baby und Ihr Körper brauchen Ruhe nach alldem.«

Lorena nimmt sich die Sachen und begleitet eine Krankenschwester ins Bad. Sie zieht sich aus und duscht, dabei färbt sich das Wasser rot und Lorena schließt die Augen: Was für ein Alptraum und wie feige ist sie. Jetzt traut sie sich nicht einmal, Jomar anzusehen? Es war doch klar, dass er irgendwann die Wahrheit erfährt. Lorena schüttelt ihren Kopf.

Hier gibt es gut riechende Shampoos und Lorena fragt sich, wo sie hier eigentlich sind, so hätte sie sich ein Krankenhaus nicht vorgestellt. Sie trocknet sich ab und zieht die Jogginghose und das Shirt über. Als sie in den Spiegel blickt, sieht sie aus wie immer. Vielleicht etwas blasser um die Nase, doch sonst sieht man ihr den Horror der letzten Minuten nicht an.

Eine Schwester kommt zu ihr, gibt ihr Badelatschen und bringt sie in den langen Flur des Gebäudes. »Ihr Zimmer ist fertig, die beiden Männer haben sich um alle Papiere gekümmert. Ihre Schwester schläft, es geht ihr viel besser. Wir sagen Bescheid, sobald sie wach ist.« Lorena bleibt stehen. »Ich würde lieber bei meiner Schwester sein.« Die Krankenschwester lächelt. »Das verstehe ich, aber Sie brauchen beide Ruhe und so klappt das besser. Der Arzt sagt, auch Sie sollen schlafen und sich ausruhen.« Lorena nickt, sie spürt, wie die Erschöpfung sich um sie legt, doch als die Frau die Tür zu dem Zimmer öffnet, dreht sich Jomar zu ihr um, der im Zimmer auf sie gewartet und aus dem Fenster gesehen hat.

Lorena sieht sich um, die Krankenschwester schließt die Tür hinter Lorena. So stehen nur noch Jomar und sie da und nun ist sie gezwungen, ihn anzusehen und erkennt sofort die Verwirrung in seinen schönen dunklen Augen.

»Wieso hast du mir nichts gesagt?«

Kapitel 22

Lorena hebt die Hände, wenn sie sich schneller fortbewegt, spürt sie noch die Schmerzen im Bauch. »Ich weiß es nicht, Jomar, um ehrlich zu sein, verdränge ich das Ganze einfach noch viel zu sehr. Ich meine ...« Lorena fasst sich an den Bauch. Jomar zeigt zum Bett. »Du sollst dich hinlegen, hat der Arzt gesagt.«

Lorena sieht ihm weiter in die Augen. »Jomar, ich habe gemerkt, dass ich schwanger bin und bin sofort zurück nach Puerto Rico gekommen. Mir war oder ist klar, dass ich nun alles ändern muss. Dass mein Leben sich ändert, aber irgendwie verdränge ich auch das einfach noch zu oft. Es ist so ... ich kann es nicht beschreiben.

Ich weiß, dass das Baby da ist und doch verdänge ich es, als hätte ich noch ewig Zeit und ich weiß auch noch gar nicht, wie ich das alles schaffen soll und wie das funktionieren soll. Ich habe noch nichts für das Baby, alles was ich weiß ist, dass ich eine bessere Mutter sein möchte als meine es war. Es hat nur mich, der Vater hat heute versucht, das Baby zu töten und er ist mir auch völlig egal, es ist mein Baby!« Lorena zögert, es ist das erste Mal, dass sie darüber spricht, irgendwie hat sie sich alles von der Seele geredet, was seit Langem in ihr schlummert und was sie immer wieder verdrängt.

Natürlich war das nicht seine Frage. Lorena setzt sich vor ihm auf das Bett, sie sieht zu ihm hoch, genau in seine Augen. »Als wir uns wiedergesehen haben und wir zusammen essen waren, habe ich mir ehrlich gesagt gar nichts gedacht. Ich meine, es war einfach ein schöner Abend. Ich habe nicht darüber nachgedacht, dass mein Baby für all das vielleicht eine Rolle spielen könnte, als wir dann geschrieben haben und wir am Meer waren, war es ... ich habe immer wieder darüber nachgedacht, es dir zu sagen, doch ich wusste auch, dass es alles ändert und es war gerade so schön. Das ist sicherlich nicht fair, aber es ist so. Ich wollte dich nicht anlügen oder hintergehen und ich hätte es auch nicht weiterkommen lassen, ohne es dir zu sagen, doch ich habe einfach diese Zeit zu sehr genossen und wollte sie nicht kaputtmachen.«

Lorena denkt an den Kuss, der fast passiert wäre, nein, sie hätte das nicht gestoppt, aber dann hätte sie es ihm irgendwann gesagt. Lorena mag Jomar. Sie mag ihn wirklich und sie hätte ihm nichts vormachen wollen.

Jomar sieht ihr in die Augen und atmet tief ein. »Ich weiß nicht einmal, was ich dazu sagen soll.« Lorena lächelt matt. »Ich auch nicht. Ich hab erfahren, dass das Baby in meinem Bauch ist und habe versucht, mich an den Gedanken zu gewöhnen und habe es bis heute noch nicht richtig. Ich werde mich gut um das Baby kümmern, doch es ist nicht so, dass es geplant war, dass ich mich freue, Mutter zu werden, ich werde bestimmt eine grauenhafte Mutter. Ich sage mir zwar immer wieder, dass ich alles besser machen möchte, als meine Mutter es getan hat, doch ich bezweifle, dass ich das hinbekomme. Ich habe meine Schwester und meinen Vater in Stich gelassen und komme mit meinem Leben nicht klar und soll ein Baby bekommen?«

Jomar sieht ihr immer noch in die Augen, doch es ist anders, es hat sich etwas geändert und das spürt und sieht man sofort. Natürlich hat sich etwas geändert, im Grunde hat sich alles geändert, die Tatsache, dass Lorena ein Baby im Bauch hat, ändert alles, auch das, was zwischen Jomar und ihr ist. Das weiß Lorena, es war ihr von Anfang an klar und doch zieht sich ihr Magen enttäuscht zusammen und sie sieht weg.

»Du sollst dich hinlegen, du musst dich ausruhen, auch wegen dem … Baby.« Lorena sieht sich im Zimmer um. »Das wäre ein Traum, aber wir müssen in andere Zimmer, das können Lia und ich uns niemals leisten, die haben wahrscheinlich euch gesehen und gedacht, wir nehmen diese Luxuszimmer, doch das geht nicht.«

Es ist mehr als Luxus, es sieht hier aus wie in einem teuren Luxushotel. Das Bett ist groß und weich mit vielen Kissen, vor dem Bett hängt ein Flachbildfernseher, das Bad, was man von hier sehen kann, ist luxuriöser als alles, was sie jemals von innen gesehen hat. Sie können sich nicht einmal einen normalen Krankenhausaufenthalt leisten, geschweige denn solch ein Luxuszimmer. Jomar beugt sich zu ihr nach unten, im ersten Augenblick denkt Lorena, er will sie in den Arm nehmen, doch er schlägt die Decke nach hinten und deutet ihr, sich hinzulegen. »Die Zimmer sind bezahlt und die Ärzte angewiesen, sich gut um euch zu kümmern, mach dir darum keinen Kopf.«

Lorenas Körper braucht Ruhe, deswegen legt sie sich wirklich hin, die vielen Kissen in ihrem Rücken sind so bequem, dass Lorena einen Augenblick die Augen schließt. »Das ist viel zu viel, das können wir niemals von euch annehmen, ihr ...« Jomar deckt sie zu und zuckt die Schultern. »Es ist alles erledigt, entspann dich und versuch zu schlafen. Ich werde mal gucken, was es zu essen für ... dich gibt.«

Lorena sieht Jomar hinterher, als er aus dem Zimmer geht und die Tür schließt. Am liebsten würde sie ihn jetzt fragen, was er denkt, was er wegen des Babys sagt, ob er jetzt weiter mit ihr ausgehen möchte? Sehr unwahrscheinlich, ein Mann wie Jomar? Sie weiß aber, dass er erst einmal diese Neuigkeiten verarbeiten muss und Lorena wird an seinem Verhalten sehen, wie er damit umgehen wird, sie sollte sich allerdings keine zu großen Hoffnungen machen, dass es für sie beide noch eine Chance gibt. Sie weiß nicht einmal, ob es die jemals gab, doch jetzt mit dem Baby, niemals.

Lorena möchte auf Jomar warten, sie spürt auch, dass sie Hunger hat, doch ihre Augen fallen immer wieder zu und bald schon träumt sie. Lorena hält ein wunderschönes Baby im Arm. Einen Jungen, er lächelt und greift nach ihrem Finger. Er ist so stark und wird es im Leben nicht so schwer haben, wie sie es immer hatten. Dieses Wissen beruhigt sie. Sie sieht in sein hübsches Gesicht, doch dann hört sie die wütende Stimme von Pascal und sieht, wie er auf sie zugerannt kommt.

Sie drückt das Baby an sich, doch sie weiß, sie kann es nicht schützen. Ein Schmerz durchzuckt sie und Lorena öffnet schnell die Augen. »Ist alles in Ordnung?« Sie blickt direkt in Jomars schöne Augen, die sie beunruhigt ansehen.

Neben ihm steht ein Wagen, darauf ein Teller mit Gemüse, Fleisch und Nachtisch, erneut spürt sie, wie hungrig sie ist. »Ja.« Sie setzt sich ein wenig auf.« Ich habe von Pascal geträumt. Das Baby war da und er wollte uns ...« Jomar holt den Teller und legt alles auf ein Tablett, was er genau vor Lorena aufsetzt, so kann sie gut im Bett essen.

»Mach dir keine Gedanken deswegen, er wird dir nie wieder zu nah kommen und auch dem Baby nicht. Vertrau mir!« Lorena sollte nachfragen, was sie mit Pascal gemacht haben, doch sie tut es nicht. Sie will es nicht wissen. In dieser Sache vertraut sie Jomar, sie weiß ja, wer er ist und auch, das er weiß was er tut. Sie probiert, es ist köstlich. »Hast du keinen Hunger? Was ist mit Lia?« Lorena möchte unbedingt ihre Schwester sehen.

»Ich habe schon gegessen, du hast eine halbe Stunde geschlafen, wenn Lia wach wird, bekommen wir Bescheid.« Lorena nickt und genießt das Essen. Jomar gießt ihr etwas zum Trinken ein und setzt sich dann wieder auf den Sessel, auf dem er, als sie aufgewacht ist, gesessen hat. Ob er die ganze Zeit hier bei ihr war? Er scheint wirklich wegen des Babys nachgedacht zu haben. »Wie weit bist du überhaupt, also in welcher Woche und weißt du, was es wird?« Lorena sieht ihn genau an, sie möchte auf seine Reaktion achten.

»Noch relativ am Anfang, vielleicht 13. bis 14. Woche. Ich war nur einmal kurz beim Arzt, da hat man kaum etwas gesehen. Es ist sehr teuer, zum Frauenarzt zu gehen.« Jomar setzt an, etwas zu sagen, doch Lorena hat Lias Stimme gehört, ihr Zimmer ist genau neben ihrem. Sie springt förmlich aus dem Bett, was sich sofort rächt, also beißt sie die Zähne zusammen, streicht über den Bauch und geht schnell hinüber, ohne weiter auf Jomar zu achten. Sie muss unbedingt zu Lia.

»Ich wusste doch, dass ich sie gehört habe ...« Lorena fallen tausende Steine vom Herzen, als sie ins Zimmer kommt und Lia aufrecht im Bett sitzt. Lia ist ein wenig blass und unter ihrem rechten Auge ist die Wange ein wenig gerötet, sie hat auf der Stirn Kratzer. Lorena will sich gar nicht vorstellen, wie ihr Körper aussieht, sie hat vorhin schon viele rote Flecken gesehen.

Lorena legt sich zu Lia ins Bett, die sie auch sofort in den Arm nimmt. Cruz sitzt auf Lias Bett leicht über sie gebeugt, doch Lorena legt sich trotzdem zu Lia.

»Ich dachte wirklich, er würde dich umbringen, wieso hast du mich eingeschlossen? Ich bin halb verrückt geworden und als du dann da lagst und ...« Lorena kann ihre Tränen nicht verbergen, Lia stöhnt schmerzvoll auf, als Lorena sie noch einmal fest drückt und Lorena lässt gleich los.

»Ich wollte nicht, dass er dem Baby etwas tut ... und am Ende hast du uns gerettet, weil du Jomar angerufen hast.« Lorena lacht leise. »Du bist schon jetzt die beste Tante der ganzen Welt.« Lia küsst ihre jüngere Schwester auf die Wange. Cruz und Jomar beobachten das alles. Jomar setzt sich auf den Sessel an Lias Bett und Cruz bleibt auf dem Bett sitzen.

Lia sieht Lorena genau an. »Solltest du nicht liegen bleiben? Was ist jetzt mit dem Baby?« Lorena deutet auf ihre Beine. »Ich liege doch, ich wollte eigentlich sofort bei dir bleiben, aber die Ärzte sagen, so bekommen wir mehr Ruhe und wir beide brauchen dringend Ruhe ...« Lorena wedelt mit der Hand und trägt ein Schmunzeln im Gesicht. »Sie kennen uns halt nicht.«

Lia lacht, es ist das schönste Geräusch, Lorena ist unendlich glücklich, das wieder zu hören. Genau in dem Augenblick kommt eine Krankenschwester ins Zimmer und sieht zu Lia. »Wie geht es Ihnen? Der Arzt kommt auch nochmal. Sie sollten versuchen, kurz aufzustehen, damit Ihr Kreislauf sich wieder festigt, falls es die Schmerzen erlauben.« Sie kommt, nimmt ihr die Schläuche und Kabel ab und hilft Lia aus dem Bett.

Lorena will rutschen, doch die Krankenschwester deutet ihr, liegen zu bleiben, sie schiebt ihr ein Kissen unter die Füße und geht mit Lia ins Bad.

Cruz setzt sich auf einen Stuhl zu Jomar und sie reden sofort über zwei Termine, die sie verschoben haben, dann sieht Cruz zu ihr und ihrem Bauch. »Wie geht es dir und dem Baby?« Lorena lächelt leicht. »Es ist alles in Ordnung.« Sie mag Jomars Bruder, er hat viel Ähnlichkeit mit Jomar und er liebt Lia. Lorena hat das erkannt, als er Lia bewusstlos in seinen Armen gehalten hat und sie sieht es auch, als Lia kurz danach zurück aus dem Bad kommt. Cruz hilft Lia, sich hinzulegen und Lorena rutscht zur Seite, da kommt ein Arzt herein und sieht sie alle an. Er lächelt zu Lorena, eine Krankenschwester bringt einen großen Monitor ins Zimmer.

»Ich habe Sie in Ihrem Zimmer gesucht, mir aber gedacht, dass ich Sie hier bei Ihrer Schwester finden werde.« Er sieht zu Lorena, dann zu Lia. »Sie sind ja auch wieder wach, geht es Ihnen gut? Brauchen Sie irgendetwas? Haben Sie noch starke Schmerzen?«

Lia legt sich hin und räuspert sich, ihre Stimme ist noch sehr schwach. »Es geht, die Schmerzen sind auszuhalten.« Der Arzt sieht in eine Akte, die ihm die Schwester gibt, dann geht sein Blick zu Lia. »Wenn Sie Schmerzmittel brauchen, sagen Sie Bescheid. Wir bringen Ihnen auch gleich das Abendmenü, Sie können jederzeit auf den roten Knopf neben dem Bett drücken und sofort ist jemand bei Ihnen.« Lia nickt und der Arzt sieht zu den beiden Männern.

»Es ist uns eine sehr große Ehre, dass Sie uns Ihr Vertrauen schenken. Ich hoffe, es ist alles zu Ihrer Zufriedenheit bisher gelaufen, wenn nicht, geben Sie einfach Bescheid und ich kümmere mich persönlich darum.« Cruz setzt sich wieder auf den Stuhl. »Um uns braucht sich niemand zu kümmern, den beiden soll es gut gehen, mehr nicht.« Jomar sagt gar nichts und sofort wendet sich der Arzt lächelnd an Lorena.

»Ich wollte jetzt noch einmal ganz genau nach dem Baby sehen. Vorhin haben wir ja nur das Nötigste gemacht, doch alle Werte und Ergebnisse sehen gut aus. Ich habe hier einen speziellen Ultraschall, mit dem man wirklich alles sehr gut sehen kann und ich würde gerne nachsehen, wie es Ihrem Baby geht. Ist das in Ordnung, wenn wir das hier machen oder wollen Sie zurück in Ihr Zimmer?«

Lorena sieht etwas eingeschüchtert zu dem Gerät, das der Arzt ans Bett fährt. Was genau will er damit machen? Doch sie weiß, dass eine Untersuchung immer besser für das Baby ist und wer weiß, wann sie es sich wieder leisten kann, zum Arzt zu gehen. »Nein, ist schon in Ordnung, wir können das hier machen. Es kann ruhig jeder … das Baby sehen, es ist ja … ein Baby und bald wird es eh jeder sehen und ja … machen sie ruhig.« Lorena ist nervös, sie sieht zu Jomar, doch Cruz und er blicken beide gerade auf ihre Handys, offenbar haben sie eine wichtige Nachricht bekommen.

Der Arzt bereitet alles vor, der Monitor wird direkt vor dem Bett aufgebaut, sodass sie ihn alle genau einsehen können. Eine Krankenschwester rollt Lorenas Shirt hoch und verteilt eine klebrige Masse auf ihrem Bauch. Es ist kalt und viel mehr als das, was der andere Arzt auf ihrem Bauch verteilt hat.

Lorena spürt Jomars Blick auf ihrem Bauch, doch sie konzentriert sich auf den Arzt, der jetzt mit einem Gerät auf dem Bauch entlangfährt. Es ist ganz anders als beim anderen Arzt. Da ist nichts grau, es ist alles ganz genau und farblich in braunen und beigen Tönen angezeigt.

Der Arzt zeigt und erklärt ihnen alles genau, dann sehen sie das Baby und Lorenas Herz beginnt zu rasen. Das ist wirklich ein richtiges Baby, man sieht einen winzigen Körper, kleine Beine, eine kleine Stupsnase und Hände, es ist unglaublich. Lia greift nach ihrer Hand und drückt sie. »Ihrem Baby geht es wunderbar und es ist alles genau so, wie es sein sollte. Haben Sie schon ein Wunschgeschlecht? Sie sind ja in der 14. Woche, genau kann man es eigentlich erst in der 16. sagen, aber mit dem Gerät erkenne ich es jetzt schon.«

Lorena hört ihren rasenden Herzschlag. »Ja, sagen Sie, was es ist … wird.« Der Arzt bewegt das Gerät auf Lorenas Bauch.

»Es ist eindeutig ein Mädchen.«

Lorena atmet tief ein, sie hat es geahnt. Er zeigt noch einmal das ganze Baby und Lorena kann nicht fassen, wie hübsch sie jetzt schon ist, auch wenn sich gleich eine große Sorge in ihrem Herzen ausbreitet.

Lia küsst Lorenas Wange. »Ich habe mich jetzt schon so in sie verliebt. Sie ist wunderschön!« Lorena sieht zu ihrer Schwester, die Tränen in den Augen hat, und wieder zum Bildschirm.

»Ein Mädchen.« Lorena kann nicht verbergen, wie sorgenvoll sich das anhört. »Ist doch egal, Lorena, sie ist gesund und wir …« Lia kennt Lorena und weiß, wie sie darüber denkt.

Der Arzt packt alles zusammen und Lorena wischt sich das glibberige Gel vom Bauch. »Du weißt doch genau, wie schwer es Frauen haben, besonders in unserem Leben. Sie wird es immer schwer haben. Die Jungs werden sie ärgern, sie wird nicht so leicht Arbeit finden wie Männer und nur auf ihr Aussehen reduziert werden, dann wird sie geschwängert und landet am Ende genau wie ich hier in San Juan und … das ist ein ewiger Kreislauf.«

Lorena spürt eine Panik in sich aufkommen, die ihr die Luft zum Atmen raubt. »Wir sind da und passen auf, dass sie ein schönes Leben haben wird. Du wirst eine gute Mutter.« Lia versucht alles, um Lorena wieder zu beruhigen. Der Arzt misst noch einmal bei Lorena den Puls. »Das ist ganz normal, es passiert oft, dass Frauen bei diesen Untersuchungen in Panik geraten und dann erst merken, wie weit sie sind und dass es langsam ernst wird. Man muss sich auch erst einmal daran gewöhnen, dass man ein Baby bekommt, besonders wenn es nicht geplant war.«

Lorena lächelt, doch nicht weil seine Worte beruhigen, sondern weil jemand wie er nicht wissen kann, was sie für ein Leben führen. Sie sieht dem Arzt in die Augen.

»Bei mir ist das keine Panik, wissen Sie, die Frauen in unserer Familie sind nicht gerade mit Glück überschüttet, sie sind alle sehr hübsch, daran besteht kein Zweifel und gleichzeitig haftet das Unglück an ihnen.

Meine Mutter ist noch nie wirklich glücklich gewesen, wir waren ihr nur im Weg und haben sie von ihren Träumen abgehalten. Sie hat so auch das Leben meines Vaters und meiner Schwester zerstört, die übrigens die Hübscheste von uns ist und immer, ihr ganzes Leben, nur für andere da war.

Da sieht man, was passiert. Die Jungen und Männer, die sich in sie verlieben, drehen komplett durch, einer hat wahrscheinlich unseren Vater auf dem Gewissen und jetzt ist gerade ihr Chef in sie verliebt, der jedes Mal fast zu sabbern beginnt, wenn er sie sieht und ich will gar nicht wissen, was aus dieser Geschichte noch für eine Katastrophe wird und der erste Mann, für den sie auch etwas empfindet …« Lorena sieht zu Cruz. Sie ist so voller Sorge und frustriert, dass sie einfach all das sagt, was ihr in diesem Moment auf dem Herzen liegt.

»Na wer weiß, da ist, glaube ich, noch nicht das letzte Wort gesprochen. Doch dann bin ja da auch noch ich, die auch nur lauter Idioten um sich herum hatte und mich kaum bewegen konnte, so streng hat mein Vater auf alles geachtet, was ich tue und dann bin ich so dumm und haue ab, nur um geschwängert wieder hier zu landen, und wissen Sie, was der Höhepunkt der Geschichte ist …?«

Lorena zeigt zwischen Lia und sich hin und her, man sieht dem Arzt deutlich an, dass er schockiert ist. »Meine Schwester und ich sind nur hier, weil der Vater des Kindes versucht hat, das Baby und mich umzubringen. Meine Schwester und die beiden haben uns gerettet … also denken Sie immer noch, dass ich einfach nur panisch bin? Frauen in unserer Familie sind einfach dazu verdammt, unglücklich zu sein.«

Es ist still im Zimmer, komplett still, der Arzt sieht sie überfordert an, doch dann räuspert er sich.

»Wie Ihre Schwester es gesagt hat, Sie haben das Leben Ihrer Tochter in der Hand, auch Ihr Leben liegt noch vor Ihnen, und wenn ich Sie beide so ansehe, sehe ich zwei Frauen, die sich sicherlich nicht unterkriegen lassen. Er wollte Ihre Tochter umbringen? Sie haben gerade den Beweis gesehen, dass es ihm nicht gelungen ist. Sehen Sie die positiven Dinge, nicht nur die negativen.«

Der Arzt lächelt und nimmt den Pulsmesser ab, den er ihr vorher umgebunden hat. Lorena verkneift sich einen weiteren Kommentar. Sie will gerade einfach nur ihre Ruhe haben.

»Wir würden Ihnen gerne einen Mutterpass ausstellen, da kommt auch das erste Bild Ihrer Kleinen rein, kommen Sie bitte dafür mit mir mit?« Lorena sagt nichts mehr, auch nicht zu Lia, sie steht auf und folgt dem Arzt aus dem Zimmer.

Der Arzt geht mit ihr zu einer Art Empfang und sucht nach Papieren. Jomar komm direkt nach ihr aus Lias Zimmer und auf sie zu. »Wir müssen los, wir haben einen wichtigen Termin. Ruh dich aus.« Lorena nickt enttäuscht, die Distanz, die Jomar in seinen Augen trägt und die Nachricht, dass sie eine Tochter bekommt, die auch ihr hartes Leben durchleben muss, machen sie fertig.

Sie wird jetzt nicht anfangen zu weinen, deswegen nickt sie nur. Er beugt sich zu ihr und küsst ihre Wange. Lorena bedankt sich noch einmal und wendet sich dem Arzt zu, der etwas in ein Heft einträgt. Sie will nicht dabei zusehen, wie Jomar aus ihrem Leben geht, wahrscheinlich für immer.

Kapitel 23

Mit völlig gemischten Gefühlen sieht Lorena dabei zu, wie der Arzt ein kleines Untersuchungsheft ausfüllt. Er trägt Daten ein, dann legt er ein paar ausgedruckte Ultraschallbilder in das Heft und überreicht es ihr mit einem etwas besorgen Blick. Lorena hat gerade einfach die Beherrschung verloren. Sie ist überglücklich, dass Lia und dem Baby nichts passiert ist. Gleichzeitig ist sie enttäuscht und traurig, einfach weil ihr das mit Jomar .... es fühlt sich so an, als hätte das wirklich etwas Gutes werden können.

Sie hat nicht danach gesucht, doch nach dem Chaos der letzten Wochen und Monate in ihrem Leben war da plötzlich ein Gefühl, was sich aufgebaut hat, was einfach nur gut getan hat. Lorena hat es genossen, Jomar ins Gesicht zu sehen und ihn zu beobachten, mit ihm zu sprechen und wie schnell die Zeit mit ihm immer vergangen ist. Das Kribbeln im Bauch, wenn er sich gemeldet hat ... doch sie wusste ja, dass es nicht geht und hätte es wirklich gar nicht erst soweit kommen lassen dürfen.

Und dann ist da noch die Sorge, weil in ihrem Bauch eine Tochter heranwächst. Lorena braucht ein paar Minuten Zeit für sich. Sie geht alleine in ihr Zimmer und setzt sich auf das Bett, Jomars anziehender Duft liegt noch im Raum. Tränen steigen in ihr hoch und sie sieht aus dem Fenster.

Lorena hat sich immer eine Tochter gewünscht, seit sie denken kann. Es war alles schon geplant. Lorena wollte ein Mädchen und einen Jungen bekommen. Amalia, der Name ihrer Oma, der Mutter ihres Vaters, die sie über alles geliebt hat, und einen kleinen Jungen namens Amando. Doch als Erstes wollte sie ihre kleine Amalia bekommen, je älter sie allerdings wurden, umso mehr haben sich diese Pläne geändert.

Es ist zu schwer für Frauen in der Welt, in der sie leben. Lorena kann sich kaum vorstellen, wie sie es schaffen soll, eine gute Mutter zu sein. Sie möchte es, sie wird alles dafür tun, dass sie es wird, doch für ein Mädchen zu sorgen, wird sie vor noch größere Herausforderungen stellen.

All das, all die Geschehnisse der letzten Monate fordern langsam ihren Preis. Lorena fühlt sich müde, müde von allem, was sich ihr in den Weg stellt.

Sie bleibt eine kleine Weile für sich, legt ihre Hände auf den Bauch und sieht aus dem Fenster. Dann geht sie ins Bad und danach zu ihrer Schwester ins Zimmer, wo sie sich zu ihr ins Bett legt und sich für ihren Ausbruch entschuldigt. Allerdings versteht Lia ihre Sorgen völlig, sie selbst hatte es nie leicht in ihrem Leben, weil sie eine Frau ist. Sie fragt wegen Jomar nach und wie er reagiert hat, als er von der Schwangerschaft erfahren hat.

Lorena kann es gar nicht richtig beschreiben, er ist nicht schreiend davongelaufen, doch er hat sofort eine Distanz aufgebaut, was Lorena natürlich komplett verstehen kann. Wenn sie vor einem halben Jahr einen Mann kennengelernt hätte, der schon Kinder hat, hätte sie sicher auch Abstand gehalten.

Lia kann über all das nur den Kopf schütteln. »Oh je, diese Nechas-Brüder, weißt du noch, als du dir das Bild angesehen hast, als ich das Handy mit nach Hause gebracht habe? Wer hätte damals gedacht, dass wir heute hier liegen und über sie sprechen.«

Lorena versucht das zu verdrängen und erzählt ihrer Schwester, was genau passiert ist, nachdem sie aus der Kammer kam. Sie sagt ihr auch, dass sie gesehen hat, dass Cruz sie liebt. Lia glaubt trotzdem nicht daran, dass es da noch eine Chance zwischen ihnen gibt. Sie hat ihn zweimal wortlos verlassen und ein Mann wie Cruz Nechas wird nicht noch einmal seinen Stolz hinten anstellen.

»Da ist noch nicht das letzte Wort gesprochen, höre einmal auf deine jüngere Schwester!« Lia lächelt, sie hat noch starke Schmerzen und fällt kurz danach in einen tiefen Schlaf. Lorena dreht sich zu ihr und beobachtet ihre hübsche Schwester eine Weile. Sie ist wirklich wunderschön. Vor allem ist sie das im Herzen. Es gibt keinen besseren Menschen als ihre Schwester, sie stellt sich

226

immer schützend vor Lorena und sie kann nur hoffen, dass sie wenigstens einen Funken davon in sich trägt und sie sich so für ihre Tochter einsetzen kann.

Tochter. Lorena versucht sich das begreiflich zu machen, doch auch sie holt die Müdigkeit ein und ihr Körper bekommt die Ruhe, die er braucht.

Am nächsten Tag wird Lorena erst wach, als eine Krankenschwester ins Zimmer kommt und ihr sagt, dass bei ihr drüben das Frühstück schon angerichtet ist. Lia kommt gerade aus der Dusche, ihre Schwester sieht schon wieder ein wenig besser aus, doch man sieht auch, dass ihr jeder Schritt wehtut, wegen der vielen Prellungen.

Sie steht auf und geht wieder zu sich, Lorena will duschen und frühstücken. Sobald sie in ihrem Zimmer ist, geht sie ins Bad und zieht sich aus. Hier ist ein großer Spiegel angebracht und Lorena betrachtet sich darin, nachdem sie sich ausgezogen hat. Sie sieht aus wie immer, ihre Figur hat sich kaum verändert, außer, dass ihre Brüste ein wenig größer sind und sie nun eine kleine Wölbung am Bauch hat. Lorena streicht darüber, entfernt das Pflaster, das sie auf der Wunde am Bauch hat und geht unter die Dusche, die sie allerdings nur kurz genießt, weil es viel zu lecker nach Frühstück duftet.

Nachdem sie sich eine neue Jogginghose und ein weißes Shirt angezogen hat, die für sie im Bad bereit lagen, cremt sie sich auch noch ihr Gesicht mit der guten Creme ein und lässt ihre Haare offen, bevor sie sich auf ihr Bett setzt, den Fernseher einschaltet und das Frühstück genießt. Sie isst ein Croissant, Pancakes, Obst und trinkt Orangensaft und Kakao.

Lorena hat Kaffee noch nie sehr gemocht und es fällt ihr auch nicht schwer, wegen des Babys darauf zu verzichten, deswegen lässt sie den Entkoffeinierten auch stehen. Es schmeckt köstlich, Lorena hätte sich niemals vorgestellt, dass man solch einen Luxus in einem Krankenhaus haben kann, doch mit genügend Geld geht wahrscheinlich alles.

Sie ist gerade fertig und nimmt noch ein paar Löffel von der Schokocreme, die auch auf dem Tablett steht, da kommt der Arzt von gestern wieder herein und lächelt sie an.

»Guten Morgen, wie geht es Ihnen heute, haben Sie gut geschlafen?« Lorena nickt und streicht über ihren Bauch. »Es tut auch gar nichts mehr weh.« Eine Krankenschwester kommt ebenfalls und schiebt wieder diesen riesigen Monitor in Lorenas Zimmer. »Ich würde mir gerne Ihre Tochter noch einmal ansehen.« Lorena schiebt das Shirt hoch und der Arzt setzt sich neben ihr Bett, bestreicht ihren Bauch wieder mit diesem Gel und kurz danach sieht Lorena das Baby wieder.

»Sie ist so winzig.« Der Arzt lacht. »Sie ist ganz schön aktiv, bald werden sie die Tritte auch spüren können.« Er sieht sich alles noch einmal an und hilft Lorena dann, das Gel vom Bauch zu wischen. »Es ist alles in bester Ordnung. Sie können heute schon wieder nach Hause gehen, sollten sich allerdings dort noch weiter schonen.« Lorena verspricht es und der Arzt sagt der Schwester, dass sie für Lorena ein Wilkommen-Baby-Paket zusammenstellen soll.

»Jomar Necha hat das alles für Sie bezahlt und möchte, dass Sie auch weiterhin herkommen und wir uns hier um Sie und das Baby kümmern.« Lorena sagt nichts dazu. Sie denkt nicht, dass sie das annehmen kann. Es ist zu viel, zu teuer und sprengt alle Rahmen. Der Arzt gibt ihr die Karte mit dem Hinweis, dass sie sich wegen eines neuen Termins und falls irgendetwas sein sollte, melden kann.

Lorena sagt, dass sie noch kurz bei ihrer Schwester vorbeisehen möchte und dann alles zusammenpackt. Der Arzt versichert ihr, dass sie sich Zeit lassen kann. Lorena räumt das Frühstück weg und geht dann zu Lia, wo auch Stipe und Lias Chef Stefan zu Besuch sind. Sie sagt, dass sie heute das Krankenhaus verlassen darf und die beiden bieten ihr an, sie mitzunehmen und zuhause abzusetzen.

Lia möchten sie noch einen Tag länger hierbehalten und sie weiter beobachten, doch hier ist das ja eher Urlaub als alles andere. Sie erzählen Stipe und Stefan, wie das passiert ist, allerdings die nicht ganz so ausführliche Version. Sie sind schockiert und das, obwohl sie noch nicht einmal alle Details kennen.

Lorena mag Stipe, er schafft es, sie alle wieder zum Lachen zu bringen und sie sitzen noch eine kleine Weile zusammen, bis die Tür aufgeht und Cruz ins Zimmer kommt. Alle halten ein, Stipe verzückt, Stefan eher überrascht. Lorena sieht auf die Uhr und merkt, dass sie langsam mal aufbrechen sollten.

Sie verabschieden sich von Lia, die Männer begrüßen Cruz respektvoll und als Lorena vor Cruz steht, sieht sie dem Mann in die Augen, der seit einigen Monaten das Leben ihrer Schwester auf den Kopf stellt. Die Ähnlichkeit mit Jomar ist wirklich unglaublich, besonders, als sich ein Lächeln auf sein Gesicht setzt. Lorena weiß, dass er Lia liebt und damit haben sie etwas Grundlegendes gemeinsam, sie beide wollen nur das Beste für sie.

Deswegen umarmt Lorena ihn auch. Sie haben Cruz und Jomar wirklich viel zu verdanken. »Danke für gestern und für alles. Ist Jomar auch da?« Cruz lächelt und umarmt sie zurück. »Du brauchst dich nicht zu bedanken ... und nein, ich soll dich aber schön von ihm grüßen, er hatte einige Termine.« Lorena nickt, sie versucht, die Enttäuschung nicht zu zeigen, die sich in ihr aufbaut. »Pass auf dich und das Baby auf.« Lorena lächelt, wirft ihrer Schwester noch einen Luftkuss zu und lässt die beiden zurück.

Etwas ernüchtert geht sie zurück in ihr Zimmer. Stipe und Stefan warten draußen, sie hatte ja nichts weiter dabei, doch nun stehen auf ihrem Bett zwei vollgepackte Taschen und ihr Mutterpass liegt daneben. Lorena sieht nur kurz hinein, es sind Shampoos, Windeln, ganz viele Broschüren ... sie wird sich das in Ruhe ansehen, wenn sie zuhause ist.

Sie bedankt sich noch einmal bei den Mitarbeitern und fährt dann mit Stipe und Stefan nach Hause. Während der Rückfahrt versucht

Stefan, aus Stipe herauszubekommen, was da genau mit Lia und Cruz ist.

Stipe sieht immer wieder hilfesuchend zu Lorena, doch ihr ist es egal, was Stefan denkt, das geht ihn nichts an. Lorena blickt auf San Juan und versucht, den Kloß in ihrem Hals herunterzuschlucken. Sie weiß doch, dass ein Mann wie Jomar garantiert kein Interesse hat, eine schwangere Frau zu daten.

Wozu auch? Wie soll das aussehen? Lorena hat in der nächsten Zeit genug um die Ohren und sollte sich jetzt auf keinen Mann einlassen, all das weiß sie und doch ... enttäuscht es sie und macht sie traurig, sie hofft einfach, dass sich das Gefühl mit der Zeit legen wird.

Doch das tut es nicht, es ist nicht mehr so stark und es bedrückt sie auch nicht mehr den ganzen Tag, doch in den nächsten Tagen passiert es immer wieder, dass Lorena an Jomar denken muss, sie sieht sich hin und wieder das Bild von ihnen beiden am Meer beim Sonnenuntergang an und sie träumt manchmal vor sich hin, was wäre, wenn sie jetzt nicht schwanger wäre. Ob sie dann vielleicht wirklich ein Paar geworden wären?

Nicht mal das kann Lorena sagen. Sie mag Jomar, sie hat gerne Zeit mit ihm verbracht, doch ob da wirklich mehr als ein kleiner Flirt draus geworden wäre, weiß sie mit Gewissheit auch nicht zu sagen, deswegen versucht sie einfach immer weiter, all das zu verdrängen. Sobald sie in die Richtung denkt, was wäre, wenn sie jetzt nicht schwanger wäre, überkommt sie außerdem ein schlechtes Gewissen und sie streichelt ihren Bauch.

Lorena arbeitet wieder im Café, jedoch weniger und nur noch, bis sie endlich mit dem Nähen weiterkommt. Als sie nach dem Krankenhaus wieder in ihre Wohnung gekommen ist, war die zu und wieder aufgeräumt. Ihre Nachbarin hat sich darum gekümmert und hat Lorena auch gleich besucht. Es ist ein komisches Gefühl, auch jetzt noch nach ein paar Tagen, in der Wohnung zu sein, wo Pascal versucht hat, ihr ihre Tochter aus dem Bauch zu treten, doch sie muss hier bleiben, sie hat momentan keine Wahl.

Lia ist auch am selben Tag noch aus dem Krankenhaus gekommen, sie hat sich selbst entlassen und hat angefangen, sich um die Planung von Cruz' Geburtstag zu kümmern, der bereits heute Abend sein wird. Sie haben immer nur kurz miteinander gesprochen. Lia hat ihr erzählt, dass Cruz und sie sich noch einmal ausgesprochen haben im Krankenhaus und es von seiner Seite aus eher so geklungen hat wie, dass er immer für sie da sein wird, er aber keine Zukunft mehr für sie beide sieht.

Lorena glaubt immer noch nicht daran, sie ist sich sicher, dass da noch etwas passieren wird, manche Dinge brauchen einfach Zeit. Lia kann wirklich vieles, aber Geduld ist nicht gerade ihre Stärke. Lorena hat alle Aufträge beendet und zwei Röcke, ein Kleid und ein Oberteil für den Laden fertiggestellt, der sich bereiterklärt hat, Lorena eine Chance zu geben. Wenn das funktioniert, kann sie mit der Arbeit im Café aufhören und das wäre schon einmal ein guter Schritt.

Auch heute hat sie kaum mehr die Kraft, den ganzen Tag in Stöckelschuhen und Shorts hin und her zu laufen, sie erzählt ihrem Chef etwas von einem Problem mit dem Fuß und darf sich ihre bequemen Ballerinas überziehen, doch auch das ist auf Dauer keine Lösung. Sie trägt das weiteste Top, aber trotzdem sieht man den Bauch immer mehr.

Lorena ist erschöpft und will nur noch nach Hause, als Lia zum Feierabend ins Café kommt, um sie abzuholen. Sie umarmen sich lange, sie haben sich in den letzten Tagen kaum gesehen und gehen zusammen am Strand spazieren. Lorena ist dankbar, dass Lia nicht von Jomar anfängt und auch sie meidet das Thema Cruz.

Sie waren länger nicht am Grab ihres Vaters und wollen das unbedingt die Tage nachholen, außerdem muss Lorena noch die Abschlussprüfung im Schwimmkurs machen. Sie planen einige Dinge, Lorena erzählt ihr von der Chance in dem Laden und Lia, dass sie alles für Cruz' Geburtstagsparty fertig hat, die schon langsam begonnen haben muss und dass sie sich dann endlich wieder auf andere Projekte stürzen kann.

Lorena kann nicht lange laufen, sie ist zu müde, also begleitet Lia sie nach Hause. Sie sind so in ihr Gespräch vertieft, dass sie fast in ihre Mutter hineingelaufen wären.

Sie bleiben beide wie angewurzelt stehen. Lorena spürt, wie sich Lia neben ihr sofort anspannt, doch auch für sie ist es nicht mehr schön, ihre Mutter wiederzusehen. Sie sieht ihr in die grünen Augen, in das Gesicht, was ihnen beiden so ähnlich ist, und seufzt leise aus.

Wie viele Jahre hat sie sich nichts anderes gewünscht, als ihre Mutter wiederzusehen, und jetzt, wo sie wirklich vor ihr steht, spürt sie nichts mehr. Nicht, nachdem sie sie weggeschickt hat, sie hat sie nicht nur verlassen, als sie Kinder waren, sie hat sie auch jetzt bewusst von sich gestoßen.

Ihre Mutter räuspert sich und sieht sie unsicher an. »Ich warte schon eine Weile auf dich, Lorena, wie sich sehe, habt ihr beide wieder zueinander gefunden.« Ihre Mutter sieht zwischen Lorena und Lia hin und her. »Was willst du hier, Mama?« Lia atmet tief ein. »Ich wollte nach dir sehen, Lorena, was denkst du denn? Ich ...«

Ihre Mutter sieht an Lorena herunter und dieses Mal stockt sie völlig überrascht und starrt auf ihren Bauch. »Bist du schwanger?« Lorena lacht bitter auf und geht an ihr vorbei. »Das geht dich nichts an.«

Ihre Mutter ist außer sich, damit hat sie wohl nicht gerechnet, wie sollte sie auch, sie weiß gar nichts über sie. »So früh? Hast du nichts aus meinem Leben gelernt? Wo ist der Vater? Ich hoffe, er hat genug Geld, um dich und das Baby durchzufüttern? Wie kannst du mich so früh zu einer Oma machen ...?«

Nun sagt Lia das erste Mal etwas. »Also, ich weiß nicht genau, aber müsste man nicht, um Oma zu werden ... ERST EINMAL MUTTER GEWESEN SEIN?« Lia zieht Lorena an ihrer Mutter vorbei in ihr Haus, Lorena sagt nichts mehr dazu, dafür kann man keine Worte finden. »Ihr beide ... ich wusste, dass ich mit euch noch meinen Ärger haben werde, was sollen die Leute denken, wenn sie das erfahren?.«

Lia und Lorena gehen zusammen die Treppen hoch und ignorieren die bösen Flüche ihrer Mutter, die noch hinter ihnen hergerufen werden. Lorena will nur noch in ihre Wohnung und ihre Ruhe haben, doch daraus wird nichts, denn dort stehen zwei Männer mit einem riesigen Paket und schnappen nach Luft.

»Lorena?« Lorena nickt verwundert. »Es gibt keinen Nachnamen zu dem Paket, nur den Namen und die Adresse. Wir haben hier etwas für Sie. Wo können wir das abstellen?«

Sie öffnet schnell ihre Haustür. »Von wem ist das? Ich habe nichts bestellt ...« Die Männer stellen das Paket in die einzige Ecke des Raumes, wo dafür Platz ist und öffnen die riesige Pappbox, um gleich alles zu entsorgen. »Wissen wir nicht, wir sollten es nur hier abliefern.«

Lorena traut ihren Augen nicht, als sie auf eine wunderschöne weiße Babywiege sieht. Sie geht näher heran und streicht ehrfürchtig über den weichen Stoff.

Lorena kennt sich mit Stoffen aus, die Wiege muss ein Vermögen gekostet haben, jedes Detail ist bezaubernd, sie ist weiß mit rosa Details, wie einer kleinen Schleife, rosa Bettzeug und feinen rosa Stickereien auf dem Himmel. In der Wiege sitzt ein großer weicher, weißer Kuschelbär.

»Oh mein Gott, wie schön, ich habe noch nie so etwas Schönes gesehen.« Lia schaukelt die Wiege leicht an und ein leises Schlaflied ertönt. Lorena kann nicht verhindern, dass ihr Tränen in die Augen steigen. Sie greift nach der Karte, die in der Wiege liegt.

Ich hoffe, dass du dich bald auf deinen kleinen Engel freuen kannst.
Deine Schwester hat recht, sie ist schon jetzt genauso wunderschön wie ihre Mutter.

Jomar

Lia umarmt ihre Schwester, gibt ihr einen Kuss und streicht über die Wiege. »Ruf ihn an!« Zusammen mit den Männern, die das Paket gebracht haben, verlässt sie die Wohnung und Lorena ist allein.

Immer wieder streicht sie über die Wiege, bis sie nach ihrem Handy greift und Jomar anruft. Ihr Herz schlägt schneller, sie kann nicht aufhören, über die Wiege und den weichen Stoff zu streichen. Sie hört ihren eigenen Herzschlag so laut, dass sie Angst hat, er könnte es durch das Handy auch hören. Es dauert eine Weile, bis Jomar abnimmt.

Es ist laut bei ihm und Lorena versteht ihn kaum, natürlich Cruz' Party, sie hat es völlig vergessen. »Hallo, ich bin es … Lorena. Ich habe gerade dein Paket bekommen und ich weiß gar nicht … die Wiege ist wunderschön, wie soll ich dir jemals für all das danken, was du für mich tust?«

Sie hört lautes Lachen, es hört sich nach viel Spaß an. »Ich hoffe einfach wirklich, dass du anfängst, dich auf die Kleine zu freuen und über die Schwangerschaft … auch wenn manche Dinge jetzt vielleicht nicht so kommen … wie sie sonst gekommen wären.«

Lorena schließt die Augen und nickt. Natürlich, es ist wie eine Art Abschied von ihm. »Ich freue mich auf das Baby, nur … es ist für mich nicht so leicht, mit alldem umzugehen … aber ich bekomme das schon hin.«

Sie hört Frauen lachen. »Das wirst du, Lorena.« Eine Frau lacht laut auf, sie scheint sehr nah bei Jomar zu sein und Lorena hört, wie sie ihm leise etwas zuhaucht. »Wo bleibst du, mein Süßer? Wir warten schon auf dich. Komm, wir wollen Spaß haben.« Lorena schließt erneut die Augen. Jomar räuspert sich. »Lorena, es ist Cruz' Geburtstag, ich verstehe hier nur die Hälfte, ich muss Schluss machen, okay? Pass gut auf dich und das Baby auf.«

Lorena nickt und wischt sich die Tränen weg. »Das mache ich, danke nochmal und sage Cruz alles Gute von mir.« Lorena legt auf, legt den Kopf in den Nacken und atmet tief ein. Sie sieht auf die Wiege und lacht leise aus.

Sie versteht Jomar, er ist ein guter Mann, ein wirklich guter Mann, doch er geht einen anderen Weg, was das einfachste ist und was sie an seiner Stelle wahrscheinlich auch getan hätte. Lorena muss nun ihren Weg finden und sie ist dankbar für die kurze Zeit, die sie zusammen genossen haben, doch jetzt wird es Zeit für sie, sich auf das vorzubereiten, was auf sie zukommt.

Obwohl sie müde ist, geht Lorena zu den beiden Tüten, die sie aus dem Krankenhaus hat, und packt sie aus. Sie bringt die Cremes, Pflegetücher und Shampoos ins Bad und platziert sie liebevoll. Dann räumt sie ein Regal im Schlafzimmer leer und stapelt dort die kleinen Söckchen und Strampler, die in den Taschen liegen.

Sie nimmt einen schönen verschnörkelten Bilderrahmen, den sie auf dem Trödelmarkt gekauft hat und steckt das Ultraschallbild hinein, auf dem man die süße Stupsnase von Amalia sieht.

Amalia, es kann gar kein anderer Name werden. Sie legt den Kuschelhasen, der noch in der Tüte ist, zu dem Teddy in die Wiege und die vielen Broschüren auf den Tisch, damit sie sich alle durchlesen kann.

Als alles fertig ist, sieht sie sich zufrieden um und streicht über ihren Bauch. Auch jetzt noch spürt sie die Enttäuschung in ihrem Herzen, wegen Jomar. Vielleicht war sie ein wenig dabei, sich in ihn zu verlieben und hat ein paar wenige Augenblicke gehofft, ihm ginge es auch so, doch sie versteht ihn, versteht dieses Leben, was er führt. Sie selbst wollte immer dieses Leben führen, sie hätte damals alles dafür getan, auf solch einer Party zu sein, doch das hat sich nun geändert.

Nun ist Amalia in ihrem Bauch und hat alles geändert. Auch wenn Lorena sich noch schwertut, das alles zu akzeptieren, kann sie sich keine Sekunde mehr etwas anderes vorstellen.

Sie sieht auf die Liege, lächelt und streichelt über ihren Bauch. »... Und dann kamst du ... und alles wurde anders ...« Lorena sieht sich noch einmal um und schaltet dann das Licht aus.

Sie muss schlafen, morgen beginnt ein neuer Tag, eine neue Chance und Lorena hat vor, ab jetzt jede einzelne zu nutzen, die ihr begegnet,

für Amalia,

für sich

und für alles, was kommen wird ....

Lesen Sie weiter in …

Lorenas Geschichte

... und dann kamst du ...

und alles wurde besser ...

Leseprobe:

Lorena weiß nicht, wann sie das letzte Mal so wütend war. Sie geht die Treppen zu ihrer Wohnung hoch, schließt die Tür auf und will sie hinter sich zuschlagen, doch Jomar steht plötzlich im Türrahmen und funkelt sie böse an. Lorena glaubt das nicht, wie kann er sich das jetzt noch wagen?

Lorena wirft ihre Tasche auf die Couch und gießt sich ein Glas Wasser ein, doch auch das beruhigt sie nicht. Sie dreht sich zu ihm um, nachdem er die Tür hinter sich geschlossen hat und sie von der gegenüberliegende Wand wütend aber auch abschätzig ansieht.

Lorena sieht ihm in die Augen und alles zieht sich in ihr zusammen. Sie versucht doch wirklich alles, um ihn zu vergessen und ihm aus dem Weg zu gehen. Sie hat keinen Nerv mehr für all das, es tut ihr nicht gut, ganz und gar nicht, und doch kann sie ihm nicht widerstehen. Sie sieht Jomar in seine dunkle Augen, er trägt eine schwarze Anzughose und ein schwarzes Shirt, er ist frisch rasiert, seine Haare frisch geschnitten, seine Haut glänzt golden, er hat entspannt die Hände in der Tasche, doch Lorena weiß, dass er nicht so entspannt ist, wie er gerade tut.

Sie sieht auf das Kreuz an seinem Hals, muss an seinen Nechas-Schriftzug am Herzen und den darunter stehenden Satz 'Bereue nichts' denken. Sie bereut es, sie bereut, dass sie diesem Mann einfach nicht widerstehen kann und es macht sie noch wütender.

»Wieso hast du das getan?«

Jomar wirft ihr bei ihrer Frage einen wütenden Blick zu, dabei hat er kein Recht dazu. Seine Stimme ist gepresst, weil er versucht, seine Wut zu unterdrücken, Lorena versucht es nicht mehr, es bringt nichts. »Das weißt du.« Lorena wird lauter. »Nein! Das weiß ich eben nicht, Jomar, erkläre es mir. Wieso?«

Jomar sieht sie von oben bis unten an, doch sagt nichts und das macht sie rasend.

»Das ist das Problem, Jomar. Du sagst nichts. Du kommst in mein Leben und verschwindest wieder, einmal bist da und meldest dich dann wieder nicht. Du willst, aber irgendwie ist dir das alles doch zu viel. Du kannst auf vieles nicht verzichten und doch willst du das alles gar nicht mehr. DU WEIßT NICHT, WAS DU WILLST!« Jomar deutet zu ihrem Bauch. »Du sollst dich nicht so aufregen. Amalia tut das nicht gut!«

Lorena lacht bitter auf. »Das hier tut ihr nicht gut, dieses ständige Auf und Ab. Ich kann das nicht mehr. Ich brauche eine klare Linie in meinem Leben und das habe ich mit dir nicht. Du willst ja nicht einmal ein Teil von alldem sein und doch tauchst du dann wieder auf und …« Lorena atmet tief ein.

»Was denkst du denn, Lorena? Dass das hier eine normale Situation ist? Dass ich einfach so mal mein komplettes Leben ändere und …«, er zeigt zu ihr, »… einfach damit klarkomme. Ich weiß selbst, dass ich nicht weiß, was ich will. Denkst du, mich macht das Ganze nicht wahnsinnig?«

Lorena kann ihre Tränen nicht mehr zurückhalten. »Du tust mir aber nicht gut, das tut mir nicht gut.« Jomar sieht ihr in die Augen, nun funkeln sie wieder böse und er wird lauter. »Weißt du was … dann geh doch zu diesem Typen, wenn es das ist, was du willst und wenn dir das guttut!«

Ohne dass Lorena noch etwas sagen kann, ist Jomar weg und lässt die Tür laut ins Schloss fallen. Lorena beginnt richtig zu weinen. Sie weiß, was für ein stolzer Mann Jomar ist und wie sie ihn treffen kann. Sie weiß, wie verwirrt er ihretwegen ist und dass das alles genauso wenig leicht für ihn ist wie für sie, doch es macht sie verrückt, all das ist wirklich nicht gut für sie.

Sobald Jomar weg ist, schnürt sich ihr Herz zu. Sie weiß einfach nicht, was sie seinetwegen tun soll. Lorena setzt sich auf die Couch, versucht durchzuatmen und streicht über ihren Bauch. Sie muss vernünftig sein, sie kann sich nicht auf solche ungesunden Abenteuer einlassen, nicht mehr. Amalia ist wichtiger. Sie schließt die Augen und denkt über Jomars Worte nach, streicht über ihren Bauch und beruhigt sich trotzdem nicht, noch immer laufen ihr die Tränen über die Wange, und da hört sie, wie es leise an der Tür klopft ...

Juni 2018

Entdecken Sie die ergreifende Welt von Jaliah J. ...